# 週末飲茶

Weekend Dim Sum

Weekend
Dim Sum

## 03

第三冊

Weekend
Dim Sum

# 《週末飲茶》第三期卷首語

　　一月，新年伊始。在此時刻，《週末飲茶》的出版已有一年光景。跟一年前相比，不論是編輯陣容，或是不吝賜稿的作家們，均有著改變，不變的大概是「飲茶」仍然是一年兩度陪伴著大家吃茶作樂。

　　本期續有專欄「茶聚大家談」、「紙式小情書」、「吳尋張跡」，帶領大家暢遊中西文學。另外，專誠推介本期特稿〈重新認識侶倫——〈煙〉讀後感〉給大家，《窮巷》可能是諸位認識侶倫的開端，但他早期的短篇小說，你又認識多少？為著文化保育、為著讓大家「再見」侶倫，張彧先生特意為此撰寫讀後感，將〈煙〉這篇短篇小說收錄於本期「飲茶」，〈煙〉在初次發表的多年後首次重刊，並落腳於「飲茶」，「飲茶」深感榮幸。

　　文字創作，從來都是走孤獨的路，從前案上的文稿、手握的筆桿；如今桌上的電腦、鍵盤，均是走一人之路，故亦有才思枯竭的時候。或然暫且放下被點子垂懸的內心，走出死胡同，品嘗兩盞淡茶。即使文字路上舉步維艱，亦能「坦然而地在潮濕的石路上走，月光底下。」

　　編者按：執筆之時聞來西西離世的消息，結束其陪伴無數香港人成長的傳奇一生，願西西的樂觀、迎難而上的精神永存於各位心中，筆者特此紀念。

盧嘉傑
二〇二三年一月

# 週末飲茶

本刊物首兩期由同人編輯出版，第三期開始由新組成文藝機構
「島上文學社」編輯出版

所屬團體：島上文學社
董事：張彧 蔡思行 黎漢傑

主編：黎漢傑
編輯：林可淇 梁穎琳 盧嘉傑 羅學芝
製作：初文出版社有限公司
（除特稿、專欄外，各文類篇章均按姓氏筆畫序）

## 稿約：

　　本刊物不設特定主題，內容不限，舉凡新詩、
小說、散文、藝術評論等，均在徵稿之列，惟篇幅
所限，一般以 5000 字為限。如字數超出者，則作個
別安排。本刊因屬私人自費出版，未有任何資助，
遺憾不能提供稿費，僅能在刊出後寄贈刊物一冊，
以致酬謝。

　　刊物預計出版日期：逢 1 月，7 月出刊。

　　投稿電郵：weekendtea2021@gmail.com

# 《週末飲茶》第三期目錄

## 新詩

## 散文

## 小說

## 評論

# 回憶舒巷城——蔡振興談《香港文學》及「舒巷城專輯」

訪問、整理：沈舒

沈舒按：蔡振興先生，一九五三年生於香港。中學語文教師，現已退休。業餘寫作包括散文、雜文、影評、文藝評論及小說等，著作有小說集《夜行單車》、散文集《啤酒罐與花生殼》等。曾參與《時代青年》、《香港文學》（雙月刊）等編輯工作；「香港青年作者協會」第二屆主席；多屆「工人文學獎」、「青年文學獎」、「職青文藝獎」評判。蔡先生擔任《香港文學》主編期間，在第三期（一九七九年十一月）編製了「舒巷城專輯」。本訪問稿經蔡先生審閱定稿。

日期：二〇二二年十月二十八日（星期五）
時間：上午十時至中午十二時
地點：中大鄭裕彤樓 The Stage Cafe

蔡：蔡振興生
沈：沈舒

沈：首先感謝蔡先生在疫情期間接受訪問，談談一九七九年五月創刊的《香港文學》（雙月刊）（以下簡稱《香港文學》），尤其是第三期「舒巷城專輯」的

往事。王仁芸先生在〈談《香港文學》〉一文中指出《香港文學》的前身是《時代青年》，[1]可否談談兩者的關係？

　　**蔡**：一九六九年四月創刊的《時代青年》由尹雅白神父創辦，出版至第一〇二期（一九七八年四月）停刊。《時代青年》雖然由天主教教友傳教總會資助出版，但對編委會成員並無宗教信仰的要求，只要有志於編輯工作就可以參加，因此《時代青年》愈到後期宗教的意味愈淡。《時代青年》的停刊，其中一個原因大概與宗教內容不足有關。

　　《時代青年》停刊後，餘下幾千元的出版經費，最後撥給編委會成員繼續從事出版工作。我們編《時代青年》第一百期（一九七八年二月）時，出版了「十年來的香港文藝」專輯，透過訪問、整理和討論，介紹香港文學。編委會同仁鄭佩芸、黃玉堂、姜耀明等有意繼續探討香港文學這個方向，於是利用《時代青年》餘下的經費創辦《香港文學》。因此，從出版經費和編輯方向兩方面來說，《時代青年》和《香港文學》的關係密切。雖然我們起用「香港文學」作為新刊物的名稱，並不表示只有我們才代表「香港文學」，它只代表我們的興趣、研究、學習和寫作的範圍都是圍繞香港文學而已。《香港文學》的編輯成員包括鄭佩芸、唐大江（陳煦堂）、姜耀明、黃玉堂、林新圍、梁蒲生、江瓊珠和張月鳳。

　　**沈**：當時有沒有人對《香港文學》這個刊名提出過意見？

　　**蔡**：我們忙於出版工作，沒有聽過這方面的意見。

其實，我們當時與文學界的接觸不多，只有在訪問前輩或接觸年青作家時才增進一些了解。劉以鬯、舒巷城和司馬長風三位前輩都願意接受我們訪問，可能表示他們喜歡《香港文學》這份刊物的方針。

**沈：**《香港文學》〈創刊辭〉強調：「『香港文學』雖是『中國文學』的一部分，但由於香港的特殊環境，自然出現特殊的題材，和現實內容，作家若在文學技巧加以發展，深挖這一代的心態和探索，無論在藝術上，或者在民族利益上，都會有更大的貢獻。這樣的文學作品，也是我們喜見樂聞的。」[2] 這種文學主張在當時的文化脈絡中的意義是甚麼？

**蔡：**我們既然標榜「香港文學」，必須列舉我們的理據，而〈創刊辭〉正正反映了我們研究、學習和理解的香港文學，到底是甚麼一回事。香港文學與內地或臺灣的文學創作不同，受到環境文化等因素的影響，形成自己獨特的面貌。其實，這些想法在當時的文學界頗為普遍，我們只不過把這些主張正式提出來而已。一九七〇、八〇年代香港作家的創作例如西西、也斯、黃國彬、羈魂等，與我們以前讀到的作品例如徐訏、徐速、李輝英等，頗為不同。

我們強調「香港文學」是「中國文學」的一部分，表示「香港文學」會受到「中國文學」的影響，與今天強調「本土文學」的觀念不同。《香港文學》封底有一句口號：「『香港文學』就是香港的文學。」借用陳智德的說法，我們以寬容的態度理解香港文學，[3] 但焦點

仍然是在香港創作的作品。如果沒有記錯的話，這句口號是我提出來的，各位編委亦同意刊用。

**沈**：《香港文學》的「編輯方針希望評介和創作並重，一方面提供創作園地，另方面盡量介紹成熟作家的成果和新進作家的努力……」。[4]當時如何擬定這項篇輯方針？

**蔡**：我們希望除了評介香港文學之外，亦鼓勵文學創作。我們認識一些新進作家，無論作品的質素和數量都有一定水平，值得向讀者介紹，對這些年青作家來說也是一種鼓勵和肯定，譬如曹捷、迅清等。所以，我們同樣重視成熟作家和新進作家，至於篇幅則相應配合。

**沈**：〈創刊辭〉出自何人手筆？

**蔡**：〈創刊辭〉的內容是編委討論的結果，最後由我執筆。另外，每期〈編者的話〉都是由我撰寫的。其實，《香港文學》的通訊處是我以前住所的地址，也是我們開會工作的地方。

**沈**：《香港文學》從創刊號開始設立作家專輯，先後推出了「劉以鬯專輯」（第一期）、「新風集——迅清小輯」（第一期）、「劉以鬯專輯」（第一期）、「青年作家選介」（第二期）、「舒巷城專輯」（第三期）、「新風集——曹捷小輯」（第三期）、「司馬長風專輯」（第四期）、「新風集——王曉堤小輯」（第四期）。請問選擇作家的準則是甚麼？

**蔡**：前輩作家是我們的學習對象，籌備他們的專輯就是我們的學習過程。我們既透過訪問了解他們的寫作歷程，又大量閱讀他們的作品，然後經過反覆討論，再

執筆介紹作家的創作特色。此外，每個專輯都會選刊他們的作品。我們希望透過作家專輯，讓讀者更加全面而深入地認識這些作家。我們盡了最大的努力編製三個作家專輯，編委大致都感到滿意。話說回來，籌備這些專輯所需的時間很多，亦造成日後難以持續下去的局面。

我們製作新進作家的小輯，固然是鼓勵和肯定這些年青作家的創作，亦因為他們的作品和資料散落四處，不易蒐集。透過這些小輯，讀者更容易接觸和認識這些優秀的作家和作品，將來研究這些新進作家就更加方便。

總的來說，我們介紹的作家要具有相當的文學成就，而且願意接受訪問，然後經過編委集體討論，最後才確定人選。

**沈**：編製作家專輯有哪些難忘的印象？

**蔡**：我們編製作家專輯，除了介紹他們的生平、作品和評論外，亦希望提出我們的想法，尤其是作品中的不足之處。儘管我們在作家專輯中提出批評的意見，但劉以鬯、舒巷城兩位前輩對這些意見相當寬宏大量，毫不介意。他們的態度令我們更加佩服這些作家。司馬長風先生更加在《明報》專欄「集思錄」以《香港文學》第三期的內容撰文〈文化市場傲霜花〉，為我們打氣。[5]

**沈**：《香港文學》第三期（一九七九年十一月）刊登了「舒巷城專輯」。請問蔡先生籌備專輯前與舒巷城先生有交往嗎？

**蔡**：我們與舒巷城先生沒有交往，直至籌備專輯才接觸他。我現在已記不清楚怎樣聯絡他，大概是某位編

委找到聯絡方法吧。

**沈**：籌辦這個專輯是否與《舒巷城選集》（一九七九年）的出版有關？[6]

**蔡**：我也記不清楚是否與此有關，但可以肯定的是我們參考了選集的資料來整理專輯。當然，《舒巷城選集》的出版反映了舒巷城在文學界的地位。除了《舒巷城選集》外，我們亦有讀舒巷城其他作品如《太陽下山了》、《艱苦的行程》、《都市詩鈔》等，能找到的都讀。

**沈**：「舒巷城專輯」的內容是如何構思出來的？

**蔡**：我們編「劉以鬯專輯」已經用類似的方法，包括作家介紹、年表、訪問、作品選刊、作品分析、評論輯錄、編委意見等，不同的是劉先生的專輯集中討論他的小說，而「舒巷城專輯」既有小說亦有新詩。唐大江記得有些作家專輯的資料是作家自己提供給我們刊用的，所以專輯內容才如此豐富，實在要感謝幾位前輩作家的幫助。

**沈**：請問〈跟舒巷城先生聊天〉的作者是誰？

**蔡**：我們是一九七九年九月十五日（星期六）訪問舒巷城先生，出席者包括我、唐大江、江瓊珠和鄭佩芸，訪問稿由江瓊珠執筆。我們每次整理好訪問稿，都會給受訪作家過目，舒巷城的訪問稿亦不例外。舒巷城仔細修改過訪問稿，所以文字特別流暢。

唐大江還記得訪問時，舒巷城談到在小說中應該適當運用單一觀點與全知觀點的意見，回應了當時文學界對小說創作強調單一觀點的說法。

　　**沈**：蔡先生在〈香港的鄉土作家——舒巷城〉一文中曾說：「舒巷城已經在香港的鄉土上，默默耕耘了三十多年。」另，該期〈編者的話〉亦說：「他作品風格素樸，主題明朗，內容現實，堪稱香港的鄉土作家。」何謂「香港的鄉土」？

　　**蔡**：這個說法是受到當時臺灣鄉土文學論爭的影響。我對「香港的鄉土」中「鄉土」二字的理解，相當於英文的 'homeland'，即「自己的家」，而非「城鄉」對立中所表達的「鄉土」觀念。「香港的鄉土」作品與平民百姓的生活息息相關，所呈現的內容是很「貼地」的。換作今天的話，我可能會用「本土作家」來形容舒巷城。

　　陳智德在《根著我城》中解讀《香港文學》的創刊辭，我認為是相當準確的。當時我們並沒有這種自覺，卻理所當然地這樣思考和理解香港文學的意義。打從編輯《時代青年》開始，文學和香港社會的關係已經密不可分。那時《時代青年》每期都以社會版為主力，必有專題探討香港社會的各種問題，跟七十年代香港學界所提的「認祖關社」（認識祖國、關心社會）一脈相承。我雖然初是電影版，後來文藝版的編輯，但社會版也有點參與。而個人從幾乎只讀中、臺文學作品到驚覺對香港文學創作幾近一無所知，再到研讀香港作者的作品，更察覺這些作品，從題材、內容、語言、風格和技巧，都與「別」不同。從幾期《香港文學》介紹的新舊作家，已經清楚不過了。

　　至於當時提出「香港的鄉土作家——舒巷城」的論

斷,誠如之前所說,這「鄉」是「家鄉」的「鄉」,「土」當然是香港這塊土地,而作品呈現出來的精神面貌,跟臺灣鄉土作家的作品可以呼應。另方面,我們也希望以簡明的標示突顯舒巷城作品的特質和價值。如今看來,當年是說得不夠清楚呢!

**沈:**請問〈舒巷城的小說〉的作者「雲」是誰?

**蔡:**「雲」就是鄭佩芸。

**沈:**〈大家談舒巷城〉的資料是如何蒐集的?

**蔡:**舒巷城提供了不少文章給我們參考,加上我們搜集的資料輯錄而成,因此內容比較豐富。

**沈:**該期封面的設計者是誰?

**蔡:**設計者是梁蒲生。她是美術教師,從《時代青年》開始參與美術製作的工作。《香港文學》四期封面都是由她設計的。

**沈:**舒巷城先生對這個專輯有甚麼意見?

**蔡:**「舒巷城專輯」出版後,舒巷城寫信給我,對專輯有正面的評價,亦分享了他對文學的意見。

**沈:**讀者對「舒巷城專輯」有甚麼反應?

**蔡:**我們未能直接掌握到讀者的反應,但從第三期不俗的銷售量來說,應該頗受讀者歡迎。第三期只印了五百本,售出四百多本,現在我只剩下手上的孤本。

**沈:**《香港文學》第四期〈編者的話,還有……〉表示你們「希望通過對香港文學的了解,進一步探討中國和香港在文學上、甚至其他方面的關係」,並揭示「香港文學的現況和香港社會的意識形態」。請問這些主張

回應的對象是誰？

　　蔡：我已經忘記了具體的情況，但有一點可以肯定的，就是此事與停刊無關。

　　沈：《香港文學》出版了四期後停刊，原因何在？

　　蔡：我剛才提到籌備專輯需要大量時間，但各編委的工餘時間愈來愈少，難以兼顧出版工作。《香港文學》的停刊，與出版經費不足無關。

　　沈：蔡先生認為《香港文學》與同期的文藝刊物有哪些主要的分別？

　　蔡：從刊物的內容結構來說，《香港文學》代表了我們學習的方向與成果，尤其是三個全面而深入的作家專輯就是最好的例子。這一點與同期的刊物頗有不同。

　　沈：謝謝蔡先生分享了《香港文學》的出版緣起及經過，以及「舒巷城專輯」的編製情況。謝謝！

## 註釋

1：王仁芸〈談《香港文學》〉，《大拇指》第111期（1980年2月），版8-9。

2：〈創刊辭〉，《香港文學》第1期（1979年5月），頁2。

3：陳智德〈寬容的「本土」：從《香港文學（雙月刊）》到《香港文學（月刊）》〉，《根著我城：戰後至二〇〇〇年代的香港文學》（新北市：聯經出版事業股份有限公司，2019年），頁478至4484。

4：〈創刊辭〉，《香港文學》第11期（1979年5月），頁2。

5：司馬長風〈文化市場傲霜花〉，《明報》副刊「集思錄」，1980年2月14日。

6：《舒巷城選集》。香港：香港文學研究社，1979年。

蔡振興先生受訪時攝

《香港文學》第三期封面

# 往事如詩　歲月如歌
## ——路雅專訪

受訪者：路雅
訪問者：蘇曼靈

路雅，龐繼民，一九四七年出生於中國。

曾獲《時代青年》徵詩比賽亞軍。自二〇〇三年起，致力推廣文化活動，策劃多個大型詩畫籌款展覽，計有「活」、「源」、「旦」及「岸」等。現為印刷公司董事。曾任《詩雙月刊》、《詩網路》編委。著有詩集：《活》（香港畫者十九）、《生之禁錮》、《時間的見證》、《秘笈》、《我不能承受的憂傷》、《劍聲與落花》及《廖東梅畫集——真我顏色》、詩畫集《隨緣》（路雅・詩／水禾田・畫／姜丕中・篆刻），散文集《但雲是沉默的》及小說集《風景集作》等。

**時間：二〇一九年十二月三日**
**地點：紙藝軒出版有限公司辦公樓**

**路雅前言：**他相信訓練，相信歷史放在博物館的失實，他把寫詩叫作文字把戲，因此嚴重抗衡規則。

這裡有諸多從海上爬上岸的玳瑁，如果要分類，他

也不屬於學院派。

　　**蘇曼靈前言**：沒有不從回憶中走過的人生。敢問，那霧裡看花的意境，孰人不喜？當回憶與現實拉開遙距，每一次的回望，須跨越重山與汪洋，偶有填補和修飾，只為使停留在腦海某處的往事，更完整和豐盈，並具有回憶的價值，使其產生與現實心境的呼應。

　　以下，是屬於路雅的故事，與詩……

　　　把夢播在天窗上的人
　　　看不見立杆的影子
　　　思想被整頓之後
　　　在一個諾大的空間裡
　　　那人找不到時間
　　　擺放他小小的寂寞
　　　　　摘自《時間的見證》之「龍族的年譜」

## 因何寫作？

　　「三歲患小兒麻痺，從此行動不便，十歲前，我印象最深刻的，總是母親的懷抱與脊背。十歲隨母親遷居香港後，開始接受小兒麻痺症治療，短短兩三年時間，接受九次矯形手術，第九次手術後，可以撐拐杖行走。」

　　路雅說，他最大的心願是上學，然因年齡與健康，均不符傳統學校要求，那年代，香港尚無特殊學校可供入學。家人特別安排私塾先生，路雅才得以在家中學習中國古典文學。如此熏陶下，路雅的文學與思想啟蒙，

得以別於同代學生，也為自己日後的成長和人生態度奠
定下一條有規路標。

「後為謀生，修讀會計。卻發覺自己並不適合也不
喜歡會計工作。百無聊賴中，開始舞文弄字，並投稿。」

原來，路雅年輕時一度想做畫家，既與作畫無緣，
則出詩畫集。詩畫集《活》，以花鳥題材為主，鄭敏和
洛夫寫序。

「百合花」
偶然是奇妙的結合

長廊的盡處
正盛開著一片雪白的陽光
恰巧得
如一首小詩
慢慢流入了
晃動的時光裡……
　　　（摘自路雅詩畫集《活》）


路雅嘲笑自己當年投稿的命中率如投籃，堅持之下，
有幸在《明報晚報》有了自己的專欄，亦開始在電臺寫
一些篇幅較短的廣播稿。七十年代，路雅創辦「傷殘青
年協會」，為支持傷殘人士就業及生活，從臺灣引入中
文打字機，與一眾傷殘人士共同開拓事業，就業問題得
以解決。

　　「我一向有寫作，大家見我開始做印刷，自然將排版和印刷的工作交由我。自此，我便不再寫作。因為發現印刷和寫作同樣是生產文字，但是寫作換來的錢既少且慢。」於是，路雅封筆，從此絕跡文學界，將所有時間和心血放在印刷生意上，長達二十五年。直至一九九〇年，才正式重新執筆。

　　「鴕鳥」
　　孤寂是一處無覓停駐的地方

　　一隻不會飛的鳥
　　是一個只有牠才知的
　　謎
　　長久以來
　　就一直埋在沙堆之下
　　　　（摘自《活》）

　　路雅早期作品，偶見憂傷與憤慨情緒，或許因筆者知曉詩人身世而知覺先行將其歸入感懷身世之作。問及是否病患引致，詩人倒覺自己總是積極樂觀的。

　　早期作品有部分少年情懷，但並非刻意感懷身世。路雅幽幽地說，表面看，自己積極樂觀理智果斷，內裡，總帶有淡淡的憂傷，感性與柔情遠遠超出「生意佬」、「印刷佬」的理智果斷與粗魯。

　　「我每完成一次創作，恍如剛剛分娩的孕婦。」路

雅說，這是他對創作的感官分享。

> 「貓頭鷹」
> 夜不是屬於睡眠的
> 正如你不屬於
> 貓
> ……
>  （摘自《活》）

## 啟蒙老師？

路雅說，他的啟蒙老師是許定銘。新詩受冰心的兩本短詩集《春水》、《繁星》影響。後來又看溫乃堅。

「之後，覺得他們的詩都太淺白，我就開始看臺灣的新詩。看創世紀的新詩，余光中、鄭愁予、瘂弦、洛夫、崑南、西西、蔡元培……現代詩潮對我的影響很深遠。」

路雅復筆時，國內剛好興起朦朧詩。路雅看來，朦朧詩和現代詩只是名稱不同而已，二者分別不大，甚至無甚分別。

「我只能說自己是一個很努力的寫作者」

有人認為文學創作無關於知識量與閱讀量，在路雅看來，正是因為二者的欠缺，致使自己的詞彙量與眼界受限，遣詞用字難以得心應手。

> 「相思」

只恐想起你之時

夜比日更長
　　（摘自《活》）

## 淺談新詩的發展

　　路雅認為：五四後，白話詩朝向新詩跨進，二者內容受創作者思想和語言表達的影響和局限，以致無法在有限的篇幅意味無窮。詩歌是作者與讀者之間的互動，互動空間愈廣域，甚至超越時空、環境、國界，作品的觀賞價值愈高。白話詩受語境局限；朦朧詩和現代詩，相較隱晦，反擴展讀者的想像空間；古體詩言簡意廣，一句「空山不見人，但聞人語聲」，帶給人無限遐想。

　　節奏，邏輯和肌理，此乃意象的高度表現；抽象表達，看似無序，實則有序。路雅分享心得，判斷作詩者是否偽詩人，可找那詩人前期詩作賞析，若這些淺白作品沒有可觀性，兩三年後作者突然寫出意象既豐富且抽象的作品，那位作者即為造次，偽詩人。路雅不反對也不特別鼓勵詩歌創作追隨時代用語，不過，他個人在小說創作中會體現時代用語。

「背面」
他在一次經驗中死去
像性交中那一剎的快感
荒謬而無意義的生命

在他死前一再展示

……

作為一個真正的人
他只做了一次標本的犧牲
所說的快樂
原來是無形的
　　　　（摘自《生之禁錮》）


## 創作靈感

　　「創作靈感來自於閱讀，為免浪費時間，我會認品牌讀書。看到好的詩句，便記錄，並會記住作者的名字，以便日後翻閱或追閱，這就是我所說的品牌。」

　　隨即，路雅列舉一眾詩人名單：梁實秋、胡適、卞之琳等廣為人知，中國尚有很多很好鮮為人知的詩人，比如鄭敏，李金髮，王辛笛、穆旦。這些詩人的作品具有相當價值和可觀性。

　　年輕時的路雅曾經用過六、七個筆名。投入工作二十五年後直至復筆前，路雅對自己的創作漸趨清晰。

　　「我會盡量確保我的文字對『路雅』有交代，才會交出作品或發表。」

裸露的軀體暴曬在羞恥的虛歉
誰用皮革遮蓋了我們的罪孽？

　　　　　　　　　　夏娃

一張書桌也承載不下的憂傷
在昏黃的燈影下遇溺

　　　　　　　　　　約伯記

每個人都需要一條更大的船
放下貪婪的慾念和寂寞

　　　　　　　　　　挪亞方舟

那人在餐前賣掉了自己的影子
也就不再需要光

　　　　　　　　　　猶大

　　　摘自《我不能承受過量的憂傷》

## 特色之作——武俠詩

「多數詩作是七十年代的舊作，武俠詩還算有特色吧。」

談到路雅的武俠詩，對方眼中泛起俠義。

「寫武俠小說和寫武俠詩區別不大。前者或看很多中國古典文學，《水滸傳》、《三國演義》等。武俠世界離不開恩怨情仇，寫武俠詩我注重詩歌的節奏和畫面感，當然，我不否認自己也愛看武俠小說，比如金庸，梁羽生。」

路雅承認在武俠詩創作上，偶有寄刀光劍影感懷身

世，也帶出人生觀、世界觀、價值觀。除此，唯美也是
路雅武俠詩的特色，他不太注重押韻，但是一首詩的節
奏是否適合朗誦，路雅認為很重要。

> 這賣酒的幡旗
> 送走了風的飄零
> 誰才是過客？
> 如果路沒有盡頭
>
> **孤獨**

> 窗偷來了一片光
> 傳說的畫裡不見伊人
> ……
> 小舌濕了長夜
> 在火裡卸甲
> 莫問情是甚麼？
> 妳哭了
> 守宮砂的最後一夜
>
> **飛仙**

> 那人
> 青樓賣劍
> 只為了換一夜的溫柔
>
> **種情**
>
> （摘自《秘笈》）

## 香港這個資本社會是否適合詩歌的蘊養？

「要視乎我們如何令詩歌融入生活，而非以社會形態取決詩歌的創作形態。十幾年前，我在太古廣場舉辦過一場詩畫展，與小思結緣。小思說，可以在華麗喧鬧的商場中觀賞新詩及畫作，妙極！」

由此可見，詩歌並不受環境與社會所限，詩歌對於任何時空，不是不可為，而是如何為，是否敢為。文學與生活息息相關，生活形態取決每個人的參與和投入程度。無論文學、藝術或音樂，均是一種工具，或者媒介。平庸或鄙俗，或者詩歌的語言，並不影響詩歌的存在，任何詩歌，只要讀者從詩歌中有所獲，既具備了存在的價值。

路雅說著，翻開一本封面設計簡約的詩集，「這本《隨緣》是新作，二〇一九年初版，妳看看詩畫是否相配？」

| 鄉愁 | 錯過 |
|---|---|
| 忽然覺醒歸去 | 夢是夜的過客 |
| 月冷星殘 | 他鄉乍醒 |
| 燈寒獨照 | 偷來片歡 |
| 夢是夜的過客 | 陌上春去花遲 |

（摘自《隨緣》，路雅詩・水禾田畫作）

坦言，翻開詩集，一如既往地，與路雅其他詩集一

樣，我首先被其別緻排版和精美插畫吸引，待快速閱讀：小思、譚福基、秀實、水禾田為詩集著序後，我已按耐不住細品詩文的慾望。詩集分為兩部分，二十五首四行詩配水禾田畫作，二十一首五行詩配姜丕中篆刻。詩歌言簡意濃，與插畫和篆刻相生相融，別具特色，且在此摘錄（見上及下）：

| 「**墨香**」 | 「**山中風雨**」 |
|---|---|
| 這窗盈滿的星光 | 把日子摺起來 |
| 在逝去的時間裡留痕 | 時間消失在霧中 |
| 微溫的茶還在細說 | 有些回憶從城裡攜來 |
| 甚麼時候？飄過了紅袖 | 才騰然記起 |
| 花月映著墨香 | 我有著一張原始的面貌 |

（摘自《隨緣》路雅詩·姜丕中篆刻）

### 除詩歌外，路雅尚有小說、文學評論、散文等多類創作。問其性情最適合或偏愛哪類文體創作？

「從未想過偏愛的問題，因熱愛文學，愛創作，各種文體均會嘗試。我自認並不勤於創作，產量不高，現有的作品，大部分是我人生歷驗的結晶。步入職場並封筆後的二十多年，閱讀也隨之擱置。後期的寫作，全部是靠年輕時的學習及閱讀打下的古文底蘊。」

雖則如此，但路雅詩歌產量仍豐富，他說，因詩歌

創作不受時空局限，對於身兼工作者，無疑是佳選。但其本人較為偏好小說創作。按他體會，寫小說，如生命的突破，過程帶給寫作者無限驚艷，如在宇宙中不受量化的重生。

## 詩歌創作會否受年齡、境遇等內／外因素影響而趨弱？

如路雅所言，人，不可能一生平順無憂。然藝術無極限，年齡或境遇是否影響創作僅因人而異。洛夫，六、七十歲，依然為夫人創作情詩。創作者不論年齡，處於任何環境，都應保持一顆熱愛生命之心，詩歌乃人賦予的生命，既有生命，就該為自己為讀者譜出出路。

## 結束語

**蘇曼靈：**路雅幼時隨母親信佛。今天的路雅，已是虔誠的基督徒。信仰的巨大改變，使得路雅的生命與精神世界更加豐富飽滿，在他看來，任何人來到世界都不可造次，對神、對生命，應心懷敬畏，以健康的心態植育自己的生命樹。

我想，時刻懷揣「積極」與「樂觀」面向人生的各種境遇，或許正是路雅創作靈感源源不絕的主因。

專訪結束，特為路雅刊登廣告一輯。茫茫人海中，人各安天命。然，是否每個人都恪守命運，清楚知道自己是誰？從路雅的尋人啟事，你可見到端倪？

〈尋人啟事〉

沒臉人，把命格歸類之後，他只剩餘肢離破碎的側影。

那人有鸚鵡螺的基因，又有雨花石的沉思。

有一天，大清早起來，發現兩頰開始長出腮的式樣。

慢慢就相信自己已回歸大自然。因為足指間長成薄蹼。

在電腦的合成線路裡，有人找到他思考刻錄下的光譜，

他會用光纖呼吸一個世紀也不能化解的愁緒。

當江南春雨綿綿的時候，桃花梨花開過滿山的繁華。

把歷史電鍍成閃亮的回響。

如果你發現有人用航拍機拍下自己的孤獨，請與我們連
　　絡，

也許就是我們要找的人，畧致薄酬。

# 紙式小情書

## 沉默的療癒
## ——讀托芙‧迪特萊弗森
## 「哥本哈根三部曲」

小書

　　二〇二二年四月，華文界終於迎來了托芙‧迪特萊弗森（Tove Ditlevsen）的「哥本哈根三部曲」，繁體中文譯本分三本陸續出版（首兩部的英譯本於一九八五年出版，而第三部曲的英譯則以結合首兩部的姿態於二〇一九年出版）。在中譯本平凡的封面上「童年」二字閃閃發光，倘若你是書店的常客，你不難發現近年出版的書，書名連副題彷彿都在比長城更長，簡潔直白的書名瞬間成了書叢中的星星。

　　出生於一九一七年的一個哥本哈根工人階級家庭，托芙‧迪特萊弗森是丹麥的國寶級作家，在世的時候她的詩文和小說故事創作早已在丹麥文壇獲得肯定，曾獲頒發給在科學、文學或藝術領域有傑出貢獻的丹麥女性的旅遊獎學金（Tagea Brandt Rejselegat）和丹麥文壇最高榮耀的金桂冠文學獎（De Gyldne Laurbær）。她十歲就開始寫作，二十出頭便出版首部詩集，一生著作近三十本，童年經歷是她作品的重心。

　　小書從來抗拒「追看」這回事，但自從四月讀過了《童年》，五月遇上了《青春》之後，盼到七月，我終於等到《毒藥》。絕大部分的評論認為三部曲是托芙的自傳

式小說甚至是回憶錄，但她本人卻在一次訪問中說「一切都是杜撰的」，我想托芙說的是，她一生都不能把生活與創作分開，文字就是她，她就是文字。

對愛情和寫作的追求和渴望，佔據了托芙一生的心力和時間。十八歲時，詩作首次被文學雜誌刊登後，托芙因此認識了第一任丈夫、《野麥子》的主編維果・F・莫勒爾，一個能把她心裡的快樂召喚出來的男人。二十歲的她下嫁五十三歲的他，在維果・F的協助下，托芙如願出版了第一本詩集《少女心》。最初，父輩式的威嚴把托芙從青春的迷失中拯救出來，掙脫疏離的家庭、格格不入的友際和刻板的工作。然而，婚後當她漸漸發現與維果・F共處時，自己的勇氣「開始如沙漏裡的沙子一般，莫名地流瀉。」、甚至覺得「寫作就像童年時做過的一些秘密的、被禁止的事，是一件充滿羞恥、必須躲到角落、在沒人看見時才做的事。」她原來早已準備好摧毀兩人之間的一切。

渣男皮亞特的出現結束了她與維果・F「一場誤會」的婚姻，她搬進了皮亞特安排的房間暫住，這是她自十八歲擺脫家庭自己租住房間以來，第二次擁有自己的房間和一臺打字機，「而我依舊如所有的少女一樣，渴望著一個家、一個丈夫和幾個孩子。」儘管滿身傷痕，被愛仍然是她當時最殷切的盼望。

又幾回的誤打誤撞，托芙似乎終於可以找到感情託付，這一次她遇到一個二十八歲仍然依附母親的大學生艾博。他倆很快迎來了一個生命，然後同居，然後結婚。

女兒的出生沒有帶來預期的幸福，倒是托芙繼續寫作和出書，開始賺愈來愈多的錢，卻又反過來加深艾博的自卑感，他知道托芙是名人，自己不過是一個終日沉淪於酒精、距離大學畢業還很遠的學生。托芙再次懷孕和墮胎的打算終於讓卡爾輕易地把她從軟弱不濟的艾博手中搶過來，畢竟卡爾是個醫生，更關鍵的是他手上握著注滿可以讓托芙忘我地愉快的針藥，連她自己也知道她愛的是針筒裡透徹的液體，而不是擁有針筒的那個男人。

廝混在成癮的針藥、腐朽的健康和精神失常的丈夫之間，托芙領養了卡爾與另一個女人生的嬰兒，也誕下了他與卡爾的寶寶，成了三個孩子的母親。她把自己的性命和收入交托卡爾，孩子的生活則全交托於保母，在迷霧與清醒之間勉強完成了一些作品，直到自己無法感受四季、覺得地獄在人間、無法在創作的時候，托芙終於被送進戒毒所。

「愛情的可怕在於，你對他人完全失去了興趣。」一生都在追逐愛情，糾纏於婚姻與寫作之間的托芙‧迪特萊弗森，當她從毒癮中掙脫第三任丈夫卡爾、從戒毒所回家後，旋即瘋狂地愛上維克多，同時又重投保泰松和杜冷丁的懷抱（兩種讓她成癮的止痛藥）。愛情和藥物沒有如托芙預期般把她從無形的悲傷中解脫出來，而是讓她陷入下一個結婚與離婚的痛苦迴旋之中。

如果你還沒有讀過托芙‧迪特萊弗森的「哥本哈根三部曲」，你可以先從她一敗塗地的婚姻和感情開始，再慢慢回溯她的成長，也可以像我一樣把三部曲反覆閱

讀。

《童年》裡的好一些片段，每次讀起來總有一種似曾相識的、讓人揪心的痛，托芙說「童年就如一副長而窄小的棺木，只靠自己是無法逃脫的。」她的童年擠壓在兩次世界大戰之間，縱然父親數度失業，要靠失業金過活，托芙要羞愧地背著小書包排隊買過期麵包，但在那重男輕女的時代，父親的話語還是有一錘定音的重量：「別痴心妄想了，女人是不可能成詩人的。」哥哥拿著她的書本無情肆意恥笑，而在生活中跟她接觸最密切的媽媽喜怒無常，彷彿托芙就是個天生討她厭煩的角色。在只有六歲的時候，托芙就知道她必須壓抑真實的自我，擔當小丑的角色取悅媽媽。

「大部分的女人都能對男人散發一種難以抗拒的吸引力，只有我不行。」童年的羞愧與自卑就這樣順理成章地跟著托芙由童年踏過十四歲的成年禮。托芙沒有繼續讀書，而是躍身墮入青春歲月的迷失之中，展開了工作生涯，再一次她將自己的人生奉獻，符合了母親無情的願望：盡快出外打工，也要趕快把自己嫁出去，這就是托芙的《青春》。

相對於托芙在文學上的成功，她的成長故事同樣發人深省。我把三部曲一讀再讀，每一本都讀了三數次，讀起來全都是痛：是成長的痛、是作為女性的痛、是階級的痛、是時代的痛。而深刻觸動我的是當托芙在承受著這些沒完沒了的錐心之痛時，她沒有呼天搶地，而是淡然平靜，彷彿文字有著撫平她每一道傷口的奇妙力量，

她就是要倔強頑固地透過書寫向讀者展現她如何應對生命中的麻木與無奈，展示文字強大的療癒力量。

儘管托芙最終選擇以自殺結束她傳奇的人生，從文字裡我們都記得她曾經努力地活過。

托芙・迪特萊弗森與孩子合照

托芙・迪特萊弗森個人照

《青春：哥本哈根三部曲 2》

《童年：哥本哈根三部曲 1》

《毒藥：哥本哈根三部曲 3》

作者：
　　托芙・迪特萊弗森
　　（Tove Ditlevsen）
譯者：吳岫穎
出版社：潮浪 Waves

# 吳尋張跡

## 張愛玲最早成名作 《沉香屑‧第一爐香》

吳邦謀

　　大考的早晨，那慘淡的心情大概只有軍隊作戰前的黎明可以比擬，像「斯巴達克斯」裡奴隸起義的叛軍在晨霧中遙望羅馬大軍擺陣，所有的戰爭片中最恐怖的一幕，因為完全是等待。[1]

張愛玲《小團圓》


　　張愛玲故意重複上述文句在她的《小團圓》開始及結尾段落，既特別且顯眼，意味著她對學校大考前的心情總是忐忑不安，猶如軍隊作戰前的等待。在一九三九年八月考進香港大學文學院的張愛玲[2]，她修讀的課程有英文、歷史、中國文學、翻譯、邏輯和心理學，除中、英文及歷史的成績非常優異外，其他科目只是稍遜一籌。一九四一年十二月八日，本是香港大學期末大考的首天[3]，但在現實中其大考卻被戰爭所打斷，這一天日本發動太平洋戰爭，在偷襲珍珠港之同日進攻香港。在連續十八天日本侵港戰事裡，香港守軍雖奮勇抗敵，但寡不敵眾下劣勢難扭，港英政府終在同年聖誕日當天，由時任港督楊幕琦向日本宣佈無條件投降，香港進入三年零八個月的黑暗歲月。

當時學生身份的張愛玲，以「港大停止辦公了」[4]
來形容因戰事而停學的香港大學。若學生選擇不參加守
城工作者，港大不會給予膳宿，張愛玲只有跟著同學到
防空總部報名。當報了名領了證章後就遇著空襲，香港
大學校舍遭受炸毀，部分教室更倒塌下來，大部分師生
也因逃命而撤離校園。接下來五個月裡，張愛玲親身經
歷對她「有切身的，劇烈的影響」。一九四二年五月，
張愛玲隻身離開日佔下的香港，返回她的家鄉上海去，
並入讀由聖公會創辦的一所享有盛譽的聖約翰大學（St.
John's University）。著

一九四四年二月十日，張愛玲在《天地》雜誌第五
期上發表〈燼餘錄〉，回憶日本侵港時的親身經歷，對她
「有切身的，劇烈的影響」。（作者藏品）

聖約翰大學創立於一八七九年，兩年後成為中國首座全英語授課的學校，是當時上海最優秀的大學之一，也是在華辦學時間最長的一所教會學校。聖約翰大學享有「東方哈佛」盛名，更是培育出聲名顯赫的校友包括林語堂、宋子文、榮毅仁等。入讀名牌大學的代價，需付上昂貴的學費，令張愛玲讀書外需要依靠兼職工作，但低微的收入實在入不敷出。最後，張愛玲因體力不繼很快便選擇輟學，轉而在上海賣文為生，並希望能夠早日成名。

## 張愛玲的伯樂

先有伯樂，才能有千里馬的出現。

一九四三年三月，不足二十三歲的張愛玲，手上帶來一份由她母親娘家的遠房親戚黃岳淵撰寫的推薦信和自己的兩個中篇小說——《沉香屑‧第一爐香》和《沉香屑‧第二爐香》，來到上海愚園路 608 弄 94 號，小心翼翼地叩響了「紫羅蘭庵」的大門，屋內住著的便是《紫羅蘭》主編周瘦鵑。周瘦鵑（1895 - 1968）原名周國賢，江蘇省蘇州市人，「鴛鴦蝴蝶派」作家，文學翻譯家，亦從事園藝工作，開闢了蘇州有名的「周家花園」。一九一六年至一九四九年間，在上海歷任中華書局、《申報》、《新聞報》等編輯和撰稿人，其間主編《半月》、《紫羅蘭》、《樂觀月刊》、《申報》副刊、《禮拜六》週刊等等。《紫羅蘭》半月刊於一九二五年十二月問世，直至一九三○年六月第九十六期停刊，又再到一九四三

年四月復刊，終至一九四五年三月終刊。《紫羅蘭》早
期為二十開本呈正方形，被稱作「中國第一本正方形雜
誌」，它的封面追求時髦，畫有美女圖案，版式注重美
觀，正文插入精彩圖畫。

《紫羅蘭》早期為二十開本呈正方形，被稱作「中國
第一本正方形雜誌」，於一九二五年十二月發行，直
至一九三〇年六月第九十六期停刊，又再到一九四三
年四月復刊，終至一九四五年三月終刊。圖為《紫羅蘭》
第十八期，主編為「鴛鴦蝴蝶派」作家周瘦鵑，由大
東書局發行。（作者藏品）

周瘦鵑曾回憶張愛玲登門叩訪，並記起「一個春寒
料峭的上午，我正懶洋洋地呆在紫羅蘭庵裡，不想出門，

眼望著案頭宣德爐中燒著的一枝紫羅蘭香嫋起的一縷青煙在出神。我的小女兒瑛忽然急匆匆地趕上樓來，拿一個挺大的信封遞給我，說有一位張女士來訪問。我拆開信一瞧，原來是黃園主人岳淵老人介紹一位女作家張愛玲女士來，要和我談談小說的事。我忙不迭趕下樓去，卻見客座中站起一位穿著鵝黃緞半臂的長身玉立的小姐來向我鞠躬，我答過了禮，招呼她坐下。接談之後，才知道這位張女士生在北平，長在上海，前年在香港大學讀書。」[5]

一九四三年四月，張愛玲的《沉香屑·第一爐香》首次發表於《紫羅蘭》第二期半月刊發表，受到讀者熱烈歡迎，迅速在上海聲名鵲起及火速躥紅！（作者藏品）

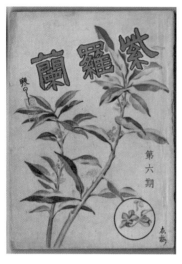

一九四三年，張愛玲的《沉香屑‧第二爐香》在《紫羅蘭》
分上下兩期（即第五期和第六期）推出，大受讀者歡迎。
（作者藏品）

　　周瘦鵑與張愛玲兩人談了一個多小時，在分別時
周瘦鵑告訴張需要一些時間看稿，請她一週後再來聽回
音。一星期後，張愛玲一早到達周家，周瘦鵑指著兩
篇稿本，稱讚不絕，問張愛玲：「我主編的《紫羅蘭》
即將復刊，你是否願意將這兩篇小說發表在這本雜誌
上？」張愛玲滿懷歡喜毫不考慮一口答應了。一個月後，
周瘦鵑主編的第二期《紫羅蘭》雜誌復刊了，張愛玲的《沉
香屑‧第一爐香》開始發表，卷首還有周瘦鵑的〈寫在《紫
羅蘭》前頭〉一文，高度評價了張愛玲這篇小說，還被
後人稱之「國內第一篇盛讚張愛玲作品的評論文章」。
該文寫有：「請讀者共同來欣賞張女士一種特殊情調的

作品，而對於當年香港所謂高等華人的那種驕奢淫逸的生活，也可得到一個深刻的印象……」

張愛玲寫有特殊情調的《沉香屑‧第一爐香》，很快受到讀者熱烈歡迎，周瘦鵑成為張愛玲的伯樂，他乘勢將張愛玲篇幅較長的《沉香屑‧第二爐香》分上下兩期推出，這兩爐香差不多燒了整整五個月。張愛玲這位名不見經傳年青女作家，以這兩篇成名作，很快在上海聲名鵲起及火速躥紅。一九四三年八月十日，周瘦鵑在出版的《紫羅蘭》第五期〈寫在《紫羅蘭》前頭〉中說：「張愛玲女士的〈沉香屑〉第一爐香已燒完了，得到了讀者很多的好評。本期又燒上了第二爐香，寫香港一位英國籍的大學教授，因娶了一個不解性教育的年輕妻子而演出的一段悲哀故事，敘述與描寫的技巧，仍保持她的獨特的風格。張女士因為要出單行本，本來要求我一期登完的；可是篇幅實在太長了，不能如命，抱歉得很！但這第二爐香燒完之後，可沒有第三爐香了；我真有些捨不得一次燒完它，何妨留一半兒下來，讓那沉香屑慢慢的化為灰燼，讓大家慢慢的多領略些幽香呢。」[6]

## 電影觀後感

在樓頭的另一角，薇龍側身躺在牀上，黑漆漆的，並沒有點燈。她睡在那裡，一動也不動，可是身子彷彿坐在高速度的汽車上，夏天的風鼓蓬蓬的在臉頰上拍動。可是那不是風，那是喬琪的吻。薇龍這樣躺著也不知道過了多少時辰……。他對她說了許多溫柔的話，但是他始終沒吐過一個字說他愛她。現在她明白了，喬琪是愛

她的。當然，他的愛和她的愛有不同的方式——當然，他愛她不過是方才那剎一剎那。[7]

張愛玲《沉香屑‧第一爐香》

以上形容男女喜悅及纏綿的精彩字句，出自張愛玲於一九四三年創作的《沉香屑‧第一爐香》短篇小說，原文一方面勾劃出故事中的兩位主角——喬琪喬和葛薇龍的親密關係，二方面卻表達雙方對愛情的不同看法。若透過電影拍攝手法來表達以上男女纏綿的過程，不是易事，還要吻合小說故事中男女主角的容貌、身型、膚色、性格、氣質等等。奪過三屆金馬最佳導演、六屆香港金像獎最佳導演，更是全球首位榮獲威尼斯影展終身成就獎的女性導演許鞍華，繼一九八四年電影《傾城之戀》、一九九七年電影《半生緣》之後，第三部改編自張愛玲作品《第一爐香》，但當開拍前公佈由彭于晏、馬思純分別飾演男女主角開始，就不斷受到外界特別是內地網民質疑及傳出不少的負面消息。

據原著《沉香屑‧第一爐香》所描述，葛薇龍的「臉是平淡而美麗的小凸臉」，「眼睛長而媚，雙眼皮的深痕，直掃入鬢角裡去。纖瘦的鼻子，肥圓的小嘴」，「面部表情呆滯，更加顯出那溫柔敦厚的古中國情調」，「白淨的皮膚」。至於風流成性的喬琪喬，則是「高個子，也生得停勻」，「衣服穿得服貼，隨便」，「沒血色，連嘴唇都是蒼白的，和石膏像一般」。原創小說中的葛薇龍是相當清瘦，氣質過人，且具有說不出的魅力，然而馬思純扮演的葛薇龍，被大眾認為身材不符及氣質薄弱；

而彭于晏扮演病態的混血公子，他本人練就一身好肌肉，
完全不像原作中的二世祖喬琪喬。導演許鞍華曾提到：
「發現在大陸喜歡張愛玲小說的書粉相當多，導致翻拍
小說時，以『絕對不能冒犯』來形容現在的翻拍壓力。
她過去翻拍《半生緣》並沒有波瀾，因為在香港書粉很
少，結果此次翻拍《第一爐香》，面對龐大『原著黨』
檢視和比較。」

　　一九九九年，皇冠出版社發行的《第一爐香──張愛
　　玲短篇小說集之二》，封面題字為樓柏安，封面設計
　　為吳慧雯。（作者藏品）

　　張愛玲於一九五〇年代移居到美國居住，與好友鄺
文美經常書信來往，曾寫有：「當然我知道《傾城之戀》

是我的作品內唯一適合拍電影的，不會再有第二部跟進。《第一爐香》也可惜沒有第二個林黛。」[8] 這表示張愛玲心目中林黛飾演葛薇龍是最適合不過，其實四屆影后林黛本身就圓臉大眼，後期更身型稍胖，跟原著形容的薇龍有很大差別。若林黛早於四十年代初出現，相信改變了張愛玲在一九四三年發表《第一爐香》時的早期人物的構思，今天馬思純飾演的葛薇龍，或更接近張愛玲後來所想的林黛版本。

香港於二〇二一年十一月二十五日首映《第一爐香》，筆者第一時間進場觀看，認為戲中男女主角彭于晏和馬思純演技中規中矩，飾演葛薇龍姑媽的俞飛鴻更出色過人，而畫面、服裝和配樂方面也不錯，值得推薦。若以小說與電影作比較，一千人看過小說中的薇龍及琪喬，便有一千個心目中不同的形象，但電影裡已既定了男女主角，很難吻合每人心目中的薇龍與琪喬，自然產生不同的意見。其實，原著小說中的薇龍是一個極其可愛又可悲亦可憐的女孩子，她那份執著的愛打動了很多讀者，她是個至情至聖的人，即使琪喬是個徹頭徹尾的渣男，她仍願意等他，為他做任何事，一句「我愛你，關你什麼事，千怪不怪，也怪不到你身上去。」[9] 她那樣無怨無悔地去戀愛一個人，去為一個人付出，至死不渝地守候，即使明明知道最後可能只會徒勞無功一場空，她也願意。反觀喬琪、梁太太、司徒協等人，計較著自己的得失及回報，視情愛為遊戲及買賣，應遭受唾棄。只能嘆薇龍將愛情錯付了，深深為她惋惜！薇龍的故事是個悲劇，雖然張愛玲沒有具體敘述她後來的境況，但

小說最後的一句「薇龍的一爐香，也就快燒完了。」已暗示得很清楚，我們也可以想像得到薇龍最後的結局。

許鞍華執導的《第一爐香》在二〇二〇年九月八日於威尼斯首映，繼後於翌年十月二十二日、十一月二十五日及二〇二二年一月十四日分別在中國大陸、香港、臺灣上映。圖為於內地上映《第一爐香》的電影海報，由有「中國電影海報設計第一人」美譽的黃海設計，電影海報上的名字《第一爐香》則由著名作家董橋書寫。（作者藏品）

## 註解

1　引自張愛玲《小團圓》，香港皇冠叢書第 1095 種，香港初版一刷，皇冠出版社（香港）有限公司，2009 年 2 月。

2　據張愛玲在香港大學新生入學註冊表上填寫的個人資料，香港大學檔案館藏，1939 年 8 月 29 日。

3　據《天地》雜誌第五期，張愛玲發表的〈爐餘錄〉，上海雜誌社，1944 年 2 月 10 日。

4　據《天地》雜誌第五期〈爐餘錄〉，張愛玲著，上海雜誌社，1944 年 2 月 10 日。

5　引自《紫羅蘭》第二期，周瘦鵑〈寫在《紫羅蘭》前頭〉，大東書局，1943 年 4 月 10 日。

6　引自《紫羅蘭》第五期，周瘦鵑〈寫在《紫羅蘭》前頭〉，大東書局，1943 年 8 月 10 日。

7　引自《紫羅蘭》第二期，張愛玲〈沉香屑·第一爐香〉，大東書局，1943 年 4 月 10 日。

8　引自張愛玲、宋淇、宋鄺文美著，宋以朗編《張愛玲往來書信集》（I）紙短情長＋（II）書不盡言，皇冠出版社，2020 年 9 月 14 日。

9　引自張愛玲《第一爐香——張愛玲短篇小說集之二》，皇冠出版社，1999 年。

# 特稿

# 重新認識侶倫——〈煙〉讀後感

張彧

侶倫是誰？我們認識侶倫和他的作品嗎？

作為一位重要的香港新文學作家，侶倫的名字不少人都聽過，但這些年來，對於他的作品以及他對香港新文學發展的貢獻，普遍認識不深。雖然在文化學術界中，一直有人對侶倫的作品進行研究，但他在香港文化界的影響力，筆者認為應該更大。

認識侶倫，似乎不應再停留在學術研究層面，它是一個急需解決的文化保育問題。如何讓香港人認識侶倫，讓他的作品流傳更廣，是我寫這篇讀後感的初衷。

## 買舊書與文化保育

九龍舊書店老闆阿然最近找到了一九二八年侶倫以「李霖」之名在上海《現代小說》雜誌發表的兩篇舊作，即〈以麗沙白〉和〈煙〉。後者一直以來未曾「出土」重刊。我得悉有刊登這兩篇短篇小說的合訂本在網上拍賣無人問津後，幾乎不敢相信自己的運氣，隨即從舊書店購入。其後又遇到了雜誌單行本（見**圖1**和**圖2**），於是下定決心——要盡快讓文章重見天日！

在侶倫回憶錄《向水屋筆語》（**圖3**）中，這兩篇舊作被他稱為「幼稚」和「不成樣子的東西」（頁

128）。後來侶倫替學者溫燦昌提供一篇《侶倫文藝生活
概述》時，也刻意不提及這兩篇文章。

圖1《現代小說》第二卷第一號封面，該期刊登侶倫的
短編小說〈以麗沙白〉，為侶倫作品首次刊登在內地文
學期刊，自此與《現代小說》主編葉靈鳳書信往來，葉
靈鳳南來香港定居後，兩人一直保持朋友關係。

圖 2《現代小說》第二卷第四號封面，該期刊登侶倫短篇小說〈煙〉。

人的心理就是這樣的，你愈不讓人知道，人家就會愈感好奇。

侶倫這兩篇十六、七歲時刊登的少作，溫燦昌已重刊〈以麗沙白〉，但〈煙〉多年來未被重刊，其內容直到今天仍是一個迷。

筆者將發現〈煙〉的情況告知初文出版社黎漢傑黎總，他即刻「拍心口」表示願意把這篇小說重新刊登，

因此這篇小說就出現在讀者現在捧讀的《週末飲茶》第
三期內。

　　這次重刊，對於了解侶倫文學生涯的起步點，無疑
是一大貢獻；對於加深我們對侶倫的認識，應能發揮一
定的作用。

圖 3 侶倫的回憶錄《向水屋筆語》，1985 年面世。

在寫這篇讀後感前，筆者有幸與侶倫專家盧瑋鑾教授（小思老師）見面，我提出是否由她寫一篇導讀，我認為這是最理想不過的事情，但當然是不情之請，最終老師婉拒了，當然感到有點可惜。

這次硬著頭皮，筆者細讀〈煙〉後寫了這篇讀後感，文章不是嚴謹的學術分析論文，更不是專家「導讀」，只不過希望透過寫出一些個人觀察，為深入認識侶倫和他的文學作品提供一些線索，拋磚引玉，做個「磚家」，各位請多多指教。

## 作為研究對象的侶倫

侶倫，一九一一年九月三十日生於香港九龍，原名李觀林又名李霖，廣東惠陽人，後來以筆名李林風作證件姓名，一九八八年三月二十六日於香港病逝。

他是香港新文學最重要的拓荒者之一，其文學成就已有不少學術文章討論，最重要的包括一九八四年七月《讀者良友》雜誌創刊號「侶倫特輯」（**圖4**）的各篇文章，內含一篇作家訪問及〈侶倫創作年表〉；一九八八年六月盧瑋鑾教授在《八方文藝叢刊》第九輯刊登的〈侶倫早期小說初探〉，對他早期文學作品進行系統性分析，盧教授在侶倫早期十三篇作品中（不包括〈煙〉），找出三個特徵：異國情調、傷感色彩及愛情主義；二〇一四年十二月，許定銘編著的《香港當代作家作品選集：侶倫卷》出版，他在導讀中對侶倫小說、散文和詩歌的藝術風格有較全面的總結。

圖4 一九八四年《讀者良友》創刊號為侶倫專號,有多
篇相關文章。

　　筆者閱讀這些文章後,一方面對侶倫的小說藝術成
就有更具體的認識;另一方面,心中卻多少有點納悶,
為什麼一個在香港新文學發展具有舉足輕重地位的作家,
在坊間卻不容易找到他的作品?

　　相對於其他香港作家如舒巷城、劉以鬯等,侶倫的
重要性毫不遜色,但在書局和圖書館,要找到侶倫的作
品,只有寥寥幾種。一個出版超過二十種作品的文學拓

荒者，其作品卻幾近被人遺忘，這個情況太讓人感到奇怪。假如天地圖書不是出版了《侶倫卷》，把侶倫多篇小說、散文和詩歌作品重印，它們將更難同讀者見面。

在編著《侶倫卷》的過程中，許定銘也發覺找不到侶倫於一九二八年在葉靈鳳主編的《現代小說》雜誌第二卷第四號所發表的短篇小說〈煙〉。

現在〈煙〉終於找到了。它是否如侶倫本人所說，是「不成樣子的東西」呢？

下面從幾個方面談談我對〈煙〉的理解，提供一些思考方向。如果擔心「劇透」的讀者，可以先讀小說後再讀下文。

## 〈煙〉寫些什麼？

無容置疑，正如許定銘在《侶倫卷》的導讀中所言，〈煙〉和〈以麗沙白〉這兩篇短篇小說的重要性，首先因為它們是「衝出香港的作品」，是一九二〇年代末，讓內地文壇接觸到的優秀香港新文學作品。

侶倫的作品獲《現代小說》雜誌主編葉靈鳳賞識，他們書信往還，開始長達一輩子的友誼。侶倫承認葉靈鳳是他的伯樂，但侶倫的成功，絕非偶然，他其後在內地其他文學刊物的投稿，甚至文學比賽中，都獲正面評價。

但具體而言，究竟年輕作家侶倫成功的原因在哪裡？他的少作如何獲得內地文壇的青睞？

我們細閱〈煙〉之後，對侶倫成功「衝出香港」的

原因會有更清晰的理解。

〈煙〉的故事很簡單，是一個香港青年的成長經歷，他即將往內地參與一項工作，他與青梅竹馬的女主角依依不捨地告別，入住酒店相聚，青年忍不住性衝動，佔有了女方。女方因為未婚懷孕，讓男主角一家蒙羞。男主角回到香港，約了女主角在酒店見面，但久久等待不見女方過來，他焦慮地吸著煙⋯⋯

故事發生的主要場景也是我們熟悉的香港城市街景、維多利亞港兩岸的咖啡店和酒店，其所使用的語言夾雜了英語，在在都凸顯了殖民統治下香港的「異國情調」。

然而，〈煙〉的「異國情調」在小說描寫中沒有一絲艷麗色彩；非但沒有，反而讓讀者看到了城市的灰暗色調，這種深沉冷峻的語言風格，凸顯了城市的冷漠和荒誕，也反映了主角鬱結不安的內心世界。

通篇小說沒有濫用香港「異國情調」以此滿足獵奇心態，也沒有淺薄的白話文句充斥其中，更沒有部分「五四」作家借助方言入文增添地域色彩的弊端。侶倫的小說語言是純淨沉穩的，屬於一種冷靜的反思。

可以這樣說，侶倫少作之所以受到內地文壇領袖的青睞，一定不會是因為它的「異國情調」。

侶倫小說的確是衝出了香港，但它吸引之處似乎不應同它所描述的香港地域特色混為一談。

## 侶倫小說的歷史反思

從侶倫個人經歷了解他的人生觀，多少可以窺探其小說創作所關注的議題。首先要注意的是，〈煙〉的半自傳色彩。

一九二六年，十五歲的侶倫已在香港《大光報》副刊發表組詩〈睡獅集〉，就以題目來說，似乎同中國在列強環伺下，被喻為「睡獅」有關，是希望國家早日醒來免受欺凌的願景。詩作是否反映了強烈的愛國主義呢？筆者沒有讀過不敢妄下結論。但一九二七年，年輕的侶倫離開香港往廣東參加國民革命軍（**圖 5**）。

多年後，侶倫在回憶錄《向水屋筆語》中，對這次經歷解釋為受「熱情」和「理想」的驅使：

那正是我丟開了還未唸完的課本，拋開了家庭的溫暖，去追求我憧憬中軍隊生活的時候。說這是為了生活上的需要，卻也不能排除是經不起時代火燄的激盪，才使我懷著興奮情緒走到那樣的一條道路上去。自然，這條道路不見得是舒適的，有的倒是死亡的機會。然而為一種信念所迷惑的人，卻認為生命縱然死亡了，另一面的生命卻會誕生。也同當時的許多人一樣，我懷著熱情，懷著理想，把實【際】生活上的艱苦感受，掩埋在自己虛構的愉快之中。我有的是剛好成年的歲數，和同樣幼稚的一顆單純的心。（頁 150）

　　參軍不及一年，侶倫決定回港，反思參軍的浪漫，一九二八年所發表的〈煙〉就是這種反思的文學體現。同年，侶倫亦在香港第一本現代文學雜誌，也有香港文壇第一燕之稱的《伴侶》雜誌上發表小說。一九二九年侶倫與謝晨光等組織文學團體「島上社」並於翌年四月創辦文學雜誌《島上》。

　　換言之，十七歲的侶倫經歷著由革命浪漫主義到歷史反思的重大轉變，十八歲開始成為推動香港新文學發展的拓荒者。

　　〈煙〉所描述的，正正是一個香港年輕人對個人成長、對傳統文化（尤其是貞操觀和倫理觀），以及對歷史大潮開始出現深刻的反思，經歷著從幼稚單純到成熟的蛻變。

　　姑勿論〈煙〉在文字技巧上是否未臻成熟，但它繼承自「五四運動」以降對中國傳統價值觀的重新評估，以及對歷史發展（殖民統治、反帝國主義、革命等）的冷靜觀察和質疑，利用高度凝鍊的文字，對上述歷史發展反思，在在都散發著侶倫小說藝術的魅力。

## 作為現代文學大家的侶倫

　　侶倫文學創作的突破是如何發生的？相信眼睛雪亮的讀者在閱畢〈煙〉後會有一定的體會。

　　〈煙〉故事情節雖然簡單，但在文學語言上作出了各種嘗試。

　　首先，它運用現代小說慣常的敘述技巧，透過倒敘、

描寫、對白等產生「留白」效應，讓讀者在逐步解開故事情節疑團的同時，更深刻體會到個人處於歷史洪流中的無奈和醒覺。

如果把〈煙〉拍成電影，多少有王家衛電影中經常演繹的都市疏離感。筆者不會對侶倫的小說加上「後現代」的標籤，但其文字運用了象徵主義等了現代小說元素，值得細味。

小說有一段描述男主角入住港島皇后酒店後，在四樓透過玻璃窗遠眺九龍半島，以及那看不到的祖國大地。讀者會發覺，在空間描述的背後，隱含了男主角對一段過往經歷的追憶：

他的視線由海天而望到了對岸，那處是十分幽遠迷茫，要不是有一點點燈光，令人不容易估到那邊還有一個和中國相連而不為自己所有的涯岸。

──啊，那邊轟豎了巍峨的鐘樓的是尖沙嘴，那深陷了去的是油蔴埭（油麻地）；那裡是藏著有彌敦道、漆咸道啊！……

他想到這裡，他的心如像突然受到了一陣冷風，一股淒涼的感觸充滿了心房，他便退了回來，並且，隨手把帘拉好，又去打聽外面的聲音；可是聲音不曾有過到這裡來的。他越不耐煩的踱到梳化坐下。

以上描述，前半段提及九龍半島的街道和地標，恍如拍電影中運用長鏡頭捕捉外景，而後半段交代男主角的思潮起伏。這裡，侶倫透過對空間的具體描述，演化為小說人物心理狀態的隱喻。

小說對於心理描寫著墨甚多，也是現代主義作家慣常的關注，筆者不會將這種語言藝術過分解讀為對「意識流」的探索，但起碼這種語言的運用，在香港新文學史的發展上，屬於突破性的嘗試。

這麼說，一九二八年在《現代小說》發表的這篇小說〈煙〉，即使被侶倫稱為「幼稚」的作品，但從文學史的角度審視，這篇小說毋寧是香港現代文學發展的里程碑之一。

希望這篇讀後感對重新認識侶倫有一定助益，對「侶倫是誰」以及「侶倫對香港文學的貢獻」這些問題，提出初步思考方向。更重要的是，希望文章能喚起大家對侶倫文學作品的關注。

現在是重新認識侶倫的時候了。

## 參考文獻

李霖（侶倫）：〈煙〉，《現代小說》第二卷第四號（1929 年 5 月）。

侶倫：《向水屋筆語》（香港：三聯書店香港分店，1985）。

柳蘇：〈侶倫——香港文壇拓荒人〉，《讀書》（1988 年第 10 期）

翁靈文：〈勤懇的愛書人作家侶倫〉，《開卷月刊》第 18 期（1980
年 6 月）。

翁靈文：《翁靈文訪談集》（香港：初文，2018 年）。

袁良駿：〈侶倫早期小說的藝術特徵〉，《華文文學》1998 年第 1 期。

袁良駿〈侶倫小說論〉，見黃仲鳴編《侶倫作品評論集》（香港：香
港文學評論出版社，2010）。

張燕珠：《城市回眸——香港文學探論》（香港：初文，2021）。

《現代小說》第二卷第一號（1928 年 7 月）。

《現代小說》第二卷第四號（1929 年 5 月）。

許定銘：《香港當代作家作品選集：侶倫卷》（香港：天地，2014）

陳子善：〈北新半月刊與侶倫的佚作小說〉，《作家》雙月刊，第 11
期（2001 年 8 月）。

彭智文：〈惆悵的追憶——侶倫簽名本二題〉，《城市文藝》第 94
期（2018 年 4 月）。

黃仲鳴編：《侶倫作品評論集》（香港文學評論出版社，2010）。

黃念欣：〈網絡理論、情節分析：從侶倫《窮巷》電影劇本出土說起〉，
《中國文化研究所通訊》2019 年第 1 期。

慕容羽軍著、黎漢傑編：《看路開路——慕容羽軍香港文學論集》（香
港：初文出版社，2019 年）。

潘錦麟：《侶倫與香港文學》，香港嶺南大學碩士論文，1996 年。

盧瑋鑾（小思）：〈侶倫早期小說初探〉，《八方文藝叢刊》第 9 輯（1988
年 6 月）。

羅孚：〈侶倫——香港文壇拓荒人〉，《南斗文星高》（北京：中央
編輯出版社，2010）。

《讀者良友》創刊號（1984 年 7 月）。

二〇二二年九月四日至十月四日

圖5 一九二七年，十六歲的侶倫往內地參加國民革命軍。
（相片來源：《向水屋筆語》）

圖6 一九二九年（左至右）侶倫、葉靈鳳、葉靈鳳前任
妻子郭林鳳和黃谷柳攝於香港九龍城，那年夏天，葉靈
鳳夫婦來港住了一個月。（相片來源：《向水屋筆語》）

# 特稿

# 煙[1]

李霖（侶倫）

## （一）

　　大概是下午七點鐘光景，「福田屋」——一間日本人開設的小餐店——還沒有大多食客；除了幾個外國的水兵喝酒放任地談笑，右邊靠壁的那一個正中的位置，坐著一個洋眼的少年人；看來很冷悄似的，已經坐了不少時間的了。他襟前的一個磁碟上還有三塊 Sandwich，似乎是用賸了的。一杯喝了一半的咖啡，手指還在鉤著杯耳。他不時抬頭去望那壁上的洋畫，望到在幾幀洋畫中間的時鐘，跟著便把杯遞到唇邊。但他喝的很少的；這樣好像要藉此來填塞此刻的空閑，不願意給旁人看破了他呆呆坐著是等候某一個時間的到來似的。

　　三個水兵從門口進來了，他們的沉重的腳步有點驕傲高昂的樣子。拉開中央的四方桌子旁邊的椅子的時候，那坐在左邊牆壁的幾個帶了幾分醉意的都嘈喧起來，其中一個還高舉起酒杯向著他們叫出雷聲般而粗鬧的話，

　　——Come on！

　　他有點討厭了，翻了臉去望望他們；正中的電燈恰照著他的臉上。——他又立即徐徐移轉過來——雖然祇是一剎那間，他的面部已完全看見，異常的清晰。臉是很青白的，頷部微陷成一個淺窩，顴骨有些微隆起，頦

骨也特別顯露。這個狀態看來，費不著什麼詢探也會知道他是精神上受了打擊和內心給抑鬱征服了的。他的外表雖然態度還是安閑，但是那微微淺陷的眼眶內突起底眼睛却時常流動著他內心的不安的神態。他的領結都鬆而且歪了，他似乎不介意到這些。……

"It's a long way to Tipperary,
It's a long way to go.
It's a long way to Tipperary.
To the sweetest girl I know.
Good bye……[2]

座中的幾個喝醉了（的）水兵張開他們的嘴，唱起如牛叫般的難聽而且不連續的慣常唱的舊歌來。陡然，小小的餐店中沒有剛才那麼冷靜沉寞了，把他意識上的寂默也衝破了，很靈敏的直覺和聯感使他渾身戰慄起來，他的心好像裹在針氊一樣難受；神經也似乎起了不自然的緊湊。他不曉得自己為什麼會這樣。望見那水兵醉酒的狂態與滿臉的紅光，又聽了這一段歌聲，討厭中又添上怨恨了。他從 Vest 的袋裡掏出一個錶來，對對照壁上的鐘；左手支著左頤，眉端蹙起皺紋，一會又回復了原狀。比常度要快的舉起杯喝了一口──這一口有些少聲音，比先前喝多了的。他像是對於那些水兵含了極深的厭惡，徐徐站了起來，又向他們瞅了一眼，便向收銀的櫃子去。收銀的是一個年輕的日本少女，圓圓的鵝蛋形的粉臉，時時向人客露著笑容的。他付了餐費，正要轉身出去，

「先生。……」這句清婉的高脆的聲帶操著的中國話，他知道是叫自己的便回轉了頭。

「多給了呢！」她說。

「就這樣。」

「呵，thanks。」她望著他展[3]了脂唇笑了一笑，有些在奇怪他的神態的樣子。

神魂飄忽如像夢遊病者般的出了門外，耳邊恍惚仍聽得裡邊傳出來的這兩句粗朗的歌聲，

「……to the sweetest girl I know, good bye……」

他的身體如像陷進了冰窖之中。

街上異常清冷，在海濱相當距離的孤悄的瓦斯燈的玻璃罩外好像繞了薄薄的一層冷的氛圍。燈的光和空氣勻渾變了橙黃色，離燈較遠的週旁成了輕淡的模糊。如剪的夜寒，嗚嗚地吹得教人難受，他忙把外套的領掀起，兩手插著袋中。地上脩長的影子祇見兩條腿子曳著身子移動，這樣幽森淒靜的冬夜底週遭[4]，任誰都不由得起了寥落的懷感。

他動也不動的在電車坐著，讓它把他載到他的去處。車上零散的乘客，大家守著不相識的沉默；除卻車輪在鐵軌上響著，沒有什麼別的聲息。在他的目光下底一切，什麼都現了淒涼，落寞的情味。

由皇后道而轉下了德輔道，漸漸，輝煌的火光燦然耀目，是不大清楚的，祇是無限光線融結的光亮濛濛把一塊地方包圍。這是熱鬧的域多利亞城的中部，偉大的商場萃會的地方了。他把意識提起一點，似乎很提心著

遙遙的遠處。他的背脊時常略略離開背靠鞠了頸子去探望。

鐵軌沿著了很長直的馬路，又折出了海傍去。到了「上環街市」站他跳了下來。一座宏大堂皇的頂上用燈火綴成兩個「皇后」大字的酒店近在目前，點綴著這酒店的週圍的電炬眩花了他仰望時的眼睛，他便絕無疑慮地踏進去了。進了升降機由一個拿著門匙的伙計領他上四層樓上去，——開了一個房子。

伙計拿著登記冊子出了去後，他便關上了房門。卸掉外套掛到衣櫥裡；當他轉身離開的時候，無意在衣櫥半邊嵌著的一個照身鏡發見了自己，不期而然的他停住了去對鏡照了一下。他好像是不大願意看自己的頹唐的瘦臉，又連忙離開去。——房子的擺佈極美麗，除了三方面整適的安置著衣櫥，梳化（在衣櫥的旁邊的），磁的盥臉盆，精緻的鋪了潔白墊褥的睡牀之外，另一方面和磁盆正對的是一個開了的玻璃窗子。揭起深綠色的帷帘，便可以看見路上車輛的來往和望見那半圓形的海灣與天空上無數冷落的星點。他在房子裡盆旋了幾回，不時很有意於諦聽門外的步履聲，這樣經了不多時間，他有點不耐煩的樣子。最後把俯下的頭仰起，移轉了他圈子腳步的方向，走到窗前，交叠了兩肘伏在那帷帘扯[5]開成三角形空隙下的憑欄。

海水在夜色正濃中是深綠而帶有漆黑，閃映著燈影的波光，好像晚風吹動了的一碧深翠而給月色籠罩的綠茵，又如融解了冰塊的大湖一樣。許多疍家[6]小艇停泊

在海濱，此外還有汽船載著燈光徐徐來往，看起來是不很玲瓏的，煞像什麼龐大的怪物展著牠如電的眼睛馳騁汪洋。大概是北風吹動了流雲的緣故，星光時又閃映時又掩沒。他的視線由海天而望到了對岸，那處是十分幽遠迷茫，要不是有一點點燈光，令人不容易估到那邊還有一個和中國相連而不為自己所有的涯岸。

　　——呵，那邊矗竪了巍峨的鐘樓的是尖沙嘴，那深陷了去的是油蔴埭；那裡是藏著有彌敦道，漆咸道呵！……

　　他想到這裡，他的心如像突然受了一陣冷風，一股凄涼的感觸充滿了心房，他便退了回來，并且，隨手把帘拉好，又去打聽外面的聲音；可是聲音不曾有過到這裡來的。他越不耐煩的踱到梳化坐下。驟然如有所觸，從裡袋摸出一個信封抽出一張紙來看了一會，這張紙便給他的手緊緊的握了一下。隨後摸出錶看了看，發出很低微的聲音自言自語的說，

　　——為什麼還不來？難道……

　　沒有意識的把滿了皺痕的紙又套進信封裡去；跟著點了一筒煙捲，他便坐著梳化不再起來。嘴裡噴了幾口濃煙，像流霞般消散。他把夾著煙的手伸到那靠手的邊圍外，有意無意的凝神望著一裊裊繚繞的灰白而有多少青色的煙，慢慢的飄散，又慢慢的由燃燒著熱烘的火底煙端發出來。

# （二）

是和媚的深春時分。

這幾天來潔的家中像準備什麼似地，呈現了很是冗忙與不安的狀態，這在他的家裡是不曾有過的。因為他應了叔父的推薦到軍隊中 X 團做政治工作，作一個無定期的流浪生涯去。自然從未遠離過的家人，各人的心中，都包圍著了深深的勉強抑著而不敢外露的悵惘；平日的團叙的愉快，完全掩埋於這個當中了！一個神經質富於感情的潔，此時越覺有掩飾不過的不快。尤其初戀五個月的妮一旦分手，他更是不忍心的。這是他極大的苦哀[7]。妮呢？她這樣一個青春正盛的渴求著愛的慰藉的少女，內心也有同樣的淒楚的感念，這是自然的。可是為了他的未來，她不敢稍形阻止的意思。雖然大家的內心都梗著同樣的不快，但他們却不曾十分露過愁容，每一次的會見都是快意的。

潔自從收到他叔父的擾亂了他們心的審靜的信，他幾回想不去，當然這是不對的，然而他却沒有法子抑著自己不躊躇。但是他想到了「潔不會為了妮而不去的罷」？這句父親對母親說過的話，他又不願意人家曉得了他的心事。況且妮也曾說，「去罷，為什麼不去？」雖然他也知道這話裡中是含了深深的隱痛的。也袛好鼓著勇氣決意去了。

那一夜很是溫涼；一切都蓋著了很濃厚的春色的意味。明亮的月色斜照了進騎樓，把涼風吹拂著的石欄外花架上的幾盆花的陰影移到壁間，微微在搖盪。潔和母

親和妮，大家坐在騎樓談話。幾晚來妮都坐得很夜才走，由潔送她回去的。

「潔這次去了要什麼時候回來呢？」妮問。

「沒有什麼事，囬不回來也是一樣的。」他說著看見妮低下了頭，他知道自己的話說得不好了，他不應該在她面前這樣說的連忙改轉應變的語氣說，

……「不過，要是交通利便的話[8]我隨時都可以囬來。」

「自然啦，其實那說得定的，總之有便就多些囬來就是了。」母親似乎同情於潔的話這樣說。

「不過你不要連有便的時候也不囬來看看母親呢。」妮這句話是很機巧的。

「不會這樣的！」他笑著。

「閑時也用不著回來了，來囬一次怪麻煩的，至好在一個好的節份回來要快活些。」母親說。

「節份？……」他自己說，「端午節……」

「不好，端午節太近，而且這個節沒有什麼好頑。我看，還是中秋節的好，要是能夠的話。」

妮接著他母親的話說，

「那就中秋節回來做節罷！」

「好的。」

「到那時我去接你船好不好？」

「……」

「呵，還不曾去呢，却說著回來的事了，這樣的性急！」母親不讓他說話便這麼說。

大家都笑起來了。

因為要準備種種行件，還有兩天他便要起程去，在辛酸的惜別情懷中，潔和妮愈相叙得密起來。他們的時間每天都在劇場裡或逛街的任情歡樂中。每回見面後便預約後的時間的。

第二天下午，潔在自己的房子裡檢理書籍，妮來了，她一踏進了門，大家展起笑臉。

「請坐罷，我要整理一些東西。」

「潔，這裡有你的東西。」她微笑把手中的東西端起。

「什麼東西？」他掉轉頭來。

「看。」

他走了過來，妮便遞給他。——是兩盒 Peek Frean's[9] 餅乾和用紙裹著好幾盒味咕叻。

「是誰個送的？」

「你一個朋友，他說是給你旅途中用的。」

「誰？」

「這裡有字，你看了便會知道。但，我不許你此刻就看。」

「呵！」他從縛著的帶子底下抽了這封信出來。正要看。

「哈不准。」她笑了。

「你有什麼權力？這是我的東西。」信封已在他手上撕開了，套在裡邊的名片是這樣的幾個字，

「親愛的，小小的東西給你破除旅途中的嘴的寂寞。

妮。」

「我估是誰的，謝你呢！」

她在旁邊似乎歡笑著自己的勝利。

「哦，險些忘了，你騙我應該償罪。」

「怎樣償罪？」

「就是這樣……」說著他放下了手中的東西吻她一下。

「怪會作弄人的。」她的雙頰緋紅起來。

妮幫忙他整理應帶的東西和書籍，到了晚飯的時候，她要回家去。

「在這裡喫飯罷，用什麼客氣？」

「家中要等我呢。」

「你總是這麼說。」

「真的，我不回去，也許連你也要罵呢。」

「罵我做甚？」

「罵你纏著我不許走。」她微笑。

「那就，我們今晚再見罷！」

步聲漸漸遠了。

夜色清朗的晚上，滿空排了大小的繁星，近西的一邊，嵌著一個將要團圓的月亮；好像是失敗了的將軍領率著殘餘失序的軍馬。斜峭的微颸，颼颼的迎面拂來，襟懷怡然感快，覺得如此晚夕的可愛，願意長住春宵。一條茫然不能以目力來探得它的盡處的彌敦道，祇見遠遠的瓦斯燈的光線和地面相接，融成濛濛的一片。

遠來的 Bus 停在油蔴埗站，兩個青年男女下車來。

「知道霞不在家，我們剛才用不著到深水浦去。」

「這樣也好，我也算得向她告別了呢。」

他們一邊走著到漆咸道的路，一邊談著話。

「你可還有話和我說麼？」

「有是有的，但不知什麼緣故，到了此刻又空空的。」

「我們想想罷。」

歇一會。

「潔，你近來覺得怎樣呢？」

「我覺得很難過。」

「這沒論誰個別離的人都不免的，不過不要太把別離認真，我們會再見呢。」

「是的，我相信我們再見時一定比現在快樂得多。」

「不必理它這麼長遠了，忘記問你，明天什麼時候上船？」

「大約下午九點鐘，船是十點開行的。」

「我來送你。」

「不必了罷，太麻煩的事。」

「不，我要送。」

「那就隨你便。」

……………………………

在樹蔭底下滿了夜遊的情侶的漆咸道出來，他們慢步的走向尖沙嘴去。

「回去好麼？」他問。

「還早。」

「十點多鐘了。」

「管它十點不十點！」妮似乎不贊同這麼早回去，她走得很慢。

「我是沒有問題的，祇是你罷。」

「我是沒有問題的。祇是你罷！」

「哈，真的？我不回去也可以的。」

「難道我又不可以嗎？」

「那麼，我們就不回去。」

「我也不打緊。」

「好，我們作一個長夜談罷。」

「好呢。」她愉快的笑。

「我們先過香港去。」

「……」

十分鐘時間過了海，從尖沙嘴船上岸來。

「你真的不回去也可以？你不是向我說笑罷？他終究有些相信不過的顧慮。」

「誰個說笑？真真的不打緊，你怕麼？」

「我怕什麼？祇是他們知道了怎麼辦？」

「他們不會知道的，我到朋友處住三兩天都是慣常的事。」

上了 E 大酒店。——

「就這個房子罷！」進了房子他的眼瞟了四處一下向她說。

她祇微笑咬著下唇表示默許了，騰地兩頰湧起紅霞來。

………………………………

「你還騙我？你眼是倦的了。」

「不是，潔，我們談下去罷，我並不想睡。」

「你起來坐罷，這樣不容易倦。」

遵他的話，他便靠著牀欄坐著。他把頭枕在她腹下兩股的中間。

他舉起手去扳她的頸，自己的嘴凑到她的吻。

「妮，至好我們永遠能夠這樣。」

「我也這樣希望的。」

「你分明是想睡了，不要強持呢，傷神是太不好的。」

「你呢？」

「我也睡。」

他起身讓她睡好，替她蓋上薄薄的單被。

她的眼睛張開一條細縫來偷覰他。一種羞態而且臉是紅了的。

捻熄了電燈了。

「潔，不要熄燈。」

「……」

「我怕……」

「怕什麼？」說了，他上牀抱著她。

「……」他一隻手去摸她的……。

「規矩些，潔，要顧及我們的將來呢！」

潔勉強的控制自己，本能地離開，在牀頂那邊的梳化躺下。

「潔。……」在牀上的妮似乎很難為情的在朦朧的意識中不時這樣叫著，「你睡得舒服麼？」

「舒服。」

妮伸下了手來和他的互相握著，他們覺得一種安適。——這樣過了一個半夜。

第二天。

「昨夜你的表兄來了，他說明天到 C 地去，至好你延多一天好大家作伴，我已叫他來和你同去了。」

他回家後母親這樣告訴他。

「這樣最好不過了！」

在他的心中，這出了意外的延期他是十分樂意的。

母親再點理他的行李。

「潔，這些東西是妮送你的麼？」

「是。」

「她真是一個好女子。要是你中秋節能有空回來，我想替你去妮家裡說說，為你們訂婚呢。」母親滿臉笑顏的一邊點東西一邊說。

他的面孔突然紅起來。

……………………………

夜裡，從漆咸道歸來，他倆也不回去了。他們都很自然的有意於繼續昨夜的歡叙。

在 E 酒店的第三層樓開了一個房子。當她背著他卸下外衣的時候，那淺紅色的裡衣緊緊裹著如蜿一般柔潤豐軟的身體，他覺得是受了一種迷醉與不自持的浮動。

「這真出了意外，我今晚仍在這裡。」

「事體有時是估不到的。」

躺在牀上，他一隻手正給她枕著，他聽得她呼吸的緊促。他趁這個當兒說，

「母親今天說，我倘是中秋節回來，我們就訂婚呢。」

「訂了婚也不過這樣的罷。」

「訂了婚我們便決要結婚了。」

「結了婚又怎樣？」

「結了婚就可以……」

「可以什麼？」

「可以……。」他很著力的抱著她的腰；肉體便很緊湊的接觸，到了這個田地，他沒有法子再支持了。

「潔。……」她覺得他的態度不平常了，但她的胸部被壓得作痛起來，說不下去。她的眼簾是惺忪地半閉著，似乎沒有十分抗拒。

他全身都像給火爐烘著一樣；身體和手劇烈的在惡劣的意識支配下騷動。

「我來脫，我來脫罷！」她耐不住他的手在下體的狂擾，推開他，一個手掩著紅透了的臉一個手在解著……。她把身掉轉向著牀的裡面。

「熄了燈罷，不熄了燈我不……」

房子黑暗了。

她忍不過腹下被他狂吮的酸軟，她緊夾著兩條腿子把腰彎起來。

他全身壓著她，

「……。」她拒絕。

「你不愛我麼？」

「愛你，但是……」

「但是什麼呢？」

「……。」

…………………………………

「潔，你永遠不要忘掉我呢。」她抖戰的聲音。

「我永遠不忘掉你的，你永遠是我的。」

一剎那恍惚的意識中，他腦海浮泛了幻覺，這好像是一個夢。一朵嫩白的玫瑰在他的腳下蹂碎，他覺得突然襲來了黑色的恐怖，瞿然跳起，擁抱著她的手把她也搖醒了，

「甚事？」

「沒有什麼。」

她矇矓的意態裡，說出夢囈一般的話，

「你能夠永遠不忘掉我麼？」

這個永遠不能磨滅的痕跡在他的心膜，他的身心沒有一天寧謐過。沒有一天不掙扎於苦腦與抑鬱的夾擊中。時時存著不能挽回的後悔，明知一次後悔之後所得的痛苦更深，然而他總不能自已。事情總有一天會暴發的，每回收到妮的每封不同語氣的信，他更陷進了越深的恐怖。

中秋節恰巧發生了戰事，他便隨軍出發去 E 江，為著軍情的緊急和途程的遙遠，他想歸而不能歸去，雖然

他著急得利害，但是也無可如何。十月才從 E 江歸來駐
防在 W 城的一間學宮，是一間廣大的古式的校所。W
城四面的風景很好，有妍麗的花園，碧綠的池塘和濃密
青葱的老木，觸目都能令人胸懷清廓。他同幾個友人每
天喫了晚飯便拖著倦乏的精神出去靠近的村野遊散，領
略清幽的傍晚的景色。

夕陽還未盡歿西山，殘暉仍散佈大地，從瓦簷漏射
到學宮的前廊，朋友沒有空他便一個人下著石階打算出
去。一個士兵拿了許多信進來，大家走上去圍著他希望
有自己的。離家萬里，個個都翹望著比什麼還珍貴的家
報，那沒有信的祇好走開、心頭牽上無限懊惱了。他接
得三封信，一封是朋友的。一剎那的靈感，已教他覺得
二封的裡中是夾來了怎樣的可怕的消息。

他一邊走一邊看。這是母親寄來的，

「潔兒，離家多月，未嘗一面，聞汝現駐 W 城，有
暇務必抽身回家一趟，以慰我懷。母字。」

寥寥的幾個字，他已知道此中是潛隱了什麼沒有明
言的意思。

一封是妮的，字跡異常潦草，

「我的潔弟，你中秋節不回來，事情弄得糟糕了！

「雖然你回來了，這件事情也終久要暴露的，但假
如經過了機械的訂婚的手續，至少，我所受的沒有現在
這麼苦。——他們日夕都在咒罵說我們豬犬不如。潔弟，
處在如此虛偽的社會中叫我有什麼法子？有什麼法子不
受這樣的殘酷的看待與辱罵呢？我寫不出什麼了，事情

怕難以收拾，請即日束裝歸來。

「你媽媽昨天悄悄來告我，才知道你回了 W 城。急急！妮。」

鄉村的晚上十分淒靜，黝暗；不完整的石砌成底小路和頹壞的屋宇，好像有點古代的風味。路旁的蟲聲與飛著的螢火，點綴成了夜色的深沉。他晚步歸來，帶了滿懷挹抑的情緒，踏著向學宮的小徑回去。他像是失了知覺的醉了酒的，惘然的慢步著，遺忘了目前所有的存在。

「口令！」一陣尖銳的單調的巡夜的步哨聲底聲音飛來，他從模糊的意識中回到現實才知道已到學宮了，

「X……。」他還是惘然的答。

一夜的思慮，他知道對於妮的事自己應該負責任的，便決定歸家去。


在家裡的三天，他鎮日都是在煩惱與難聽的嘲罵中過著；他覺得這種難堪的痛苦是渺渺無窮而且是排遣不開的。

「我為什麼弄出這累人累己的事？我為什麼做到這個田地？」

沒有一刻他不這樣痛責自己。也沒有一刻不深深地懺悔。雖然事情已經做了祇好任它下去的，但他總不能遏止。

回 W 城去的前一天，妮叫人帶了一封信給他，約他晚上八點到皇后酒店等候她去會面。

在廳中。他母親靠著牆角烘火，他父親坐在椅子上抽煙；似乎大家把話頭集中而又似乎是搭訕的對話。

「……」

「還說這許多話做甚啦！來來去去都是這些，教他怪難過的。」是母親抑著父親的語氣底話。

「不是嗎？說什麼新思想，什麼都是混鬧的；弄出這樣不要臉的事體來。」

歇了一會，大約是抽一口煙，又說，

「試問現在成什麼樣子？難道他自己不知道的嗎？年紀不少的了！」

潔在房子裡聽見外邊的話，他簡直沒有插嘴的餘地。

「事情已做了還有什麼可說？祇是為難了妮就是了。」

他聽得母親這句話，心中隱隱地像有什麼在輾動的作痛起來。

「我們的臉也不要嗎？我們還有什麼面子去見人？」父親似乎有多少生氣的，繼續說，

「要是訂過了婚的倒還勉強過得去，到底還是自家人，可是現在他們不曾經過這個手續呢！」

「還是這樣好了，依昨天說的，讓他回去摒擋了才回來結婚也不妨事。」母親溫和地勸解。

「不要太教他難堪，說許多也是沒用的。你看他近來特別瘦得怕人啦！」還有母親的話。

「結婚，結婚；生了兒子才結婚，成什麼話？怕不是這麼容易哩！」

「……」

「唉唉！是的，我們是不曾結過婚，也不曾訂過婚呵！」他祇這樣想，終究說不出一句話來。

## （三）

熱氣漸漸烘到他的指尖，他覺得有些兒痛了，他的凝神的眼睛動了一動，一幕幻像就這樣結束，目光不由得移注到手指，那筒煙快要燒完了，淡薄的煙在空中消散，地上滿了遺下的灰白的餘燼。

他嘆了一口氣，把還有三分多長的煙捲拋到痰盂中，再起來到窗子去探望，眼前祇是一團模糊看不清什麼，他又低了頭踱到梳化前站著。

這樣站了好一忽，敲門的聲響了，他走去開了門。一個蒙了斗篷的女子慢慢的走進來。

「呵！來了嗎？」

「對不住，你等得久了。」她勉強的露了微微的苦笑。

他替她脫下了斗篷掛到衣架上。

雖然已是婦人了，但是她的體態的嬌娜還不見得十分減色；祇是比從前消瘦了。面部有點青白，昔日的膩潤美好的容顏消滅許多了，處女的活潑也找不到了。

「坐下歇歇罷！」

「……。」她在梳化坐著。

「他們知道你出來麼？」他坐在她的身邊。

「知道。」

「他們沒有阻止你麼？」

「我是說到外邊去，他們不知我來會你的。」

除了這些話，他們說不出別的了，大家的心都像窒塞了似的，同時並好像很難為情於說話。

他抱著她的腰和頸項，挨著梳化的靠背。

「潔。……」

「妮。……」

閉著了的四隻眼睛，像珍珠泉一般的從眼縫裏一齊湧下幾顆淚來。

「我累你了，妮！」

他捧著她的臉不住的吻。最後大家嘴壓著嘴。不斷的流下的淚，流到屬部的兩泓渾合為一。

「你不必牽掛我，你做你的工作去罷！」

「但，但是，我們以後呢？………」

一九二八，七，九。香港。

## 註釋

1：原標題為異體字「烟」，但內文全用「煙」字，現改為「煙」。
小說末標示完成日期和地點：「一九二八，七，九。香港。」小
說完成於 1928 年 7 月 9 日，當時侶倫未滿 17 歲。該小說於 1929
年 5 月 1 日出版的上海文學雜誌《現代小說》第二卷第四號刊登，
署名為李霖，是侶倫原名之一。侶倫為出生於香港九龍的客籍人
士，客家話中「李」和「侶」同音，li。

2："It's a Long Way to Tipperary" 為 Jack Judge 和 Harry
Williams 創作的愛爾蘭音樂，1912 年由 Jack Judge 首次演唱，
1914 年愛爾蘭男高音 John McCormack 錄製成唱碟，第一次世
界大戰時為步兵曲，戰後成為一戰的代表歌曲。

3：原文用「輾」字，應是「展」之誤。

4：週遭，也作周遭，周圍的意思。

5：原文為「址」，有誤。

6：原文為「畫家」，當時編輯或因不懂香港有「疍家」（也寫作「蜑
家」）而把「疍」改為「畫」。

7：可能是「苦衷」。

8：原文漏空一格，現補上「話」字。

9：英國餅乾公司名稱。

特稿

## 大轉型的光與影之子：
## 張灝教授紀念專輯

主編：陳躬芳

特約邀稿：任鋒、唐文明、王東傑、白彤東、唐小兵、
成慶、徐波、鄧軍、盧華、付子洋

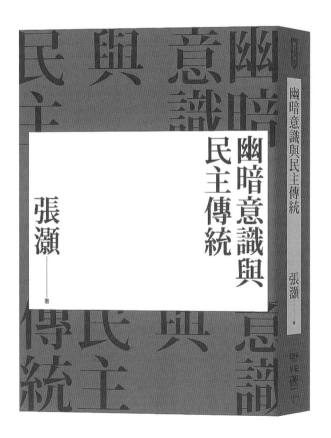

幽暗意識與民主傳統

張灝 著

# 編者按

　　張灝教授（1936-2022），出生在廈門，祖籍安徽滁縣。歷經中國近代的動盪，從廈門到重慶大後方，到南京，最後一九四九年舉家到達臺北。後升讀國立臺灣大學歷史系，為殷海光高徒，師生兩人間關係密切、心靈契合，其中提到後世定位殷海光是「後五四人物」（a post May-fourthian），就是出自殷海光（1919-1969）寫給張灝的信函。後於一九五九年，前往哈佛大學歷史系，師承費正清（John King Fairbank, 1907-1991）、史華慈（Benjamin I. Schwartz, 1916-1999）、楊聯陞（1914-1990）諸老，取得中國歷史博士學位（1966年）。三十餘年間，曾先後任教於美國路易斯安那州立大學、俄亥俄州大學歷史系。一九九二年，當選為臺灣中央研究院院士中研院第十九屆院士。一九九八年，獲聘香港科技大學人文學部教授，移居香港七年，直到二〇〇五年頒以名譽教授榮休為止。其後回到美國華盛頓特區的維珍尼亞州雷斯頓（Reston）和女兒孫子們住在一起，享受天倫之樂。二〇二二年二月，在家人的陪同下，先生將畢生藏書五千餘冊、手稿筆記十餘箱，透過駐舊金山臺北經濟文化辦事處捐贈給國家圖書館，並舉行了捐贈大型圖書館和獎學金的紀念儀式。同年四月二十一日，在加利福尼亞州奧爾巴尼（Albany, CA）安詳離世，享年八十六歲。

　　張公一生專治中國近代思想史、政治思想史，曾先後獲得美國國家人文基金會研究獎金（1975-1976）、

美國學術團體聯合會研究獎金（1972,1979-19八十）、Wiant Professor of Chinese History and Culture, The Ohio State University（1979-1985）、王安東亞學術研究獎金（1985-1986）等殊榮；並擔任於各個享譽國際的學術講座，包括香港中文大學新亞書院錢穆文史講座（1995）、東海大學中西文化比較講座（2000）、香港中文大學余英時講座（2010）等。其主要著作包括 *Liang Ch'i-ch'ao and Intellectual Transition in China, 1890-1907*，*Chinese Intellectuals in Crisis: Search for Order and Meaning, 1890-1911*、《烈士精神與批判意識》、《時代的探索》、《幽暗意識與民主》、《危機中的中國知識分子：意義與秩序的追求（1895-1911）》等，也是《劍橋中國史》晚清思想史部分的撰稿人之一。先生一生的著作研究卓越，最主要的貢獻是提出「幽暗意識」之觀念，從風雲詭異的風暴作為時代探索的背景，特別是從一九八五至一九二七年之轉型時代，提醒世人從中國近代的脈絡反思自由主義與「五四運動」，並認為儒家傳統人性論缺乏了「幽暗意識」，對人性的陰暗面也缺乏足夠重視，對人性過度樂觀，因此當政者一旦掌握權力便很容易泛濫成災而釀成了近代史的諸多悲劇，故須尋求制度上的防範。他留給思想界無窮無盡的反思，至今仍影響著對中國近代思想史的研究。

先生溘然而逝，海內外故交、學生和晚輩們頓感哀思。為對一代學人表達緬懷之意，先生的入門弟子任鋒教授在接獲消息後於四月二十七日早上九點（即「頭

七」之日），組織了一場線上內部追思會。與會者大多是張灝先生生前授教的中、臺學生，現已是歷史學界頗有建樹的學者，每個人皆談到了自己心中的張灝教授，宣讀悼文十幾篇，之後把網上追思會的發言稿陸續發表於微信平臺。其後，張先生的家人又於二〇二二年六月二十七日上午十一時正在加利福尼亞州半島的一個漂亮又具有歷史的花園綠洲（Menlo Park）裡面的一個藝術家藝廊（Allied Arts Guild）舉行紀念活動，並分別以網上直播和錄像短片上傳到油管（YOUTUBE），同時在連線追思留言網頁（KUDOBOARD）紀念張灝教授。追思會中，家人、故交、同事先後帶著隱忍的哀傷分享了張公在世時生活上的點滴，其中包括溫情洋溢的生活趣事，讓人一時悲喜交集。

張教授的科大人文學部舊生們驚聞先生離世消息，頓感哀思，惋惜不已！與先生諸位門生取得聯繫，又廣邀科大人文學部先生的同僚及其他故交撰寫回憶文字，竟一呼百應，收到紀念文章二十多篇。由於篇幅及收稿時間所限，先後以不同主題的組成追思欄目，刊出部分文章，並將與其餘文章於年內另輯錄以《幽暗已成千古患》為名的紀念文集專書出版。先生從思想與時代考察，並接續上中國大傳統的思想內涵，穿行在二十世紀的時代中，是文明的傳燈者；其著作、文章包括幽暗意識、超越意識以及對轉型時代深邃的探討，是映照著後輩學人繼續探索時代的明燈。

2022 年 4 月 27 日網上追思會

　　承蒙《華人文化》及《週末飲茶》期刊主編支持，
先於《華人文化》（6月號）題以〈洞燭幽暗：張灝教授
追思專輯〉欄目刊出張灝教授女兒張筱融女士、張又婷

女士的〈懷念我的父親〉、王汎森教授的〈流水四十年間〉、許紀霖的〈追念張灝先生：警覺人世與人性之惡〉、丘為君的〈追憶張灝先生早期的思想學術發展與生活點滴〉、范廣欣的〈君子之交淡如水〉等九篇文章，系統性展示先生的學術思想要義以及其門生、學人如何得到啟發，並交代了中港臺地區如何推廣及翻譯先生的著作。其後《週末飲茶》（1月號）以〈大轉型的光與影之子：張灝教授追思專輯〉為題，刊登任鋒的〈大轉型的光與影之子〉、唐小兵的〈追憶張灝先生——思想史研究的哲人〉、成慶的〈追思張灝先生——思想史研究的典範〉等九篇文章，展示了二十一世紀年輕學子如何在解讀及反思這位低調而真誠的「二十世紀之子」的學術著作。最後，借《南方周末》記者付子洋的一篇〈敬悼張灝先生：歷史學者張灝的沉思〉文章作一概括性的總結，讓讀者從追憶這位中國思想史大師的生活佚事、學思歷程、師生間的情誼，呈現出傳統文人的道德情操。一代哲人黯然而逝，他沒有湮沒在荒蕪之間，歷史留下了其思想和洞見，輻射於華文世界的兩岸各地。曾經動盪飄泊的人生昭示著生命的聚散離合，求學探問的深思激勵著追尋真理而熾熱的心，深邃地燭照著那人性中的失序與幽暗，在這興亡盛衰憑誰定的時空裡，揚起了他那時而沉鬱哀傷如若艾青的詩——「雪落在中國土地上」的悠遠嘆息，時而以震顫人心的呼喚學人不要忘記反思「那寒冷在封鎖著中國」的苦難。

在匆促間付梓刊印這兩個追思專輯，在此謹感謝《華

人文化》期刊主編陳煒舜教授及《週末飲茶》主編黎漢傑先生特意開闢欄目刊出此紀念文稿；同時向張筱融女士、張又婷女士、王汎森教授、許紀霖教授、傅立萃教授、陳榮開教授等表達由衷敬意，也藉此機會向各位撰稿者致以謝意。

# 大轉型的光與影之子

任鋒

中國人民大學政治系 教授

　　科大的路盤旋婉轉，自上而下連接起了坐落於山坡上的層層校園。不時地，我繞開電梯，沿路曲曲折折一直下到清水灣的海邊。路上幽閒，各式實驗場的轟鳴似乎暗默了，可以駐足觀望路橋邊的叢叢杜鵑，遠眺長卷般靜謐的牛尾海面。行人少見，有幾次竟然偶遇張灝先生，才知道導師有散步的習慣。

　　教授校舍在山下方，研究生的在上面，一個攀山，一個探海，就這樣碰上了。我們都不善於寒暄，一起散步就好像每週的辦公室座談搬到了戶外。老師漫談思考的心路往事，我並不都理會得。記得有次辨析港臺新儒家的內在超越說與他提出的超越內化，先生傾注心神之凝深令人感佩，不知不覺走到他家樓下，仍意猶未盡。

　　世紀之交的六七年，在老師那間望得見海景的辦公室，我從每次個把鐘頭的問答中逐漸瞭解到廣闊的學術世界：史華慈、墨子刻（Thomas A. Metzger, 1933-）、錢穆（1895-1990）、余英時（1930-2021）、沃格林、尼布爾、田立克（Paul Tillich,1886-1965）……和老師問答與讀他的作品一樣，少有閒話套話，偶涉學林掌故，大都緊扣問題，抽絲剝繭。有些耳提面命至今餘音不絕：「學『問』，學『問』，學會發問比讀書重要」、「要懂

得佛家破理障的意思」、「博雅可求也,而深思難得」、「cogent,扣緊實相,不要跟風去 playing tricks,不要枝蔓四溢」……。

　　二〇〇五年我博士畢業,我們先後離開了香港。唯有二〇〇六年,華東師大召開紀念史華慈先生的國際研討會,我們聚過一次。老師基本在美國,不用電腦,也不用手機,散步和座談只能轉為跨洋的隔空通話了。每次電話,除了詢問我的工作和家庭,間或議及時政,深遠遼闊的思想學術議題,仍是他念茲在茲的關切。期間有些年,通話猶如辦公室答疑,個把鐘頭下來,我的電話卡沒錢了,討論戛然而止,下次接著聊。

二〇〇六年,張灝教授與任鋒在華東師大
召開紀念史華慈先生國際研討會合影

他常常自嘲「孤懸海外」，遺世獨立，不與世聞，憧憬未來有機會再續在香港講學的緣分。過去幾年，電話裡多了對師母身體狀況的憂慮。後來，師母不幸早去，疫情大起，他搬去了加州女兒那裡。我們的通話相對少了，有時候會談論起他的親友與環境。也許是大半生在海外，老師並不多談一己私事。歲末年初，在一段時間的失聯後，我終於又聽到他熟悉的聲音。老師的氣力聽起來還足，記憶力卻有些衰退了，不到十分鐘的聊天，感受頗深的是老人家對師母深深的眷戀和對女兒孝養的欣慰。老師一生經歷幾次大病，晚年身體還不錯，學生輩私議，鮐背之壽當可期。不想，這次通話後三個多月，老師就離我們遠去了。

一九三○年代的知識分子年來漸漸退場，造就張先生其人其學的大時代遭際恐亦難以複製了。生於抗日戰爭期間的中國，遭受日軍空襲的恐懼夢魘伴隨其一生，歡送青年學生從軍的振奮與抗戰勝利的狂喜令他記憶深刻，國共內戰導致的民眾流離、家國播遷加重了他的時代風暴感。大陸是他的根，「環滁皆山也」雖非實況，卻是抹不去的故鄉印記。有一次他動情地說，「我是中國人，身上流淌著的是中國人的血液」。他在回憶中提到共和國開國大典、初期建設對他的激勵，革命運動狂飆讓他觸目驚心、感同身受，近幾十年的大國崛起令人鼓舞，身為中國人，其情其感是誠摯懇切的。

另一面，他有在臺港長期生活的經驗，臺灣五十年代的白色恐怖、殷門情結以及世紀之交的民主轉型，他

有不同形式的參與體驗。他開始轉向中文寫作時的幾篇重頭文章（如「幽暗意識」論），八十年代初陸續發表在臺灣報刊上，影響了那個時代開啟的社會轉型。記得他案頭常放著幾份《中國時報》，九九年世紀大地震，隨後是兩千年大選，當時都曾與我們一起緊密關注。記得有次他參加紀念殷海光先生的活動，回來後特別提到領導人馬英九先生代表當局向殷先生家人深致歉意，差可告慰先賢在天之靈。而民主轉型過程中的族群撕裂、黨爭惡鬥、去中國化、教育扭曲，則引發他的憂慮不滿。二〇〇五年臺大演講結束，他回顧大半生漂泊經歷，向聽眾提出海內外華人應該拋開狹隘的族群意識，和平共存，這是中國必須走的路。我們曾見證剛剛回歸不久的香港，後來也面臨嚴峻挑戰。在偶有論及之時，老師對於「民主化」大旗下的運動潮流顯示出審慎節制的態度，也與他對高調民主的長期反思有關。

張先生在一九五〇年代末赴美，開啟了漫長的留學和工作生活，這使他可以在一個比較的視野中理解中國、從相對超然的距離觀察中國。遠離大陸和臺灣，也為反思局中人的政治和文化立場提供了難得的視角。比如對於錢穆和港臺新儒家，在臺期間視其為殷門禁忌，在哈佛期間方有同情瞭解。後來，老師返臺訪問故舊，逐漸促進了殷海光與徐復觀（1904-1982）二者代表的自由主義與新儒家傳統之間的諒解包容。大陸同輩治思想史者，這種同情瞭解往往在八十年代以後，甚或終身不能反省革命意識形態的反傳統病灶。在哈佛費正清、列文

森（Joseph Levenson, 1920-1969）形成「衝擊─回應」模式後，他在史華慈先生指導下沉潛到晚清史界寫出了思想史研究的典範之作。關於梁啟超的專著挑戰列文森舊說，結果受到後者排斥，遲遲不得出版，最後是史、費兩位鼎力推薦，方才問世，並成為柯文所謂「在中國發現歷史」的代表作品。後來寫《危機中的知識分子》，是要挑戰導師的《尋求富強》，原命名《超越富強》，鬥志十足，後經劉廣京先生（1921-2006）建議採取了現在的書名。這本書是老師的巔峰之作，出版不久就得到同輩學人（如李澤厚先生）的積極推重，在大陸很快推出了中譯本，深刻重塑了一代思想史研究者的視野和旨趣。張先生戲稱自己是「殷門餘孽，班門弄斧」，他推崇「班老師」（史華慈）的博學深思、淡泊名位，稱自己只能在某些地方嘗試突破、超越老師。在思想史研究的旨趣、方法和意境上，我們可以感受到他二人的深刻聯繫。

張灝先生透過艾森施塔特（Eisenstadt, 1923-2010）、墨子刻等人受到韋伯（Max Webber, 1864-1920）一路社會理論的影響，曾邀請前者到科大講學，並讓學生們向其當面請教。他與後者則是一生的諍友，當年向我們隆重推薦《擺脫困境》，著實大開眼界，後來還贈我一本作者的新著 *A Cloud Across the Pacific*。另外，尼布爾危機神學（*Christianity and Crisis*）對他的影響不必多說，他在俄亥俄州立大學長期講授一門比較宗教文明的課程，為其樞軸時代研究奠定了深厚根基。

他在西方政治思想領域浸淫頗深，這一點在同輩學人中實屬難得，比如對於中國儒學傳統的研究在在可見沃格林的影響。當年讀博，我曾建議他開設《西方政治思想史》，他非常謙虛，說並非專業所攻，只是向我推薦研讀沃格林、卡爾·弗里德里希（Carl Friedrich, 1901-1984）、謝爾敦·沃林（Sheldon Wolin, 1922-2015）、施特勞斯（Leo Stauss, 1899-1973）等人的著作。他對西方學人的西方文明中心論不以為然，因此對雅斯貝爾斯開啟的樞軸時代論題十分用心，積累一生學力提出新闡釋，對古希臘、埃及、印度、兩河文明的思想智慧多方探求，致力於在一個比較文明的架構中揭示中國古典思想的精義。邀請艾森施塔特前後，他也曾計劃約請薩義德（Edward Said, 1935-2003），眉目已定，不想這位東方學（Orientalism）反思者很快謝世了。

張先生是思想者氣質濃郁的史家，也顯示出有機型知識分子的公共面向。其學思歷時七十多載，在華人中文世界的兩岸多地頗具影響，而各地的吸收回饋也不盡相同，這本身就折射出學人與時代交涉的多重面向。現在尚未到蓋棺論定之際，不過，我們可以在講學傳統的意義上追問，其學術宗旨是甚麼？或者如先生曾言及，其學思「統序」在哪裡？

「幽暗意識」、「轉型時代」、「烈士精神」與革命道路、「超越意識」和經世觀念，都曾經吸引不同學人群體的矚目深思。我在四五年前為老師編訂出版文集，經其認可取名為《轉型時代與幽暗意識》，除了

Playing God（論人的神化），大體將他的單篇論文薈萃一冊，足本仍有待未來。如今撫書再思，有新的體會，不妨將大轉型視為張灝先生的講學宗旨，來統攝他學思的古今兩翼。

「轉型時代」是他研治晚清民初思想史的原創史識，這個看法使得我們超越以新文化運動為現代開端的既往視角，得以認知到現代中國肇始所依託的更為豐厚與深邃的思想精神世界。張先生的時代風暴體驗驅使他在一八九五以降的三十年階段裡檢索巨變的發起信源，他眼中的二十世紀自這裡開啟，現代大革命的道路也源生自茲。「後五四之子」未能突破新文化運動的格局，張灝先生則自認為二十世紀之子，一九九九年在《二十一世紀》刊文〈不要忘記二十世紀！〉，其學思精神的基盤落在了轉型主題上。當然，這個轉型不是五個社會形態的階段躍升，也不是現代化理論視域的西化轉軌，而是作為樞軸文明古國的政治和文化大轉型。我更願意在義理架構而非單純的歷史時代意義上來界定大轉型的蘊涵。

這個大轉型需要我們對其聯結的古今兩翼都有廣遠深入的探討。

在大轉型指向的現代一面，張先生的研究揭示出過渡時期的梁啟超如何調用傳統內部的多樣資源以結合現代西學來疾呼「新民」、康有為、章太炎、譚嗣同等人的思想世界在維新、立憲、革命、民族主義之外如何顯示出世界主義、至善主義等精神—道德世界觀的範式重

構、五四精神的深刻兩歧性何以生成、現代大革命的思想道路如何展開……我們這代學人，雖是改革開放時期成長起來，心智底子仍然是五四與革命教育塑造的。在海外漫天飛舞的多種資訊中，對於現代革命轉型道路的控訴和否定不少，九十年代初《二十一世紀》爆發過對於革命與改革的爭論，還有《告別革命》代表的反思呼籲。多年觀察下來，張先生注重同情式理解的思想史解讀更能切中這個現代道路的精神命脈，精神史、心靈史的浸入幫助人們擺脫妖魔化、權鬥化的成見，在大轉型架構中理解個體和群體激化的歷史理性與經驗教訓。記得老師曾與我剖析毛澤東青年時期《倫理學原理》批註、一九六一年〈卜算子·詠梅〉中的革命宗教意味，革命狂飆的精神根源仍然需要回溯到轉型時代的烏托邦基要意識（Utopian Fundamentalism）。要理解現代共和立國，轉型時代的政治和文化秩序危機是需要充分把握的。錢穆先生曾在辛亥革命——甲子之際做出過相近的歷史精神反思，都提示我們注重現代中國立國精神的烏托邦胎記。

在轉型時代開啟的現代道路中來看待政治意識形態的風雲詭譎，才能領會「幽暗意識」的深邃意味。張灝先生曾談及這個概念有多重指向，其核心指向對於人在德性、知性等精神維度上天生有限性的警悚自察。狹義上，它指向立憲主義的德性與政制關聯，這一點最受民主人士的關注。需要指出，這個概念的提出更多關切的是反省上述烏托邦基要意識孵化出的高調民主觀之樂觀

浪漫主義，其思想史對治的意義大於純粹學理性的考察。張灝先生的運思方式，頗有韋伯論述新教倫理與資本主義精神的理想類型意味，強調現代立憲主義政治與其宗教人性論之間的理念關聯，引導人們思考民主觀的低調面向。

幽暗意識廣義上的蘊涵，尚有待我們發掘。其德性面向之一是對於各類信念體系和宗教觀的吸收、辨析與推進，如儒家憂患意識、基督教罪惡觀、馬克思的異化觀、韋伯的理性化論調。他特別指出各種意識形態極端政治驅動下有別於常惡的極惡現象，使得作惡、尤其是群體作惡逾越人道底線而麻木不仁。二十世紀的罪惡在他看來充分暴露了所謂文明進步的人性危機。有如春秋良史，張先生秉筆燭照現代性的人義問題。陰暗與光明難分不離，作為二十世紀之子無法逃避，「幽暗意識」或許可以提供一些拯救之機。這個維度上，他是驅魔人。

「幽暗意識」因此立足於德性與政治的關聯之維，可指向政治社會經濟機制的考察（如他對馬克思資本主義批判洞見的認可），也指向人類悠久文明信念傳統的清理。

其廣義知性蘊涵之一是對於各種政治意識形態的反省檢討。現代世界，各種主義的「意底牢結」編制得深深重重，大變遷中的人們渴望尋覓到一套可以圓滿解釋人生與世界的言說，執一見而破百惑。張先生從五四啟蒙主義中成長起來，因緣會合，得以出入於新儒家、馬克思主義、自由主義等各種立場，沉思於樞軸時代幾大

文明傳統之間。他對於某種主義立場能從歷史和學理的雙重視角加以同情理解與最大程度的公允反思，其多篇長文（〈論新儒家〉、〈大革命道路〉、〈民主觀〉、〈民族主義〉）獲得學界多方認可，其超越意識形態束縛的潛能值得繼續闡發。如果說現代知識人有「學士」、「教士」之別，那麼，意識型態訴求之下，往往是學士難求，而教士易興。張先生是大革命的守望人、新儒家的諍友、自由主義的內自省者。他的「道統」承擔能得其「學統」的有力滋養，引導其將歷史時代中的精神感知轉化為蓬勃豐厚的學養探索，用後者馴化並昇華前者，不陷於單一意識形態籠罩的立場先行牢籠中。這是一種認知德性論上的幽暗意識，先生講學中時有觸及，然而未有專門闡發。我認為對於意識形態分裂嚴重的知識界，這一點經驗智慧值得我們認真汲取。

大轉型更為重要的一面是古典與傳統。他對思想與時代的考察，接續上了中國大傳統，不只是一個錢穆所言的時代中人，而成為文明的傳燈者。從晚清到現代再回溯傳統，這樣的治學軌跡似乎在當世幾位思想史大家身上都有體現，如李澤厚，如史華慈。張先生對於樞軸文明、超越意識和幽暗意識、經世傳統的探討相對轉型時代研究，並未形成專著，卻為我們留下了濃度極高的數篇專論。也可以說，他是從轉型時代的問題意識出發，回溯到數千年傳統中進行了具有重建意義的探訪。對於經世觀念的探討在八十年代前期提出，四十年來不斷得到學人的認可與拓展，獲得國際同行的高度評價。張先

生糾正了海外以 statecraft 來狹隘理解經世傳統的看法，在宏觀而深遠的視域中對於傳統政治提出了精微廣大的詮解。我也正是在這個研究架構的啟發下，多年來逐漸形成關於治體論的政治思想史與理論解釋框架。

張灝先生晚年常常和我講，幽暗意識與人極意識是他最為關心的兩個點。這是其張力型（tension）思想史意識的典型體現，令人著迷。世人容易將幽暗意識誤解為黑暗意識、性惡論，忽視幽暗意識得以立論的人性光明一面。借用尼布林的語言，黑暗之子是透過與光明之子的對照映現出來的，人心的墮落性與良知永遠在交戰。有一年，抗戰時期的侵華老兵東史郎在香港中文大學依據其日記撰書，公開發表懺悔。活動結束，數千人大講堂轟隆隆散場。我發現張灝先生與劉述先先生走到臺前與司儀有些激動地講些甚麼。原來，他認為應該對這樣的懺悔回致敬意，以表尊重，而非像尋常演講一樣，曲終人散，呼喇喇草草收場。

張先生回到樞軸時代，闡發超越的原人意識，辨析超越內化的凌駕和架空，由此解釋周秦漢宋以來的政治思想，並將幽暗意識的反思內置其間，的確是斡旋天地、重整乾坤的大手筆。而關於政教關係的晚年發覆，凝結了這一理路的心血。還記得與他多次探討這個問題，他慨歎，中國人的政治觀念，與道德精神結合得如此深密；同時，這樣的結合又有著必須深刻檢討的大缺陷。與其他民族相比，對於二十世紀的苦難反思，他覺得知識分子幾乎交了白卷。有一次，電話那頭，他不由得大呼三

聲：「大困境、大困境、大困境」，聲猶在耳！

　　老師當年的榮休晚宴，我忘了甚麼緣故沒有參加，他後來極少見地責備我不懂人情事理。今年初老師向臺北的捐書儀式，我又沒有見證。除了技術原因，心裡總覺得這有些烈士暮年解甲歸田的淒涼，不忍觀摩。後來看到網上照片，老師已不復當年海邊小路上的樣子了，卻如赤子般，神色依舊寧靜。萬水千山行已遍，歸來認得自家身！在大轉型的光與影中穿行一生，負陰抱陽，張灝先生以其特有的體驗、睿智與溫厚遺留下了關於歷史與人性的無盡回味。

# 沃格林與張灝先生的
# 中國思想史研究

唐文明
清華大學哲學系 教授

　　感謝任鋒組織這樣一個活動並邀請我，讓我有機會表達我對張灝先生的追思。我跟張灝先生沒有具體的交往，但是近年來愈來愈意識到他的思想的重要性。所以我主要談一談我對張灝先生的中國思想史研究的一個認知過程。

　　我第一次瞭解到或者說注意到張灝先生大概是在一九九五年後我在北大讀研究生期間。當時和一些同學討論到張灝先生的「幽暗意識」概念。當時我們的看法基本是以一種比較粗疏的形式表達出來的，即從中西差異來看，認為作為中國文化的主流的儒家文化，更強調人性善因而更缺乏幽暗意識，而作為西方文化的主流的基督教文化，更強調人有原罪因而表現出明顯的幽暗意識。這一理解當然就是來自張灝先生的看法，但感覺到也只能到此為止，無法引申出更多的結論，或者也不願意順著這個思路往下想，雖然覺得「幽暗意識」的概念有一定的吸引力。從現在的角度來看，那當然是因為當時的理解不夠深，或者說並沒有真正理解張灝先生提出幽暗意識這一論題背後的理論意圖，包括他的一些更具體的論述，也都沒有仔細看。但幽暗意識的概念的確在

我心中留下了比較深刻的印象，因此後來張灝先生的書只要在大陸出版，我都會留意，都會翻開看一看。每次也都覺得張灝先生的論述很是特別，但也說不上為甚麼特別，也不知道該怎麼看待他的那些論述。試圖順著他的思路往下想的時候也往往停頓在某個地方，感覺不到有認識上的前景，更不會有豁然開朗的感覺。現在看來還是因為太年輕，而且從一開始就沾染了某種時代的習氣，對於那些看起來不夠激進、低調的思想傾向不太感冒，甚至感到無趣。

我真正認識到張灝先生的思想的重要性，大概是二〇一四年之後。二〇一四年，我在《讀書》雜誌發表了三篇關於新文化運動的文章，第一篇是〈夭折的啟蒙還是啟蒙的破產？〉，對自由主義和新左派的看法都提出了批評，發表以後也聽到了來自自由主義和新左派陣營對我的批評。當時我自己的觀點也在逐漸明晰化的過程中，於是就在思考我能夠如何回應那些批評。與此同時，我那段時間也已經開始在看沃格林（Erich Vögelin, 1901-1985）的著作，對沃格林的思想有了一些初步的瞭解，尤其是注意到他對現代性的批評方式和力度與眾不同。有一天我突然想起了張灝先生的一些論述，意識到我將自由主義與新左派都看作是啟蒙籌畫的理論形態而將他們的觀點打包在一起加以批判，與張灝先生對中國現代思潮中的烏托邦主義的分析在基本傾向上頗有類似之處——當時想到的另一個中國現代思想史研究者是與張灝先生同為殷門弟子的林毓生先生，雖然我對他所謂

的「借思想文化解決問題」的論調很不贊同，但我注意到他明確提出了「新文化運動」與「文化大革命」之間的思想關聯。於是我馬上把張灝先生的著作找來重讀，重讀之後才覺得自己這次算是對張灝先生的思想有了真正的理解。

張灝先生對中國現代思想史的研究，深受尼布爾（Reinhold Niebuhr, 1892-1971）的影響，而他對中國古代思想史的研究則深受史華慈的影響，這個剛才好幾位老師都提到了。但還有一位我認為必須提出，即沃格林對他的影響。這些思想來源和他的研究方向或者說問題意識是緊密相關的。沃格林認為現代性是「沒有約束的」，張灝先生對現代性的態度雖然不同於沃格林，但他對現代烏托邦主義的警惕深受沃格林的影響。也正是這樣的影響使得張灝先生的中國現代思想史研究，某種意義上能夠從一個超越意識形態對立的進路展開。而且，在追溯儒家傳統對中國現代烏托邦主義的影響時，張灝的看法也與沃格林的思路有密切關係。

這裡就要說到另一個思想史研究領域中的重要現象了，即在一些思想史研究者那裡，對現代思想史的研究往往會帶動他們對古代思想史的認知方向。或者說，對於一個跨越古代與現代的中國思想史研究者而言，他對現代性的看法——往往清晰地呈現於他對中國現代思想史的研究中——往往會規定他對中國古代思想史的研究方向。一個明顯的例子是去年剛剛離世的李澤厚（1930-2021）先生。在李澤厚先生的中國思想史論三部曲裡面，

他是首先寫了《中國近代思想史論》，然後是《中國現代思想史論》，最後是《中國古代思想史論》。這個寫作次序是很有意思的，意味著說，三部曲裡面真正重要的是他的《中國近代思想史論》，是其核心觀點的確立處，而他的《中國現代思想史論》則是前者的一種延續，他的《中國古代思想史論》則是基於前二者的一種回溯性論述。換言之，以古代與現代的二分而言，對古代的研究取決於對現代的看法。比如說李澤厚先生以「實用理性」來概括中國古代文化的特質，這一點其實是從他的近、現代思想史論中轉出來的。我們在張灝先生這裡也看到類似的現象。非常明顯，他的中國現代思想史研究帶動了他的中國古代思想史研究。剛才幾位老師都提到了張灝先生對宋明理學以及中國的軸心時代的研究，不難看到，張灝先生將中國現代造神運動的根源追溯到宋明理學，又將宋明理學追溯到中國軸心時代的思想，不論他的觀點是否有可商榷之處，這個基於對現代性的理解而把握古代思想史的做法是非常清楚的。

這就要說到張灝先生對中國軸心時代的研究了。這也是我非常關心的一個課題。我的一個判斷是，關於中國的軸心時代，史華慈是所有海外漢學家裡面做得最好的。張灝先生基本上是站在史華慈的思路以及開拓的觀點上，做進一步的闡發。具體來說，史華慈講超越的突破，而張灝先生則進一步闡發超越的突破裡的人的意識突破，他叫做「超越的原人意識」，這當然是一脈相承的。史華慈將中國的軸心時代的突破形式刻劃為「超越

內化」，而張灝先生則順此進行了進一步的論述，尤其是順此對宋明理學的聖人觀念進行了獨特的刻劃。當然，我認為張灝先生有一個混淆，即他把史華慈的超越內化與現代新儒家的內在超越等同了，其實後者是從內在到超越，前者是從超越到內在，有根本的不同。而這一點也影響了張灝先生對宋明理學的理解，特別是從現代新儒家的角度理解宋明理學，從而將中國現代的造神運動的根源追溯到宋明理學。我認為這不是沒有問題的。

當我準備將我研究新文化運動的三篇論文擴展為一個關於中國現代思想史研究的專著時，我意識到我應當寫一篇與張灝先生的研究有關的文章，其實也有以此向他致敬的意思在。這就是〈聖王史識中的絕對民主制時代〉一文。這篇文章的前半部分就是評論張灝先生的中國思想史研究的，曾以〈烏托邦主義與古今儒學〉為題發表在《讀書》雜誌上，全文則發表在洪濤主持的《復旦政治思想評論》上，也曾在許紀霖老師組織的會議上宣讀過一次。前面許紀霖老師說到張灝先生的寫作非常濃縮，他的著作並不算多但內容非常深，需要認真研讀，我完全贊同。在政治立場上，張灝先生持一種低調的自由民主觀，這就與一般自由主義的盲目樂觀非常不同，用他的術語來說，他對現代性的肯定是在對人性的幽暗意識有深度把握的基礎之上的一種非常低調的肯定。如果我們拿張灝先生與李澤厚先生相比，不難看到，他們倆人在政治立場上可能是一致的，但立論基礎很不一樣。張灝先生的思路顯然更為深厚，其思想立場顯然也更為

保守或者說更為低調，我覺得在這一點上他是超過了李澤厚先生的。因此我願意認為，張灝先生的中國現代思想史研究可能是前輩學者的已有研究中最出色的，他的著作應當成為這個領域的必讀書目。

　　總而言之，我認為張灝先生的研究達到了一個尚未被很多人意識到的深度。儘管他的主要著作在大陸都出版了，但左右兩種意識形態的錯誤引導使得大家不太容易真正理解張灝先生的研究的意義。相信隨著學術不斷發展深化，這種狀況會慢慢改變。剛才幾位老師也提到以後要開一些學術性會議，以便對張灝先生的研究做出總結，我認為這樣的提議非常好。另外我還有一個建議，就是希望各位老師，特別是張灝先生的弟子們，應該組織推動張灝先生全集的編輯與出版。儘管張灝先生的主要著作不難獲得，但如能出版全集還是很有意義的，至少能夠讓更多的人、更有系統地瞭解張灝先生的學問成就。

　　在我寫完〈聖王史識中的絕對民主制時代〉一文後，我曾專門跟任鋒、翁賀凱、范廣欣等幾位張灝先生的弟子交流過。當時我還有一個願望，就是以後有機會能夠向張灝先生當面請教。但是前幾天在一次工作晚宴上聽到了張灝先生去世的消息，我深感震驚與悲傷，也覺得特別遺憾。向他當面請教的機會不可能有了！張灝先生與我所在的清華大學哲學系還有一個淵源，這也是我早已留意到並特別珍視的。張灝先生是殷海光先生的弟子，而殷海光先生在西南聯大本科畢業後進入清華大學哲學

研究所，師從金岳霖先生。所以我想，以後有關張灝先
生的紀念活動和學術活動，我都願意發揮清華大學哲學
系的學術資源，盡心盡力地推動。

# 尋求近代中國的意義世界

王東傑
清華大學人文學院歷史系 教授

　　剛剛聽過賀凱兄聲情並茂的回顧，特別感動。感謝張先生的弟子們給我這樣一個對張先生表達敬意的機會。我從來沒有見過張先生，只是他的一個讀者，因此我從讀者的角度來討論一下自己的閱讀感受。

　　幾天前，得知張先生去世的消息，特別突然，有很多想法在腦子裡混作一團，很難在一下子釐清。這兩年來，好像一個時代在慢慢與我們告別。特別是去年以來，何兆武先生（1921-2021）、余英時先生、李澤厚先生先後辭世，現在張灝先生又離開了。他們都是我從大學時代開始不斷閱讀的作者，在很長一段時間裡，不管是在學問上，還是在處世上，我都受到他們著作的引領，從中獲得啟迪。所以，當這些先生集體離開這個世界的時候，突然產生一時無所適從的感覺。

　　我對張先生的著作接觸很早。讀碩士研究生的時候，就讀到他那部研究梁啟超的著作，這本書是我進入中國近代思想史研究的重要引領之一。不過當時讀張先生的書，好像總有一些感受，是不太能夠說得清楚的，這種感覺是甚麼，我待會兒還會回來重新討論。後來，對我的研究和教學有最重要影響的，就是那篇關於「中國近代思想轉型時期」的文章。剛才許紀霖老師也談到過，

說這是一個有待後人不斷去豐富、去填補的大綱。我覺得這是一個非常準確的評判。這篇文章彷彿一個藍圖，一個可供我們在不同的層面進一步探索的指南。

另外，剛才很多老師都談到了《危機中的中國知識分子》這本書，這也是一本特別重要的著作。它跟中國現代思想史研究的另一本名著也就是史華慈的《尋求富強》形成了一個對話關係，既有對史華慈著作的深化，也有對它的補充和昇華。十九世紀晚期以後，追求富強成為中國人關懷的核心主題，到今天我們還籠罩在這個思路的氛圍之下。前些年提出的「社會主義核心價值觀」，第一個就是「富強」，給我留下特別深刻的印象。但是，在「富強」之外，我們是不是還有其他目標？假如把「富強」當作中國近代思想史的唯一主題，可能會遮蔽掉二十世紀中國人在其他方面的追求，使歷史敘事變得更加單薄，也削弱了現代中國的精神深度，造成嚴重的認同危機。因此，我覺得張先生提出尋求秩序和意義，特別是尋求意義這樣一個命題，是對「尋求富強」命題的一個關鍵性的補充。事實上，今天，我們在很大程度上仍然深陷在意義危機裡，儘管在富強方面我們已經有了很大的提升，可是這不足以解決意義的困惑。我想，張先生這個研究本身，大概就是尋求意義的一種努力。

自十九世紀晚期以來，中國人一直在歷史的洪流裡掙扎，到今天似乎還沒有找到一塊可以棲息的地方，無法上岸。傳統的意義體系崩解了，我們的生命（包括個

人的生命和民族、文化的生命）拿甚麼東西來支撐？我
們要抓住點甚麼東西，來拯救自己的精神生命？怎樣清
理我們的家當，通過對傳統的選擇和轉化，使其於外來
的新秩序相匹配，以整合、創新或更新一種切中中國人
精神肌理的理想或意義？這縈繞在所有中國人的腦海中，
決定了我們的生活和思考。我覺得張先生的著作始終在
以一種很學術的方式回應這種歷史的漂泊感，展現出現
實世界跟書齋世界的濃烈對流。思想史對他來說，是一
種高度反省的方式。他回到晚清、宋明，甚至更早的軸
心時代，來理解近代中國人意義世界的緊張。這種緊張
感一直沒有消失，從他這一代人，到今天的我們這一點，
始終無法逃脫這種現實的考量，無法把它從學術裡驅除
掉。

　　張先生討論儒學觀念裡的幽暗意識，也是受到同一
個問題的驅動。他的討論似乎是從西方自由主義的情境
出發，注意到其中對人性的樂觀和悲觀的緊張跟互動，
並由此情境切入儒學觀念的複雜性，試圖改變過去人們
對儒家觀念的誤解，即似乎儒家只是相信人性之善，彌
漫著一種天真的樂觀主義情緒，而缺乏具有內在張力的
深度。我想，在張先生拈出儒家的幽暗意識之後，這樣
一種膚淺的看法是可以終結了。

　　剛才，我談到在我剛開始閱讀張先生文章的時候，
常常會產生一種不知所措的感覺，這種感覺到底是甚麼？
我那時不大能說得清楚。只是在這幾年中，隨著自己逐
漸逃脫一些過去的束縛，才開始能夠更準確的描述它了。

從讀碩士開始，我就一直被教導思想史的史學特性，它跟純粹的哲學史討論不同，思想史研究必須回到歷史的脈絡裡看，要考察的是觀念和社會之間的互動關係，而不是純粹的哲學命題和概念的歷史。這當然是非常正確的，對我的影響非常大。但是，在這種觀念的驅使之下，我在很長一段時間裡邊，開始有意識地抑制頭腦中一些看起來更「哲學」的問題。老實說，我對中國思想文化史產生興趣，在很大程度上是因為我對一些相對抽象的問題有濃厚的興趣。可是，也許是出於「矯枉過正」的心態，進入學科以後所受到的訓練，使我對比較「形而上」的東西產生了自覺的排斥感。

其實，一個思想家是同時生活在幾個世界裡的。一個是生活世界，由物質、制度、習俗這些東西構成。另外，有一個是由思想言論組成的世界，可能是文字性的，有可能是語言的。這是過去的思想史研究主要關注的領域。受其影響，在很長一段時間裡邊，我致力於討論觀念世界跟生活世界的互動關係。但是，我們無論如何也很難回避第三個世界，也就是人生中的「存在」的維度，或者說純粹的心靈和精神的面相。我其實不太知道該怎麼把這個維度引入到對思想史的討論裡來，怎樣安排它的位置。所以，張先生的一些論述所涉及的概念，比如「烈士精神」、「烏托邦主義」以及「人的神化」等，對我有特別的影響力，但也讓我無所適從，只有用抑制的方式來對待它。但後來我逐漸意識到，存在或者精神的維度是客觀存在的，我們的生活是不能迴避它的。它

不能被化約為單純的觀念或言論，更不能化約為制度或風俗，它和意義感直接聯繫在一起。只有正視它，我們才能溝通思想史的不同層次，使其具有更大的包容性。所以，再回到轉型時代的那篇文章，我覺得張先生做的特別重要的一件事就是把精神的層次、觀念的層次以及社會生活的層次同時提了出來。由此，怎麼在前輩奠定的基礎上，透過我們自身的努力，去推動這個藍圖，讓它變成一個更宏偉的大廈，這是我們後學努力的方向。我就拉拉雜雜講這麼多，因為沒有實際接觸，完全只是一個讀者的印象。謝謝各位。

# 需要澄明的幽暗意識
## ——在張灝先生追思會上的發言

白彤東
復旦大學哲學學院 教授

　　各位好！感謝任鋒兄來邀請我參加這個會議，但其實我參加會議的資格應該是很缺乏的。我想今天參加這個紀念張灝先生會議的人，很多跟他都有過接觸，甚至很廣泛和深入的接觸。他的弟子肯定絕大多數都在做思想史，其他的朋友包括廣義的學生、精神上的追隨者，可能也都是在做思想史。而我不但在個人上與張灝先生沒有任何交集，並且在自己的學術訓練背景與學術研究上，也與張先生的關注不太一樣。我上本科學核子物理，後來研究生碩士、博士都是在學哲學，現在是復旦大學哲學學院的教授。做哲學，我更關心的是哲學的問題，規範的問題，而不是思想史的問題、描述的問題。當然，我關心的哲學話題，尤其是對所謂政治儒學做的一些辯護，一些建構性的東西，跟張先生所關心的主題是有關係的。雖然我自己不做思想史，但畢竟自己生活在歷史中，也有自己的立場。這是一個大致的背景。

　　我自己是一九七〇年生人，八十年代是自己成長的時期，而八十年代大概又是中國大陸比較激烈地反傳統、擁抱西方的這麼一個時期。直到現在，中國的絕大多數自由主義者是反傳統的人，似乎只有反傳統才能擁抱自

由主義。或者要擁抱自由主義，必須要反傳統。這是新文化與五四運動形成的百多年的主流想法。但是，能不能有喜歡傳統的自由主義者？甚至更激進地講，是不是保守傳統，才能擁抱自由？不是傳統和自由二選一，而是新文化與五四和自由二選一？這些問題，既是理論問題，也是思想史問題。這些大概也都是張先生的研究背後關心的問題，也是我自己寫了討論張先生思想的那篇文章的一個深層原因。

參加這個追思會，我回想了半天，我二〇一六年寫〈「幽暗意識與民主傳統」之幽暗〉這篇文章的直接引子是甚麼？我想應該是跟任鋒兄的交流，或者是跟許紀霖老師的交流，大概是跟他們一起在甚麼會上談起來，然後萌生了這個念頭。我自己查了一下，我只在臺灣東海大學的一個會議上宣讀過這篇論文，之後就正式發表了（《社會科學》2016 年第 10 期，124-132 頁）。我寫這篇文章之前，坦率講是處於一種對張先生的說法感到無知的狀態。「幽暗意識」的說法在大陸很流行，基本上跟八十年代以來的反傳統一直連在一塊。很多人理解「幽暗意識」是說，中國傳統是樂觀的，認為每個人都可以成聖成賢；而西方之所以能發展出憲政民主，是因為有一個「幽暗意識」，即相信人性的黑暗，因而要用制度去防範與制衡。中國為甚麼沒有民主就是因為沒有這種「幽暗意識」。那麼中國要擁抱民主的話，就要發展出「幽暗意識」。如果傳統沒有也沒法有幽暗意識的話，那只好跟傳統去決裂。所以從八十年代甚至到現在，

都還有人說，中國要擁抱基督教才能擁抱西方的一套東西。而像蔣慶，這樣很保守的當代政治儒學的一個代言人，他看似是對這種說法的反動，但他骨子裡其實接受這樣的想法，認為要接受一種基督教的東西才能接受自由民主。只是他會說，中國傳統不是一套基督教的東西，所以我們要有自己的一套東西，即他說的所謂儒家憲政。這種說法看似與八十年代的西化派不同，但其實有共同的理論底色。所以當時我寫這篇文章的時候，我是準備去批評一下這種錯誤和膚淺的幽暗意識的說法。而這種錯誤想法，我以為是以張灝先生這篇文章做代表的。我只是道聽塗說，但因為自己不做思想史沒有真的看過張先生這篇文章。後來因為不知道甚麼引子要寫我的文章，真的去讀張先生的文章才發現，自己對張灝先生的思想的瞭解才是錯誤和膚淺的。

　　剛才前面許（紀霖）老師和翁賀凱好像都提到，史華慈（Benjamin Schwartz）是有一個「另一面先生」這樣一個稱號，而張灝先生也有這樣的一面。當我真的去讀他「幽暗意識」和其他相關文章的時候，可以很明確的感到，他的立場是很難用一兩句話總結出來的。他說完一句話以後，常常會說另一方面如何如何。所以他的文章實際上層次非常豐富，立場也非常微妙。他的幽暗意識說，並不是簡簡單單的「西方性惡」、「中國性善」，因此西方有自由憲政，而中國沒有。他根本不是這樣的一個立場。準確說。這是他要批評的立場之一。在讀這篇文章和張灝先生的一些相關文章的時候，我也

讀了一些批評文章。其中我覺得李明輝教授文章裡的有些說法是挺有道理的。他說，第一代中國的自由主義者，即五四那一代，是徹底的全盤西化反傳統的。第二代是張先生的老師殷海光先生這一代。他們的立場雖然溫和了一些，但他們關注的還是傳統如何阻礙了民主政治的建立和發展。而到了張先生，他的立場有了一些微妙的變化。他並不是完全把傳統當成一個絆腳石，並且他對傳統的理解更加豐富。但是最終他還是認為中國的傳統缺了一點甚麼，所以他希望把這個缺的東西補上，這樣才能去徹底擁抱現代的東西。同時，他也承認傳統有正面的東西。

我想今天在座的各位肯定都是讀過這篇文章的，不需要我再去講解這篇文章。前面王東傑教授說，張先生這篇文章終結了這種膚淺層面的討論。但是坦率地講，我沒有王教授這麼樂觀。直到現在，我想很多說「幽暗意識」的人，持的還是那種其實張先生並不同意的膚淺的立場。臺灣經過了幾代自由主義的演變，臺灣內部的自由主義也很多元，既有歐陸傳統，以港臺新儒家為代表，也有英美傳統，比如像殷海光和他的追隨者們。不同傳統之間也有交鋒和發展。而中國大陸有不同的經歷。到八十年代的時候，實際上又恢復了第一代的自由主義或者反傳統的自由主義這樣一種狀態。這樣來講，在大陸的自由主義一直沒有像臺灣那樣充分地發展出第二代或第三代自由主義。當代大陸的很多自由主義者還是一百多年來中國第一代自由主義者的觀點，甚至還沒有

達到殷海光先生晚年的一個相對溫和的立場，更沒有達到張先生這樣一個立場。

最近幾年，大陸的自由主義學者幾乎是銷聲匿跡了。當然這與他們很多人還持第一代自由主義的立場沒甚麼太大關係。不過，如果他們能去好好讀讀、研究一下這種第二代自由主義者，甚至第三代自由主義的立場，提高一下自己，那不也是應該的事情和好的事情嗎？在這種情況下，我覺得讀張先生的這些文章和著作還是特別重要的。剛才（唐）文明兄講，他把張先生一些著作當成必讀的書目。這確實是重要的。無論你支持或者反對也好，讀它都是個必要的過程。我想在這一點上，張先生的著作思想是值得研讀的。提高自己，影響學生，星星之火可以燎原。

還有一點前面很多人講到，張先生對多元現代性、軸心時代的理解，包括中國現在的地位，是在反擊從韋伯到現在的西方中心的現代觀念。雖然張先生最終還是站在一個西式的自由派，還是有些更偏西方的立場，但畢竟他對中國的理解要更深刻得多。所以通過張先生的研究，張先生的思想，我們可以加深理解中國。這是第二步，理解中國思想與政治在世界上的地位。

當然還有最高的一步，就是看看是否中國傳統能對整個世界文明的思想做貢獻。我想這也是大陸的自由主義衰敗的一個內在原因。它沒法兒吸引一些非常聰明的學生，讓他們的創造性有伸展的途徑。因為大陸的自由主義者更多是在講西方的東西，在傳播西方東西，而沒

有給西方的東西做出一些批判性的、建設性的思考。其實張先生已經做了一些這方面的努力。而大陸的一些西方意義上的左派也好，儒家意義上的保守派也好，都還是有提供一些不同的東西的。當然這裡面很多人蛻化成了一種義和團心態，那當然很糟糕。但我想，一個有追求的學生或者學人，總會想他能去為這個世界貢獻點甚麼東西，正面和建設性地貢獻點甚麼東西，而不只是去傳播別人的思想。張先生已經在開始做這樣的工作。這種情況下我們如果不能做其他事情，不如就好好讀讀張先生的書。也許我們未來有機會的時候，能為世界文明的豐富與深刻做出一些貢獻。

　　這就是我的一些想法。謝謝大家，特別是謝謝任鋒兄！

# 追憶張灝先生
## ——思想史研究的哲人

唐小兵
華東師範大學歷史系 教授

　　有機會參加張灝教授的追思會，我內心也是特別有感觸。因為我自己是跟隨許老師讀書，許老師受張灝先生影響很大，所以我從二〇〇三年秋天一到上海華東師範大學讀研究生就開始接觸張灝先生的一些著作，包括他的一些文章。我第一次見到張灝先生是在二〇〇六年紀念史華慈的會議，那時候我在讀博士。當時史華慈的紀念會議，我是擔任會務之一，所以能夠有幸見到張灝先生，給我留下的印象是非常的清朗謙和，倒不會覺得有一種特別的威嚴感，但是仍然感覺蠻親切的。所以當時跟他也稍微交談一下，但沒有特別多的一些交流。今天參加這個追思會的老師更多的是前輩，包括一些同輩，我可能是比較幸運，還能夠在二〇一九年疫情爆發之前見到張先生的學人。二〇一八年的時候，我在美國哈佛燕京學社訪學，當時三月份下旬去華盛頓旁聽 AAS 會議。當時我就有一個機會跟同樣與會的 UBC 的丘慧芬教授（林毓生先生的學生）和他的先生杜邁克教授，我們三位去雷克頓拜訪了張灝先生，之前也是托余英時先生跟張灝先生打了招呼。張先生其實晚年基本不大接待訪客，因為他的夫人身體也不太好。那次能夠答應讓丘老師夫婦

和我去拜訪他，我們也是非常地高興。所以我們當時打車大概一個半小時，從華盛頓到了張灝先生家，那是非常安靜的一個社區，在他家大概從三點談到五點吧。他們家也有一個傭人在照顧師母，那天我很有印象，現在回想起來，整個場景就在我眼前浮現，就是因為當時本來說張先生的太太身體不太好，所以張先生跟我們在他的客廳一個桌子邊坐下來一起聊天。但那天張先生的太太精神特別愉快，經常跑過來跟我們坐在一起聽我們談話，有時候也說幾句話。所以當時談了很多關於民族主義和中國往何處去的問題。我記得張灝先生談到李敖先生去世，問我為甚麼中國大陸這麼多人尤其在民間社會對李敖的評價這麼高等這樣一些話題。他當時還送我他的一本那時候好像出版沒多久的一本新書，就是在廣東人民出版社出版的《幽暗意識與時代探索》，送了我一個簽名版，還托我帶了一本書回來給許老師，這些細節今天回想起來都讓人感覺特別溫暖。

追溯了一些最基本的交往之後，我很簡單地談一點對他的學術的一些理解，希望以後有機會能夠專門寫文章。問題導向的思想史研究這個學術傳統，是從史華慈到張灝先生到許老師再到我們學生一代進行傳承。我們基本上在這樣一個學術的脈絡裡面，汲取一些學術的營養來成長。我自己給研究生講授中國文化史專題研究和史學論文寫作等一些課程，也會讓學生來讀張灝先生的著作或論文。我有時總在想張灝先生的思想史作品，讀起來特別地有一種共鳴，也有一種深受啟發的感受。一

方面它是高度濃縮的，我覺得張灝先生對核心概念（就是王汎森老師所講的統攝性概念）創發的能力非常強，比如像轉型時代也好，低調民主也好，幽暗意識也好等等，那麼這些我們前面很多老師都談到了，我就不多說了。我在想為甚麼他的思想史研究對於特別關切近代中國歷史命運展開的學者和學生而言，讀起來有一種強烈和深邃的感同身受的感覺。我覺得張灝先生的思想史背後有非常強烈的精神史的特質，就是他是把精神史濃縮在思想史中間。所以這種思想史不是概念史、知識史那種研究路徑，不是那樣一種對觀念本身的高度凝練，而是有一種民族的精神史的底色。

無論是張灝先生對於譚嗣同烈士精神和批判意識的研究也好，還是對於近代中國的民族主義、無政府主義、轉型時代的烏托邦主義（包括軟性和硬性的烏托邦主義），包括他所談到的歷史的理想主義與激進的理想主義等等這些觀念，背後都有著強烈的精神史取向。以前許老師經常跟我們談到張灝先生他其實在日常生活上非常地遠離人群，跟余先生是不太一樣的。余英時先生家裡訪客如雲，他也喜歡跟人聊天，但張灝先生基本上有點遺世獨立，就是跟余先生那種和光同塵讓人如沐春風的狀態不太一樣，他基本上是閉門離群索居然後深思，經常發呆思考。但其實如果只是讀張灝先生的文章，包括他對儒家政教關係的論述、經世思想等等，你會看到他其實背後對於中國的文化、歷史和政治走向等都有非常深切的關懷。這個關懷我覺得可以概括為他對近代中

國歷史走向中精神的歷程有非常深刻的把握。我覺得這是我讀起來特別讓我感觸很深的,這是第一點,就是我覺得是有精神史作為底色的思想史,所以他的思想史是能夠有一種巨大的歷史的感性力量。它不是簡單的理性認識,而是感性與理性兩者非常充分地融合的一個狀態。

第二點我覺得就是說我在讀張灝先生著作的時候,覺得他深受史華慈教授的影響,也可以說是史華慈教授學術傳統非常重要的傳人。我們可以看到張灝先生的很多研究,包括低調與高調民主觀也好,軟性與硬性的烏托邦主義也好等等的方方面面,包括它對民族主義的區分,比如說有機式的民族主義與公民式的民族主義等等,也包括非常經典的文章,談論五四思想的兩歧性,關於世界主義與民族主義,破除宗教與新的偶像崇拜、理性主義與浪漫主義等等,那你會看到這種兩分的方式,同時注意兩者之間的複雜勾連,這種認知方式其實也是深受史華慈教授運思方式的影響。我覺得其實展現出來的,就是當我們去認知、瞭解和書寫近代中國的思想史,有時候我們總是會按照相對比較單一的方式去把握思想的世界,但是張灝先生給我們所呈現的這樣一種兩分,這種兩分又不是一種簡單的兩分,而是作為一種悖論性的思考方式,兩者之間既有一種理想類型的區分,同時又是互相交錯的一種糾纏狀況。我覺得這也是讓我深受啟發的,就是怎麼樣認識近代中國在這樣一個急劇壓縮的時代裡各種思潮的相互碰撞,比如從轉型時代的多元走向主義時代的一元等。

　　第三點就是我自己這些年關於左翼文化與中國革命的研究也深受張灝教授影響，所以我覺得張灝先生對於中國革命的一些討論，關於中國革命的道路，關於烏托邦主義，包括後來他在臺灣的一個演講，發表在中研院近代史集刊的關於五四與中共革命的研究，討論五四新文化運動與中國革命、中共革命的關係，人的神化的研究和偶像崇拜研究等等，其實對我的研究也是非常有啟發的。我們以前很多研究更多地關注比如中共面對工農的動員這樣一些層面，但是我覺得張灝先生對於中國革命的理解，比如中國儒家文化的烏托邦主義等源流的探討和挖掘是非常深邃的。這些年有很多學者做新革命史研究，但我覺得新革命史研究如果不能在精神史，不能在張灝先生研究的層面上來討論，就沒有辦法理解整個二十世紀中國共產革命狂飆突進背後整個的精神脈絡到底是怎樣的。這方面我覺得張灝先生也是給我們開闢了很多的一些思維，打開了很多的空間。張灝先生跟余先生自從哈佛求學時期訂交長達數十年的摯友，他跟余先生的關係，我覺得也很有意思。余英時先生講廢科舉之後中國知識分子的邊緣化，張灝先生在《中國近代思想史的轉型時代》講知識分子一方面確實邊緣化了，跟政治權力關係疏離了，但另外一方面因為新式傳播媒介、新式學校和新式學會，新式知識分子的社會影響力擴大了，那這方面也特別讓我們感覺到老一代思想史學者他們之間和而不同的學術品格，對我們來說也是特別有啟發。我們怎麼樣包容意見，然後又互相切磋，這些也是

特別讓人有所感觸。美國的中國思想史研究三傑余英時先生、張灝先生、林毓生先生無論在學術還是在人格方面都給我們做思想史研究的年輕一代留下了一些重要的影響，儘管余先生和張先生在新冠疫情中都先後離開我們，但他們的學術與人格早已進入歷史，我覺得我們這一代人，七十後、八十後從事思想史研究的學人要沿著這個路繼續往前走下去，要很好地傳承這個傳統並發揚光大，這是中國思想史研究最具有生命力和活力的傳統，只有守先待後，才能吾道不孤。

# 追思張灝先生
## ——思想史研究的典範

成慶
上海大學文學院 副教授

謝謝任鋒兄！謝謝這次能夠邀請我來參加張灝先生的追思會。

前面小兵也說了，不過我比小兵稍微早一點，我是在二〇〇二年的時候就跟著許紀霖老師讀書，做思想史的研究。那時候我印象很深刻的是，張灝先生第一次來華東師範大學思想所做了一場關於梁啟超的報告——那是我第一次見到張灝先生。後來我們學習與研究思想史，我記得我讀了他的第一篇文章是〈重訪五四——論五四思想的兩歧性〉。當時剛開始讀張灝先生這篇文章，是覺得它提供了一個我們很好理解近代思想的一個框架。到後來，二〇〇二年許（紀霖）老師編了那本《張灝自選集》，再結合我當時正在做的一些學術訓練，於是就寫了一篇書評發表在二〇〇二年香港《二十一世紀》雜誌上。那是最早跟張灝先生的結緣。我們就是以他為做思想史研究的一個範本與典範。後來雖然我的思想也有很多的一些變化，但我學術研究的範式仍然沿著這條路。

我還記得二〇〇六年我碩士論文答辯的時候，當時我們系裡的老師，認為我寫的張君勱研究的論文不像是歷史學研究。我想這也是思想史研究在當時那個環境下

的一些困境的體現，當然現在這種問題可能會稍好一點
了。在二〇〇六年前後，我思想上也有一個大的轉變，
當時沃格林的一位學生來我們華東師大跟北大做講座，
我跟他有很親密的交流。所以後來一段時間我便就轉向
了對沃格林思想的閱讀，還翻譯了一本關於沃格林的書
（按：尤金・韋伯（Eugene Webb, 1938-）《沃格林：
歷史哲學家》）。那也讓我重新反過來有機會去瞭解張
灝先生的思想來源，也就是史華慈。雖然很早我也讀了
很多史華慈的東西，但那個時候我才意識到沃格林、史
華慈他們思想的一些共同性。所以到二〇〇八年我去美
國之後，有機緣跟著林同奇先生讀史華慈的先秦中國的
思想（《古代中國的思想世界》），我才開始意識到，
原來像張灝先生、林同奇先生，他們背後研究中國思想
史背後的一些共同的思想來源，包括像沃格林、尼布爾
這些。

二〇〇八年當時經林同奇先生介紹，我曾專門去到
D.C（華盛頓特區）拜訪張灝先生。前幾天許（紀霖）老
師跟我講起張灝先生去世的消息，當年那些細節一下就
都浮現出來了，非常非常感人。當時我就覺得很感動，
為甚麼呢？因為當時張灝先生年紀也不小了，那時候我
跟我的同門宋宏兩個人去的時候，在美國那種汽車環境
下沒有甚麼交通運輸的能力，所以張先生親自開車到機
場接我們兩個，接到他在 D.C 的家裡面。現在想想，張
先生對我們年輕人的那種平易近人，真的很令人感動。
那天的活動還蠻豐富，我印象很清楚，當時張灝先生跟

師母還帶我們去了一個川菜館。今天聽其他的老師分享，大概他們是真的很喜歡吃辣。然後我們一邊吃飯一邊聊天，聊得很開心。那天張先生和師母都非常開心，應該是看到我們年輕人好不容易遠道而來。

我們在他家裡面也談了很多關於思想史研究的一些話題，我有幾個點我印象非常深刻。一個是張師母說張先生每天在房間裡活動的細節，說他一天到晚就坐在沙發上思考。可見張灝先生做思想史研究，有一點哲人性的特色，帶有哲學家的沉思性。他並不是每天都在埋頭讀書，他可能有大量的時間都在那裡思考。這一點是我通過張師母一不小心透露出來的資訊得到的，反映出他每天其實很多時間都是用來思考的。另外一個細節是，我們臨走的時候他對我們說了一句話，說「中國思想史研究要也要清理門戶」。從我對當代中國思想史研究的一些理解來講，我當然能夠瞭解到背後的一些弦外之音。因為有可能當時的中國思想史研究有非常嚴重的意識型態化的傾向，很多的爭論其實並沒有回到基本的思想的源頭議題。另外，今天我還翻出來當時我跟張先生的合影，背後是他家裡的客廳，掛了一幅于右任的書法。那個書法我查了一下，是于右任在一九四五年寫的一組抗戰的組詩。當然于右任先生的作品本來是非常珍貴的，另外也顯示出張灝先生對中國的一種認同情懷，對中國文化的感情是非常深的。這一點是那一代的臺灣知識分子學者普遍的共性，見到我們從大陸來的一些年輕人，他也會感覺非常親切。

　　後來我回到國內翻譯了一本沃格林的傳記。雖然翻譯得也不怎麼樣，但因為跟張灝先生談過沃格林，他也表示他非常關注，所以後來也寄給了他一本。回國之後我的個人的學術研究轉向了佛教思想史，但我不斷再回過頭來看，其實我研究佛教也是跟張灝先生、史華慈，包括林同奇先生當初通過研究與耳聽面命分不開的。我在波士頓跟林同奇先生也一起讀過史華慈，林同奇先生也是一見面就談學術，直接拿個英文本就拋給你，就現場讀，看你怎麼理解。他們那代人有一個共同特點，對思想性的源初性的問題，比如對中國文明、中國思想的一些源初性的問題和基本的問題，他們有著非常多的思考。上個學期我帶學生讀近代佛教思想的一個研究生課，我推薦的要讀的文章跟書，反而是余英時先生的《論天人之際》，還有張灝先生一些早年的文章〈重訪軸心時代的思想突破〉，還有二〇一三年在臺灣《思想》雜誌上發表的〈政教一元還是政教二元？──傳統儒家思想中的政教關係〉的那些文章。所以說我覺得我雖然做佛教思想史，但其實回應的問題還是跟張灝先生、史華慈，包括林同奇先生這些老先生的思想研究的趣味是一脈的。因為我對人類基本的生命存在的意義問題，有著更濃厚的興趣。雖然張灝先生討論了很多關於政治思想的問題，但我隱約感覺到他對人的生命的存在性的那種關懷是呼之欲出的，更不用說史華慈教授。從學術研究的角度來說，好像我這這麼多年很少寫我們傳統意義上的近代思想史的文章，更多的時間是在寫禪宗與佛教，但是我覺

得我關注的問題的源頭仍然來自於這些學者前輩，來自於曾經給我很多教益的老先生。而且我研究佛教其實也與我在研究思想史過程當中的困惑有關係。比如我的博士論文其實就跟張灝先生在《危機中的中國知識分子》裡面曾談到章太炎的佛教的元素有關係。只是當初的我還沒有能力處理這個問題啊，後來也花了很多時間。這些問題都跟張灝先生在他的研究當中所開啟的很多問題的論域有關係。所以後來我做的太虛研究，包括太虛對嚴復（1854-1921）的回應，其實多少還是在這個學術脈絡下做的一點工作。

所以有時候想想，當時我在他的那個房間跟他交流大概前後有六七個小時，待的時間好像還蠻長。就那樣的驚鴻一瞥，其實對我而言有蠻大的影響。因為直接去親近一位思想者——我認為張灝先生稱得上是一位思想者，他的那種每天坐在那裡思考的生活方式，在某個方面我也蠻傾慕，我個人也有這樣類似的一些傾向，就是有時候思考的多一點，反而讀的東西相對來說少一點。所以他對我們的影響，我突然間有時候能在他身上找到未來的一些，作為學者也好，作為一個老師也好，作為一個純粹的思想者也好，他所表現出的一種典範性的作用。今天想一想，當時在美國遇到的林同奇先生跟張灝先生，現在都去世了。我知道蕭延中老師其實是在延續著林同奇先生的一些工作，相比之下我很慚愧。但是我希望以後有機會重新從佛教的角度，去對張灝先生他們所提出的很多近代思想史的問題，做一些思想史的回應。

這也是我們今天能做到的地方。

我就簡單地分享這麼一點，謝謝大家！謝謝任鋒兄！

# 幽暗意識與儒家思想的新展開

徐波
復旦大學哲學學院 副教授

　　各位老師好！首先非常感謝任鋒老師的邀請。我是徐波，現在是復旦大學副教授。很榮幸能夠參加這次向張灝先生致敬的追思會！

　　我博士階段就讀於香港科技大學，導師是黃敏浩老師和陳榮開老師。我去香港科大的時候已經是二〇一〇年了，那時候張灝先生已經退休四五年了，所以不像之前幾位學長學姐那樣有幸親炙於張灝先生。但張灝先生的影響其實一直還在，香港科大的一些老師上課時會提起他。而且也正因為張灝先生的因緣，我在二〇一〇年有幸聽了林毓生先生的課，當時林先生來香港科大客座了一整個學期——這段時間上海疫情，我在家還翻到了一些當時聽課的老照片。

　　真正跟張灝先生結緣是非常偶然的一個機會。我在港科大第一年的 Temporary Advisor（臨時導師）是陳榮開老師。我做他 RA（Research Assistant，即研究助理）的時候，工作剛好就是整理張灝先生的 bibliography（書目）。這個工作本來是不要求去讀那些書的，但是陳榮開老師希望我盡可能去把那些論文和書中篇章都找到，所以自己也花了很多工夫去各種圖書館翻書、文獻傳遞以及掃描等等。最後搜集完成之後，

相當於自己面前有一場非常豐盛的大餐，會情不自禁地想著要去品嚐。可能就是緣分吧！於是在某天晚上我就開始讀張灝先生的書，也正像前面幾位老師所說的，只要一讀張灝先生的書，就會被張先生所吸引住，大受震撼，大受啟發。這些閱讀經歷也直接影響了我後續思考，包括我做博士論文的一些思路。讀書，有時真的很講緣分。差不多在這前後的時期，我還讀了余英時先生的一些書，特別是《朱熹的歷史世界》，基本上是一頁一頁非常仔細的讀法。雖然都是廣義的思想史研究，但是余先生的書我讀了之後，當時就覺得不大滿足，不大過癮，後來還年少輕狂寫了一篇批評的文章。

我自己的學術進路是哲學的，主要是中國哲學的進路，特別是受到現當代新儒學的影響。我在香港科技大學做的博士論文是牟宗三先生的天臺佛學思想。這幾年又擴展到了熊十力先生。我寫過一篇關於張灝先生的文章〈劉蕺山《人譜》中的「幽暗意識」探原〉。在《幽暗意識與民主傳統》一書中，張灝先生有提到劉蕺山《人譜》裡面的幽暗意識，但是他沒有具體展開。剛才也很高興聽到前邊幾位老師提到張灝先生對宋明理學的用力，接下來我就大概講一講我的這篇文章的內容。這篇文章在臺灣的《哲學與文化》月刊發表之後，當時也托陳榮開老師帶給張灝先生，但可能跟翁賀凱學長類似的客觀原因，可能未必有收到。

我想今天借這個機會，謹以此文向張灝先生做一個致敬。這篇文章也是我二〇一九年的一本小書《由湍水

之喻到幽暗意識：理學視域下的人性善惡論新探》的其中一章。大家從題目當中可以看到，我是從一個哲學的角度，希望把孟子的性善論，跟張灝先生「幽暗意識」的洞見，放置到整個儒家哲學的思想當中，對於人性善惡的討論進行一個梳理。關於張灝先生那一章，就在書的第六章〈劉蕺山《人譜》中的「幽暗意識」與「超越意識」〉。之前張灝先生在《幽暗意識與民主傳統》裡面講蕺山大概只有兩三句話，而我自己對劉蕺山比較感興趣，包括我在香港科技大學的導師黃敏浩老師是蕺山學的專家。所以我把在香港科技大學所學到的一些內容，融合起來，同時把牟宗三的一些背景知識也納入了其中。牟宗三特別推崇所謂的「五峰—蕺山系」，重新劃分了「三系論」，所以我都進行了一個綜合。

在這篇文章裡面，我首先對「幽暗意識」的概念做了一些澄清。就像剛才白彤東老師所說，現在大家對於張灝先生所提出來「幽暗意識」概念，其實有很多誤讀。我試圖通過張灝先生的「幽暗意識」作為引子，對劉蕺山思想進行進一步的思考，也對「幽暗意識」的思想史意義進行進一步的發掘，同時對儒家在現代社會的價值與作用進行更進一步的思考。《人譜》是張灝先生特別強調的一本書。他認為宋明理學發展到晚明，特別是在劉蕺山的《人譜》中對惡的重視，已經和西方基督傳統非常類似而可相提並論了。我思考的一個大的問題，是張灝先生反覆提醒的，他覺得傳統儒家思想雖然會包含有一些憲政民主的積極因素，但為甚麼始終有一些掣肘？

由殷海光先生到張灝先生、林毓生先生，以及徐復觀、牟宗三他們，這些現代新儒家跟現代中國自由主義者們的爭論，到底是否有融合的可能？我們知道，張灝先生關於殷海光先生最後日子的回憶〈一條沒有走完的路〉中有提到，其實是他促成了徐復觀先生與殷海光先生的和解。所以在這個意義上，我個人是把張灝先生視為新儒學的同盟軍。

關於「幽暗意識」，我在文中也提出，它並不是一種狹義韋伯式的文化決定論，張灝先生強調它在西方、中國和印度都有。我是做新儒學的，因此也特別強調張灝先生對徐復觀先生的致敬與回應。他的「幽暗意識」，包括剛才很多老師也有提到，當然是有基督神學的背景，在《張灝自選集》的序裡，張灝先生自己講得很清楚，「幽暗意識」有三個來源：一個是徐復觀先生的憂患意識，一個是尼布林的神學，另外一個是馬克思主義的異化理論。我這篇文章比較側重於對徐復觀先生的致敬與回應。張灝先生特別強調一點，是宋明儒學當中一直以來對「幽暗意識」有一以貫之的發展。包括劉子健先生、余英時先生，他們都講到「中國轉向內在」的現象，這在宋明理學裡面是有很直接的體現，特別是受到大乘佛學的影響，而《人譜》就是這方面的一個直接的體現。

我自己覺得特別需要強調或者說張灝先生特別容易被誤解的地方，在於大家往往只注重《幽暗意識與民主傳統》那本書裡面的某篇文章，他的其他文章包括〈超越意識與幽暗意識〉、〈儒家經世理念的思想傳統〉等

則重視不夠，特別是沒有足夠重視〈超越意識與幽暗意識〉一文中對儒學的分析。如果我們把這些文章結合在一起來看的話，就會發現張灝先生不僅是現代新儒學的一個同盟軍，他還跟宋明理學的思路有著直接的聯繫。像《人譜》這本書，張灝先生提得很高，認為這是宋明理學發展到對惡的重視的一個巔峰。但是四庫館臣在編《四庫》的時候認為《人譜》這本書只是對中人以下說的，評價並不高。包括黃宗羲編《明儒學案》時，他居然沒把這本書放到他自己親老師的《學案》裡面，根本就沒提這本書。可見對《人譜》一書其實是一直存在著很大的分歧。

張灝先生的洞見，超越了黃宗羲《明儒學案》、四庫館臣以及其他大部分的宋明理學研究者，因為他們都忽略了劉蕺山一方面特別重視《人譜》當中的惡，另一方面在超越層面也有一個立論的基礎，即一個「立人極」的基礎。這跟張灝先生所強調的「幽暗意識」必須結合「超越意識」來看，其實是有異曲同工之妙。如果從這個角度去看，現代新儒學內部對於張灝先生的一些批評是站不住腳的。

我這篇文章曾在臺灣的學術研討會上宣讀過，當時林月惠老師等幾位老師都跟我說，他們對「幽暗意識」的印象，大都和李明輝老師對張灝先生的批評類似：「幽暗意識」太注重「性惡」，跟儒學的「性善論」傳統有所違背。所以我文章後面站在張灝先生的立場上，對類似批評做了一個比較詳細的回應。我對李明輝老師的論

著還是比較熟的，所以比較有意思的是，我舉了他寫《儒家與康德》的例子。康德也是談「根本惡」的，李明輝老師在談儒家跟康德的時候，也是同意康德的「根本惡」思想並不影響康德本身與性善論傳統之間的融合。同樣的思路，我們並不能因為張灝先生的幽暗意識講到了一種本質的惡，就下結論說與儒家的性善論傳統直接矛盾。而且，張灝先生還特別強調了幽暗意識跟超越意識是需要結合在一起的。這個超越意識，劉蕺山那邊有一個很明顯的體現，他仿照《太極圖》作了一個《人極圖》。唐君毅先生對劉蕺山有一個非常高的評價，說宋明理學是以《太極圖說》始而以《人極圖說》終，原話是：「宋明理學以濂溪之為太極圖說，以人之主靜立人極以合太極始，而以蕺山之人極圖說之攝太極之義於人極之義終也」（《中國哲學原論・原教篇》）。蕺山強調惡，但蕺山首先強調直貫太極的「人極」確立。唐君毅先生這個評價，也映證了張灝先生思想的洞見和貢獻。

最後，我剛才提到，張灝先生是新儒學的同盟軍。我們也都知道現代新儒家的一個口號：「內聖開出新外王」。我覺得像徐復觀、唐君毅和牟宗三，他們有時候多多少少有一點像自問自答，在已有答案的前提下去倒推。而如果按照張灝先生的分析，像民主、科學這些「新外王」，靠「老內聖」是開不出來的。我之所以把張灝先生稱為新儒學的同盟軍，是因為張灝先生的幽暗意識，其實是給整個新儒學指明了一個方向：「內聖」它也是需要大幅更新的，它也需要借鑒一下像《人譜》中的性

惡,講惡之來源,借鑒張灝先生所講的幽暗意識,以「新內聖」去開出「新外王」。我覺得這是張灝先生對於中國哲學和思想史領域,對於新儒學未來可能的一個非常大的貢獻,相當於扭轉乾坤一般,試圖把整個新儒學思想注重「開出新外王」的傾向扭轉到「內聖外王」的整體更新。對此我深受張灝先生的啟發,也非常感念。因為時間關係,我就分享到這裡,希望各位老師多多批評指正!謝謝!

# 閱讀張灝先生的點滴體會

鄧軍
上海交通大學馬克思主義學院 副教授

　　各位師友好，非常榮幸今天有機會以這種方式來紀念張灝老師。我是二〇〇五年跟隨許紀霖老師讀研究生，從這個時候起，就開始閱讀張灝老師的一系列作品。二〇〇六年「史華慈與中國」國際學術研討會在華東師範大學舉辦，我正好擔任會務，有機會見到張灝老師，但是每一次見到不是在會場，就是在電梯，都是在人特別多的情況之下，很遺憾沒有機會能夠向張灝老師去請教，所以我更多的還是通過閱讀來學習張灝老師的研究。這個會後不久，我的碩士論文就定了，準備寫朱謙之的個人觀與宇宙觀。寫的過程當中，我一直在糾結如何去架構一個特別複雜的人物，他的思想不能說特別成體系，也許也不特別重要，怎麼樣去寫他。那個時候又重新想起了張灝老師的《烈士精神與批判意識》。此前我讀完這本書的時候，就跟許老師有所交流。我跟許老師說，讀張灝老師其他書，我也覺得特別受益，甚至震撼，但是唯獨這本書不知道為甚麼，覺得特別感動，譚嗣同打動了我，張灝老師也打動了我。張灝老師其他文章、著作都特別的節制，但是在這本書裡，他好像把自己那種豐沛的情感賦予到了譚嗣同的身上。因此，在寫碩士論文的整個過程，這本書就一直放在我的手邊，隨時備翻

閱，幫助我去架構碩士論文。我自己常常認為，許老師是我的第一導師，然後張灝先生的《烈士精神與批判意識》是我的第二導師。在這本書的指導之下，我開始知道如何去寫一篇碩士論文，如何去架構一個學術寫作。後來我也在繼續閱讀張灝老師的作品，但是反覆揣摩這本書是我學術成長過程中特別重要、特別有紀念價值的一段時光。

我覺得這本書對於一個青年學生來說，首先是有一個重要的方法論意義。他這本書裡面處理一個問題，就是如何去研究一個在哲學史或者是思想史上意義不是那麼重要的人。今天我們講譚嗣同，覺得他特別重要，但是可能放在晚清思想史裡面，未必有那麼重要。近現代中國很多知識分子的思想都是如此，不成體系、淺嘗輒止。那麼，這些人物的研究如何去賦予它研究的意義。我覺得張灝先生在這本書裡面其實給了我們一種方向，一種方法論，就是我們把這些不成體系的人物放在一個時代和思想的脈絡裡面，看他對這個時代的刺激，產生了怎樣的一種生命反應與思想的回應，將個人的生命和思想跟時代整個地聯繫起來，這是思想史的一種研究方式。在某種意義上，我覺得這是對思想史研究的一個非常重要的啟示，同時也啟發我去思考怎樣去研究朱謙之（1899-1972）這樣的人物，怎樣賦予他作為思想史研究的意義。

其次，是張灝先生將人物的思想和心路歷程結合起來，對於當時的我而言，也非常重要。當時我們學思想

史的全都是男生，沒有女生。那時候流行一種說法，男生適合學習思想史，因為男生重邏輯，女生好像不是那麼擅長等等。我自己在讀思想史的時候，當然也覺得思想的邏輯很過癮，但總覺得還不夠。在譚嗣同這本書裡，張灝先生給予人物生命、精神、心靈強烈的關注，並且讓思想與心靈達到一種平衡，非常動人。這促使我進一步思考思想史是甚麼，突破我一開始以為思想史就是思想邏輯的演繹與展開。張灝先生在這本書裡還提煉了一些分析範疇，如人物生命的處境、歷史的處境等等，這些是理解歷史人物非常好的打開方式。許老師也在談精神史、心靈史，我覺得張灝先生的這本書，是將思想史和心靈史、精神史結合起來的一個特別好的嘗試，並且打動了像我這樣的青年學生。我也試圖在碩士論文裡從人物心靈的層面去展開，這是來自張灝先生的啟發。

再次，也是對我影響比較大的是本書所揭示的一個時代主題——烈士精神。這看似是對於譚嗣同思想與精神的提煉，但實際上它是理解近現代中國一個非常重要的命題。我甚至覺得，譚嗣同拉開了近代烈士精神的序幕，譚嗣同則扮演了近代烈士精神教父的角色，對後世的革命者產生重要影響。由於這本書，我後來讀革命者資料的時候，會特別注意他們有沒有受到譚嗣同的影響。果不其然，像刺殺五大臣的吳樾，搞支那暗殺團的劉思復，包括後來李大釗、毛澤東、朱謙之等等，這些有強烈實踐的、帶有犧牲精神的人物，無不都受到譚嗣同的影響。可以說，譚嗣同提供了理解轉型時代的一個線索，

即以犧牲作為表達方式，鼓吹為信仰去獻身的行動主義，它不僅僅是一場場革命實踐，更是一種貫穿始終的精神線索。中共早期知識分子的烈士精神便是這條線索的延伸，當然它後面支撐的精神可能不太一樣。

在論證中，張灝先生提到譚嗣同的宗教心靈和信仰，我認為這是張灝先生對譚嗣同理解最為獨到的地方。之前很多的研究，談到晚清民國知識分子與宗教的時候，更多是談宗教觀，而不是宗教與他們生命體驗之間的內在聯繫，以及這些體驗如何影響他們思想的選取，往往是這些融合起來的矛盾或和諧是一個人生命最基底的、最根基的東西。在譚嗣同這裡，張灝先生用宗教心靈推出思想，再運用思想回到精神，這兩者處於往復不斷的互動當中。近現代知識分子研究和思想史研究，常常被忽略這個部分。我的博士論文做五四時期知識分子的宗教感，革命和宗教之間的關係，便與張灝先生的這一影響有關。我們談現代革命的時候，常常是以反宗教的方式去談，但是我們其實可以發現，很多知識分子、革命者，常常呈現出很強烈的宗教感，甚至是反宗教的宗教感。

由於時間的關係，最後我講一個張灝先生對我寫作的影響。寫論文的時候，第一筆特別難。以前寫作的方式好像前面要做一個很長的鋪陳，兜兜轉轉，然後進入主題。碩士論文的第一筆我猶豫了好多天，最後又去看張灝先生如何下筆。他第一句話直截了當，「譚嗣同從小就展現出他生命性格當中的最大特色，豐富的情感與

豪邁的氣質」。就一句話，我驚到了，這也影響了我以後的寫作的方式。我的碩士論文第一句話，完全複製了這一格式，「朱謙之性格中最大的特色是：敏感而自尊，時走偏鋒，悲觀也悲的徹底，樂觀也樂觀的徹底。」

　　整個學生時代直到今天，我都非常感謝張灝老師給予的豐富的養分，相信以後我們還可以繼續從這些研究中獲取更多的養分。非常感謝張灝老師，感謝任老師。我的分享就到這裡，謝謝。

# 重思「轉型時代」
## ——張灝先生學術追思錄一瞥

盧華
中國社科院近代史所 助理研究員

　　首先特別感謝任老師邀請我來參加這樣一個線上的、給張灝先生辦的追悼會紀念活動。前面已有多位前輩學者發言，從我的學術成長經歷來看，屬於張灝先生學生輩的學生。無論是我在南開大學政治學系，跟任老師一起讀張灝先生的論作，到後來碩士在美國跟幾位老師讀東亞史，還是博士期間，在華東師大思勉高研院跟許老師重新去讀張灝先生的一系列著作，約十五年的求學，張灝先生那為數不多的著作和論文幾乎未中斷過。他對我個人學術歷程的影響和啟發大而深遠。

　　許紀霖老師多次提及從史華慈到張灝先生的思想史寫作特色，並將其概括為一種「問題導向的思想史」，以區別於其他學術理路的思想史寫作。至於何為「問題式的思想史」，許老師多有提及，不在此贅述。歷史學界的推陳出新大多不出新材料以及新材料帶來的新論題，新問題及新的概念，新的理論或方法。前面發言的多位學者從不同角度提到張灝先生在中國近現代思想史領域提出的論題和相關概念，我想著重探討下張灝先生的「轉型時代」概念。

　　史華慈教授指出，所有的人類歷史認識都需要分期。

歷史沒有分期正如人的旅行或出遊沒有地圖。而歷史分期往往與不同歷史片段的變動結合起來，這些變動期也就構成了學者們所選擇的分期節點。在中國歷史的討論中，有三個大的變動期，它們分別是春秋戰國、唐宋和清末民初。或許部分論者還會加上明清嬗替這一歷史片段。對清末民初這一「數千年未有之大變局」的時代，論述者通過把握其前後不同樣態的巨大差別，多冠以「過渡時代」，由梁啟超到近人學者王爾敏、羅志田教授，不一而足。論述的起始點則各有側重。張灝先生以「轉型時代」命名之。我記得去年參加許老師主辦的思想史會議，北京師範大學的方維規教授，他專長德國思想史、概念史。講座中，他一句話提到，科塞雷克（Reinhart Koselleck, 1923-2006）先生提出的「鞍型期」，跟張灝先生的「轉型時代」有很多可比較的地方，但方教授並沒有展開。柯塞勒克教授引領了這些年海內外思想史研究界中有重大影響的概念史思潮。接到任老師通知之後，我就這一塊專門去做了閱讀，比較後發現確確實實如方維規老師所說，鞍型期的概念，和張灝先生對「轉型時代」的探討，兩者的內涵、特徵、影響，確實可進行深入比較。甚至可以說，張灝先生的「轉型時代」概述中，他對文化取向危機、價值取向危機、精神取向危機的一些把握，相比科塞雷克「鞍型期」論述，有更深厚和全面之處。

　　「鞍型期」大體指涉啟蒙運動後期，經法國大革命到一八五〇年前後歐陸的工人運動高潮期，約一七五〇

至一八五〇年。當然，在不同的區域，「鞍型期」有不同的起始點。張灝先生的「轉型時代」指涉相對較短，它始於一八九五年中日甲午戰爭中國戰敗，到一九二五年以孫中山引領的國民黨改組、並通過「聯俄聯共」興起的國民革命運動為止。雙方的關切大體相同，柯塞勒克的鞍型期是為了強調，除了啟蒙運動和各種革命（政治—社會革命及工業革命）對老歐洲的衝擊，形塑現當代世界的政治體系、概念結構和價值觀整體變化的「概念群」的影響。通過對系列「概念」的考察，柯塞勒克認為，鞍型期的一個核心特徵就是許多「中心概念」的誕生，以及這些概念經由「前政治」、「政治化」到「意識形態化」的大體演進過程。柯塞勒克分析這一變化及其語言表述，在「概念」的使用、意涵和背後結構方面有四個特徵。我們且以張灝先生對「轉型時代」的把握來比較這四個特徵。

在「轉型時代」中，張灝先生看重思想知識的傳播媒介和內容的變化。他指出，一八九五年後報刊雜誌大幅增加，且其運作主體不再是傳教士或商人，而是轉移到士紳階層手中。士紳階層在中國社會結構中的上下銜接作用得以讓他們迅速傳播新式概念和術語、知識，並以此聯動整個社會，這即是柯塞勒克所說基本概念的「民主化」。從民初到國民革命運動興起，士紳階層讓位於新式學校和海外留學生培養出來的新式學生群體。政治語言和術語從官僚士大夫、貴族徹底走向受過一定教育的民眾。

另一方面，張灝先生特別強調清末民初這些新式學校培養出來的知識階層，他們逐漸與傳統的四民結構以及科舉制度脫嵌，遊離於現存社會結構之外。而他們的社會活動多以辦報紙雜誌，組織學會等社團為主，能發揮不同以往的影響力。這種影響力與其相對邊緣的社會地位和不確定的政治文化認同聯結，讓他們的政治社會信念灌輸到其「概念」和知識生產中去，造就了現代知識階層的激化取向。而知識階層所使用的各種新式概念，如「共和」、「民主」、「解放」、「階級」、「革命」等，在社會進化論的導引下多帶有期待和聯結未來目標的內涵，容易與政治社會運動合流，被「政治化」和「未來化」，即柯塞勒克所說的「時代化」。張灝先生精到地概括「轉型時代」此一概念群的特殊三段結構：（1）對現實日益沉重的沉淪感與疏離感；（2）強烈的前瞻意識，投射一個理想的未來；（3）關心從沉淪的現實通向理想的未來應採取何種途徑。

這一三段結構，同時與中國古代的儒教道德理想主義和西方近代啟蒙運動中的理想主義結合，在進化史觀的推動下形成一個歷史的理想主義，它把歷史看做是朝著一個終極目的所做的直線演進。這一目的，在儒家的經世思想和救世情懷導引下，需要通過激烈的政治和社會改造實現。王汎森教授則在〈「主義時代」的來臨——中國近代思想史的一個關鍵發展〉中，點出了張灝先生所強調的轉型時代節點——國民革命的核心特徵：「主義時代」，以及革命政黨如何與「主義」結合。這

正是柯塞勒克所強調鞍型期核心概念可「意識形態化」
的大體傾向。

　　不過，在張灝先生對轉型時代特殊歷史意識的分析
中，另有一個危機是柯塞勒克「鞍型期」所沒有的。這
與轉型時代的中國所面臨的非西歐世界的後發現代性問
題有關：文化認同危機。也就是羅志田教授所強調的中
國思想界從「道出於一」到「道出於二」或者多的問題。
對帝國主義、殖民主義的痛恨與對「西式」現代性的整
體模仿與崇拜心態無法分開。張灝先生指出，這一情意
結與另外兩種危機密切結合，在對歷史潮流的感受和把
握上，知識階層愈發強調人的自發意識與意志，以能動
地改造世界。這一極度拔高人的主觀意識與精神信念的
人本意識與傳統天人合一宇宙觀結合，形成了一種意識
本位的歷史發展論，傳統思想模式中的應然與實然的結
合，讓傳統宇宙觀中的模式在轉型時代以及其後以新的
形式延續。這正是其「轉型時代」的獨到把握。

　　當然舉這一個例子只是強調張灝先生提出的系列概
念、命題和影響的多面性。我看了一下今天到場的前輩
學者和老師，大體上集中在哲學、政治學和歷史學的領
域。其實我碩士期間的一個導師錢南秀教授，她做中國
中古文學史，也涉及近代文學思想史，她本人就特別推
崇剛才鄧軍老師提到的，張灝先生寫譚嗣同的《烈士精
神與批判意識》這本書。張灝先生的學術影響跨越多個
領域和時段，我們今天這個線上追悼會，可能還是很難
全面地涵蓋這些面向。

　　另外想簡單再談一下，如何收集整理張灝先生的論著。剛才應該是任老師還有唐文明教授都提到，給張灝先生出全集的可能。我是覺得這樣的工作特別值得去做。但是我想了一下，張灝先生的著作可能更適合文集的形式。因為文集相對自由一些，全集的話涉及到他的很多英文著作、論文及漢譯本，不好處理。插一句，這個翻譯其實還跟我所在的近代史所有些關聯。張灝先生的兩部著作，關於梁啟超的那本博士論文（《梁啟超與中國思想的過渡》），加上譚嗣同這本（《烈士精神與批判意識》）都是我們所的一對夫妻學者，晚清史研究室的主任崔志海老師和《近代史研究》主編葛夫平老師翻譯的。那麼編全集的話，像這些英文著述以及由英文轉譯到中文的著述怎麼去收集和說明。第二個問題就是他的文章，也不能完全說是不同版本，但是從標題到內容部分文章有一定修改，這種情況怎麼去收入。考慮到出版還有閱讀者的體驗，全集不是特別好處理，我覺得可能出文集更合適。

　　最後特別期待，無論在港臺還是在大陸，舉辦類似紀念張灝先生的學術研討會，到時候我想就幾個感興趣的話題去做一些深入研究，跟諸位老師多多請教交流。好，任老師我就說到這裡。

# 歷史學者張灝的沉思

付子洋
《南方周末》記者

　　香港清水灣，蜿蜒的山路樹影幢幢。一九九八年，時年六十一歲的張灝來到香港科技大學人文學部擔任教授。他拎白色帆布包，在校園匆匆走過。因為做過心臟搭橋手術，不能劇烈運動，人們常看見他在操場旁的臨海山路一邊散步，一邊凝神沉思。

　　一九九八年，任鋒從南開大學歷史系本科畢業。那年香港剛開放內地招生，他作為優秀生源被選入香港科技大學。第一次見到張灝，是在人文學部的開學儀式上。張灝是教授，又是美國回來風頭正盛的學者，任鋒很希望見面之後說點甚麼。

　　他想起之前在圖書館溜達，翻到一份思想爭鳴的知識分子期刊，近期登載了張灝寫戊戌變法的文章，便客套地說，自己看了文章很受啟發。張灝很意外，卻也沒有多說甚麼。

　　任鋒現在是中國人民大學政治學系教授，博士時期師從張灝。他對《南方周末》記者說，張灝為人低調，鮮少寒暄。當年初來乍到的他，在內地受的史學訓練和張灝的研究路數迥乎不同。文章只能說看過，卻講不出一二三。「跟他說話，你必須得真的有想法。沒想法，他不會跟你聊今天的天氣。」

在美國華人學界，張灝與余英時、林毓生並稱「思想史研究三傑」。臺灣歷史學家、「中央研究院」院士王汎森在悼文中稱其為「中國近代思想史大師」。

張灝專長中國近代思想史、政治思想史，著作頗豐，在海內外享有聲譽。著有《危機中的中國知識分子：尋求秩序與意義》、《幽暗意識與民主傳統》、《烈士精神與批判意識：譚嗣同思想的分析》等，也是《劍橋中國史》晚清部分的撰稿人之一。

在歷史學家、華東師範大學教授許紀霖看來，張灝與他同時代的許多大學者相比，某種意義上是不知名的。「他是一個純粹的學者，非常低調，不愛拋頭露面，不主動和媒體打交道，不喜歡到處演講，甚至出席學術研討會、發表論文都很少，他只是安靜地做自己的研究。他在香港待了多年，默默無聞，媒體上基本見不到他。」

二〇二二年四月二十一日早上，許紀霖打開手機，收到葛兆光教授發來的微信：張灝先生去世了。他有些發懵，給香港臺灣的朋友打電話四處求證，最後從臺灣「中央研究院」副院長黃進興那裡得到確認。

「我覺得非常受衝擊。」許紀霖在電話裡的聲音仍有些哽咽。

王汎森收到訃告也頗為訝異。四月二十二日上班途中，他接到電話得知消息。「因為車子剛開進隧道，有點慌亂，我忙問：『哪位張先生？』，我之所以沒有馬上想到是張灝先生，主要是因為今年二月在圖書館線上捐書典禮上看到張先生時，覺得他的狀況還不錯。所以

完全沒想到兩個月後，張先生便故去了。」

一九三六年出生的張灝，籍貫安徽滁縣，先後在美國俄亥俄州州立大學、香港科技大學擔任歷史系教授。少年時代，他在臺灣大學、哈佛大學求學，師從「五四之子」殷海光、比較思想史巨擘本傑明・史華慈。史華慈與費正清被認為是當代美國最著名的兩位中國學專家，亦是孔飛力、杜贊奇、柯文、杜維明、李歐梵、史扶鄰等著名中國學專家的老師。

張灝一生著述不多，卻多是極有分量的經典。他生前提出多個對中國近代思想史研究具有開創性的概念和觀點，後世學人很難繞開。首次發表於一九八二年的《幽暗意識與民主傳統》，因探討對人性罪惡和墮落的防範與警惕，對知識界影響深遠。

四月二十五日，北京大學高等人文研究院發佈訃告《沉痛悼念張灝先生》。「張先生致力於中國思想史的研究，尤其注重近代中國知識分子在時代變局中的思想變遷進行探索。他提出的諸多創見，如轉型時代、五四思想的兩歧性等，影響深遠。特別是通過對儒家憂患意識、馬克思的異化觀念與各種現實主義的反思，他開創性地提出『幽暗意識』的概念，為我們理解儒家傳統及審視西方制度提供了一個獨特視角，意義重大。」「張先生淡泊寧靜，治學七十載，踔厲慎思，縝密精深，為建立文化中國的認同，重塑新軸心時代的心靈結構，做出了卓越貢獻。」

任鋒告訴《南方周末》記者，許倬雲曾評價張灝「學

問縝密扎實，人品正直正派」，其思想的深邃和穿透力
得到同輩學人普遍認可。

「我個人以為除了幽暗意識、轉型時代之外，他在
其他許多方面的工作都敏銳而有洞察力」，王汎森在郵
件中回覆，「如梁啟超與近代思想過渡、儒家經世思想
的闡發、近代思想中的『意義危機』、『軸心時代』的
問題，乃至於近代中國革命、烏托邦、近代中國自由民
主發展的問題等等。」

張灝晚年在美國深居簡出，幾乎不再接待訪客。任
鋒和張灝最後一次通話是在二〇二一年歲末。電話裡，
張灝聽起來氣力還很足，只是記憶似乎有些衰退。兩年
前，夫人去世後，他搬到小女兒所在的三藩市灣區，住
在一間公寓裡。不到十分鐘的時間，他罕見地談起生活：
女兒很孝順，夫人去世，說了兩次，還關心任鋒的家人。
任鋒原計劃五一再跟他聯繫。

## 「那種熾熱就是他的大中華情結」

二〇二二年四月二十七日早上九點，任鋒線上上組
織了一場內部追思會。與會者大多是張灝生前的故交、
學生和晚輩，許多人已是歷史學界頗有建樹的學者。每
個人都談到了心中的張灝。

許紀霖是張灝著作和思想在中國大陸早期傳播的
重要推動者，二〇〇三年策劃出版《張灝自選集》。
一九九〇年代中期，他到臺灣開會，在書店買到《幽暗
意識與民主傳統》，一見傾心。當時，他正面臨學術轉

型——從知識分子研究轉向思想史研究。

中國大陸的政治思想史研究自一九八〇年代開始重建。徐大同、陳哲夫等人編寫的《中國古代政治思想史》和劉澤華的《先秦政治思想史》，是告別極左思維後的兩部標誌性論著。但歷史造成的斷裂，使得有價值的學術資源大多來自外部。

葛兆光教授在二〇二一年底發表的〈思想史為何在當代中國如此重要〉一文中說，思想史在西方學界已經衰落，在中國大陸學界卻一直是熱門，近十幾年尤甚。一九九〇年代中期的中國，出現了很強烈的、至今持續的「思想史熱」。

進入一九九〇年代，世界和中國都發生了很大變化，這一系列變化有待思想史學界回應：如果要重建中國的思想世界，甚麼是可以發掘的傳統資源，甚麼是需要重新確立的價值，甚麼是呈現中國的思想？

許紀霖是「文革」後恢復高考的第一屆大學生。他當時沒有受過系統的思想史訓練，也沒接觸過西方政治哲學。

第一次讀到張灝的著作有如電擊——彷彿找到了最接近理想的模本和範式。他將張灝沿襲自史華慈的研究傳統提煉為「問題式的思想史」，它注重以某個問題為中心，圍繞、回應這一問題來展開思路。

他給張灝寫信表達敬慕之情。一九九八年，許紀霖到香港中文大學開會，專程到清水灣和張灝見面。在可以看見大海的咖啡廳，張灝與他漫談。「他不是那種慷

慨激昂的人。」人如其文，平靜中透著熾熱，「那種熾熱就是他的大中華情結。」雖然鮮就公共問題發言，但許紀霖發現，張灝對內地發生的各種思想界動態，包括自由主義和新左派的論戰都很感興趣，見解頗深。

後來，許紀霖到香港中文大學訪問一年，兩人有了更多來往。張灝愛吃，因為早年生活在四川，尤其喜食辣椒。有一陣子，他做了心臟手術，只能吃一碗不放油鹽、只有幾根青菜的麵，在科大餐廳被稱為「張公麵」。

二○○二年，許紀霖邀請他到華東師範大學演講，陪他坐長途汽車去蘇州，逛了拙政園和留園。後來張灝夫婦到杭州旅遊，從上海經過，沒有告訴他和友人。許紀霖覺得這有點像日本人，「他從來不想麻煩別人」。

許紀霖認為史華慈開創的「問題式思想史研究」曾在美國形成強大的傳統，並培養出墨子刻、李歐梵、田浩、林毓生等一批優秀學者，其中最得史華慈真傳並發揚光大的就是張灝，但這種研究傳統在美國「已經斷了根」。

隨著這批學者退休故去，已經沒有第三代學生。如今在美國的中國研究學界，思想史已不是主流，人們轉向社會史、文化史，「恰恰這種以問題為中心的研究方式是中國所需要的，這也正是張灝先生著作的價值所在。」

追思會上，學者潘光哲提到當下的臺灣學界是社會生活史當道，他看過一個讓人啼笑皆非的研究主題——吃冷凍水餃的歷史。「當然不能說跟我們的生活沒有關

係」，但是相較於這代人所關心的時代脈動課題來說，的確像被商業化和消遣化的史學。他認為張灝的學術遺產，「到今天對於我們認識近代中國思潮以及它的後果，都還有一個提醒作用。」

一九八〇年代，臺灣東海大學歷史系教授、前文學院院長丘為君是張灝在俄亥俄州州立大學的博士學生。在他眼裡，張灝的思想世界雖西化，做人卻講究人情義理。

有一次，北卡羅來納大學教堂山分校一位年輕學者給他寫信，說研究領域和張灝有點重疊，很不好意思，希望他不要見外。丘為君覺得是一分鐘就回覆的事，張灝卻改了好幾遍。丘為君幫忙打字，來回折騰了兩天。最終回信文詞優雅，他鼓勵後輩，大家是在各自努力，都有資格做。

張灝常沉浸於思想世界，不用手機，也不會用電腦。他曾開車載丘為君去吃飯，開到半途，車壞了。丘為君打開車蓋一看，水箱裡一滴水也沒有。兩人站在路邊，還一直在談韋伯的問題。

丘為君還聽過一個故事。張灝曾開車從美國中西部到西岸，和友人一同去洛杉磯開會，結果超速被員警攔下來。員警很疑惑，「為甚麼你們兩個看起來年紀都蠻大的，車開這麼快？」張灝有點不好意思，說在爭論學術問題，太緊張了。幸好員警放過一馬，沒有開罰單。

## 從神性反思人性」

　　一九三七年，張灝出生在福建廈門。他曾在回憶中寫到，那是日本全面侵華的前夕。一歲時，他在炮火中隨父母逃往重慶沙坪壩，住進嘉陵江邊，一個房子是木頭和竹製的小村莊。

　　父親張慶楨教授（1904-2005）是美國西北大學法學博士，國民黨立法會委員。警報和防空洞，構成人生最初的記憶。一次轟炸後，他和父母從防空洞回來，家已淪為廢墟，一片碎片瓦礫中，還剩下一個棕繃牀墊躺在地上，中間有一塊不知從哪飛來的巨石。這個怪異的景象，給年幼的他留下恐怖的陰影，一生徘徊在夢魘之中。

　　他在戰火和動亂中長大，一九四九年春天，到南京城北的同學家玩。明媚的春光灑落在花木扶疏、綠草蔓生的庭園上。一群孩子在深宅大院穿梭奔跑，看不見一個大人。詢問原因，同學只淡淡地答，「他們都跑了。」

　　歷史像地下水一樣灌溉著他的時代感。舉家遷往臺灣後，張灝十六歲考入臺大歷史系，島內正值白色恐怖，他受殷海光感召，追隨五四精神傳統。一九五九年到了美國，在哈佛大學中文圖書館，第一次看見用祁連山上的雪灌溉山下沙漠的照片。一九六〇年初的一個寒夜，他讀到艾青的長詩——雪落在中國的土地上。

　　成年後的張灝第一次對中國二字產生實感。他開始左轉，關注馬克思主義。一九六〇年代末，他到俄亥俄州任教，當地報紙上的中國消息不多。「但從各方零星的報導，我完全無法理解當時中國大陸的動態。隨著文

革運動的展開，我的困惑日益加深。」

一九六二年春天，名重一時的宗教神學家雷茵霍爾德‧尼布爾來哈佛講了一學期課，這對旁聽課程的張灝產生了較大影響。

尼布爾在思想界重大的貢獻是以危機神學的人性論為出發點，對西方自由主義以及整個現代文明提出質疑與批判。他認為要認識現代世界，必須記住人的罪惡性。最能表現人之罪惡的就是人對權力的無限貪欲。二次大戰的悲劇，便是這罪惡性的明證。

張灝有舊學底子，從小被教習《古文觀止》。到了美國後，深受帕森斯、羅伯特‧貝拉、艾森施塔特、柯利弗德‧格爾茨影響。

《南方周末》記者採訪時，任鋒提到一個觀察——他認為張灝對西學的理解至少比大陸學界領先一代人。比如寫作《秩序與歷史》的歷史哲學家埃里克‧沃格林，近幾年因大量中文翻譯引入而在思想界引起討論，張灝至少一九八〇年代左右在美國就有深入瞭解。

他曾在《張灝自選集》的序言中寫道，剛到美國時，對社會科學抱有極大熱誠，滿以為可以找到理解人的行為和思想的鑰匙，但一九六〇年代美國社會學界以實證主義和行為主義方法論為主流。

他在著作中目眩一陣也就失望了，因為沒有找到「人」。反而是從現代西方的神學思想中，無意間找到了「人」。

「也許是因為他們從超越的距離去回視人類，從神

性反思人性，常常能看到人自己所看不到的東西。所謂『不識廬山真面目，只緣身在此山中』這句話，也許可以解釋，我們有時得借助神學去透視人世和人性。」

一九八二年夏天，臺灣《中國時報》在宜蘭山間的棲蘭山莊舉行學術思想研討會，張灝將蓄之有年的問題與想法寫成〈幽暗意識與民主傳統〉一文，首次發表，並形成其思想發展的一條主軸。

所謂幽暗意識，是對人性中或宇宙中與始俱來的種種黑暗勢力的正視和省悟，因為這些黑暗勢力根深蒂固，這個世界才有缺陷，才不能圓滿，而人的生命才有種種的醜惡和遺憾。

「幽暗意識一方面要求正視人性與人世的陰暗面。另一方面本著人的理想性與道德意識，對這陰暗面加以疏導、圍堵與制衡，去逐漸改善人類社會。」張灝這樣認為。

## 「他有和別人不一樣的洞見」

浙江大學社會學系教授高力克是張灝英文著作的第一位中文譯者，翻譯了《危機中的中國知識分子——尋求秩序與意義》。追思會上，他談到了這段往事。

「一九八八年，我在北師大唸博士，有一次去看劉東，劉東談起他開始編《海外中國研究叢書》，我問有沒有好的思想史著作讓我翻譯。劉東說有一本好書，是他導師李澤厚先生推薦的。」

他到北圖外文新書館裡複印了這本張灝一九八七

年的英文新著 *Chinese Intellectuals in Crisis : Search for Order and Meaning, 1890 - 1911*。當時的人還沒有版權意識，翻譯很粗糙，有不少錯誤，高力克想起來很慚愧。

「這本書是張先生思想史研究的巔峰之作，翻譯起來很難。特別是章太炎這一章，是由白壽彝先生的古代史博士生許殿才翻譯的，他說簡直是天書，特別是佛學部分。我們那時候也是初生牛犢不怕虎，其實我當時學思想史還沒有入門⋯⋯在大陸思想史的著作當中，沒有這樣的寫法。」

丘為君在一九八〇年代中期到俄亥俄州州立大學，跟隨張灝讀博士。他提到了一個與張灝日後在中文世界影響力有關的重要因素——張灝早期寫英文著作，又非常低調，「認識他的人比較少」。他三十八歲成為正教授，拿到終身教職，便不再有英文發表的生存壓力。

一九七五年左右，在友人提議下，他同一批旅美華人知識分子開始用中文寫作，與中文世界溝通，在中國大陸、香港、臺灣釋放影響力。從一九七五到一九八〇年代晚期的十餘年間，他已相對完整地建立體系，「體力跟思想都是巔峰狀態」。

許紀霖曾提出「二十世紀中國六代知識分子」的概念，以一九四九年為界，出生在一九一〇至一九三〇之間的「後五四」一代，在求學時代接受五四以後新知識和新文化的薰陶，卻生不逢時，在即將嶄露頭角時，被一連串政治運動耽誤整整三十年光陰，直到一九八〇

年代以後步入中晚年，才煥發學術青春。

「一九八〇年代，張先生這些人都已經成名，東西成系統了。」任鋒對《南方同周末》說。

「張先生不是一個善於聊的人，非常節制，不多說話。但是他在觀察、在琢磨。我有時候在想，是不是因為他出生以後，生死都見過了，家被炸沒過，自己沒有根，四處漂泊，他對權力、名譽比較早就看開了。我跟他認識那麼多年，真的是學界裡有東西的人他才會交往，其實他對同輩學者的評價，心裡也是非常嚴格的。」

任鋒給張灝做研究助理，借書、複印資料。私下裡，張灝偶爾談到同輩，會不客氣地指出不足。他尤其警惕思想的簡化，會欣賞朋友的廣博、古文功底好，但對問題思慮的深度廣度不夠，也會覺得欠妥。

許倬雲（1930-）到港科大講課時，曾提到自己是「半個儒家」。任鋒回去後告訴張灝，他覺得很有意思。「他的理性分析氣質比較強，精神認知不輕易外露」。張灝去世後，北大高等人文研究院發佈的悼文中提到「儒家也失去了一位大師」。任鋒私下打聽後得知，那是杜維明先生添了一筆，「這倒又是他的朋友輩對他的一種認可吧。」

「張灝有一些很卓越的看法。他提到五四的時候，傅斯年是一個非常豐富的人，思想也多元，充滿著矛盾，內心是有緊張感的。德國留學回來以後，他就比較簡單了，他蠻為傅斯年感到可惜的。我覺得張先生這樣一種判斷是對的，他有和別人不一樣的洞見，這種洞見至少

我是有強烈共鳴感的。」許紀霖對《南方周末》記者說。

## 「二十世紀之子」

二〇〇八年，上海大學文學院副教授成慶曾在華盛頓拜訪過張灝。那時他已年過七旬，頭髮花白，卻親自開車到機場接他們，還帶去一個川菜館用餐。

當時，張夫人無意間提到丈夫每天在房間活動的細節——「說他一天到晚就坐在沙發上思考」。成慶覺得這有一點哲人性的特色，「他並不是每天都在埋頭讀書，他可能有大量的時間都在那裡思考。」臨走前，張灝對他們說了一句話，「中國思想史研究也要清理門戶。」他認為弦外之音是，很多爭論都沒有回到基本的思想源頭議題。

張灝家中的客廳掛著一幅于右任的書法。成慶後來查過，是于右任在一九四五年寫的一組抗戰組詩。于右任先生的作品當然非常珍貴，但他覺得這也顯示了張灝對中國文化的感情之深。「這是那一代臺灣知識分子學者的普遍共性，見到我們從大陸來的一些年輕人，他也會感覺非常親切。」

二〇一九年秋天，王汎森收到張灝女兒來信。信上說，希望他幫忙處理父親的藏書和文件。他馬上聯絡了「中研院」近史所。雖然藏書空間非常有限，時任所長呂妙芬很快答應了。

後來，王汎森親自到維吉尼亞州雷斯頓城與張灝長談，卻感覺他有些猶豫。「人畢竟不容易與終生相伴的

藏書、筆記一刀兩斷。」不久之前，張夫人剛過世，他陷在痛苦中，女兒似乎也感受到這種遲疑。雖然最後，張灝還是帶他上樓，評估如何處理藏書，但只是默默巡禮一番，沒有進一步談。

最後一次見面，他們去了安湖。張灝反覆說：「勸君不能老！」「俱往矣！」尤其「俱往矣」一句，反覆再三。

二〇二二年二月九日，張灝最後一次出席公開活動。他將畢生收藏的五千冊圖書，以及手稿十餘大箱，捐贈臺灣「國家圖書館」。

任鋒認為老師畢生在與人生前十幾年的記憶共處——張灝平常說純正的國語，但好幾次聽他私下和師母講話，很像西南官話的味道。「一個中國年輕學生，二十多歲在哈佛圖書館裡待，十多年前還在戰火中鑽防空洞。你就能理解他為甚麼一輩子在圍繞這些問題展開廣大的學術探討。」

身為歷史學家，歷史中的人物活動或權力鬥爭不是張灝關心的重點，他在意的是背後的觀念，人的生命意義和存在感受。他走出了一條獨特的路徑——從西方文明中尋找出源流來與中國傳統連接。

王汎森認為張灝後來對「幽暗意識」有進一步思考。

張灝在香港科技大學的後期，兩人談到當時他所關心的問題，張灝提到對「惡」的來源感到興趣。「我注意到任鋒所編的《轉型時代與幽暗意識》一書中收了一篇張先生的〈我的學思歷程〉，其中提到有一種『極惡』（如納粹、如南京大屠殺），從之前由『人性』出發的

路徑沒有辦法完全解釋（張先生說：「所謂極惡是我們無法用常人的心理或動機去認識或測度，它代表一種不可思議、難以想像的現象」）。還要從人世陰暗的兩個外在源頭：制度與文化習俗或思想氛圍去解釋，人置身其中，常常不知不覺地受它的驅使與擺佈。」

「總而言之，我認為張灝先生的研究達到了一個尚未被很多人意識到的深度。」清華大學哲學系教授唐文明在追思會上說道。

張灝稱自己為「二十世紀之子」。一九九九年，國慶五十週年，世界沉浸在即將步入新千年的祥和與喜悅中。張灝發表了一篇文章〈不要忘記二十世紀！〉。他認為二十世紀從一八九五年開始，從此進入轉型時代。「他的整個學術就是對二十世紀的來龍去脈進行深刻的反省。」任鋒說。

到了晚年，有幾次，張灝講得很沉痛。他在電話裡對任鋒說，相比猶太人，中國在二十世紀亦是受過如此多苦難的民族，但是對人的反省卻不及他們，這一點令他痛心疾首。

# 野生動物詩三題　秀實

## 一、善良的存在

清晨五時三十九分，在畿內亞灣沿岸與
扎伊爾河流域的熱帶森林中，我目睹
五頭非洲斑豹在獵殺一隻角馬

這是一段長十一分十一秒的紀錄片
我看到無人管治的叢林裡
善良並非在乾涸季節中一場突而其來的
驟雨，或遵循規律而來的月圓之夜
五頭非洲斑豹，是休戚與共的弟兄

此刻我若置身其中，與牠們一起觀望著
草原遠方一群角馬在悠閒地吃草

丈量過距離與每小時一百一十三公里的速度
自岩石塊躍下來，以優美的弧形
慢慢靠攏，只有牠們知曉
流動的青草氣息中將瀰漫著血腥味

在這裡，肢解與濃厚的血腥都不陌生
進食有它的序列，最後總是雲層中的禿鷲

啄咬附在骨頭上的少量肉屑

但晚餐仍未準備好，天邊已黯淡
這百餘隻角馬之中將有一隻善良的
為了維持自然界的食物鏈而自我犧牲
牠在進食最後的晚餐

收窄了的弧線讓角馬群奔突而去
落單的機率是八十五分之一但卻必然出現
於是一隻雄壯的角馬被更快的速度擊倒

牠的掙扎和嘶叫是善良的，五隻斑豹
準確的噬咬與致命的配合也是
生命在倒下去與立起來之間浮沉著而最終
在滿口鮮血中奄奄一息

五隻斑豹享用著豐富的晚餐時
也不忘回頭的看著我。牠們的眼神彷彿在說
沒責怪你袖手旁觀，肉食你應該不陌生

## 二、死神踱步中

我和男子菲臘伯特開車
經過諾克斯維爾市東南部的蓋特林堡地區時

路邊傳來野豬的哀叫。我們循聲尋去
看到一頭黑熊，正緊緊咬住野豬的脖子

野豬垂死掙扎在路旁的水溝中
我們下車，如局外人般觀看著
森林法則是如何殘酷的實踐
伯特拿出錄像機來

黑熊每用力噬咬一次，野豬便發出
更深的哀嚎，細小的葉子如倒轉的時漏
紛紛落下。後來染紅了的鬃毛
如一條圍巾掛在野豬的脖子上

錄像機仍在運行中，細微的機械聲
逐漸可聞，如時間的步履
黑熊噬咬的力度漸弱
最終把重創的野豬棄於山溝

奄奄一息的野豬等待著
一場告別的儀式，顫抖的四肢
訴說著對生命的不捨
此時黑熊去而復來，駭人的

咆吼震動著整個森林
牠緩緩的走向野豬，如死神反復

踱步中，如此柔順而寧靜
直到黑熊的利齒再次齧進血洞中

森林的深處開始黝暗，死神隱沒其間
攝像機停了，時長共十分二十六秒
我和伯特相視無言
遠方公路的盡頭會是天堂嗎

註：（詩裡的英文對照如後：菲臘伯特 Philip Talbot，諾克斯維爾市
Knoxville，蓋特林堡 Gatlinburg。）


## 三、角馬渡河

也是一場遊園驚夢，這自然界七大奇觀之一
每年的九至十一月
約一百萬頭角馬從東非坦桑尼亞塞倫蓋蒂國家公園
跋涉三千多公里
到肯亞馬賽馬拉國家公園
來渡過這個悠長，無雨水的假期

馬拉河裡的鱷魚，麕集於此
等待著這一場刺身盛宴
那時河水會早於日落時分被染紅
遠方總有美麗壯觀的景物
只要我們不低頭，停止觀事於微

誰都不知道能否渡過這死亡之角
只要不在這六千五百名死難者的名單裡
便被引領入座，享受大地的雨柔草嫩
然後成家，育兒。牠們牢記著返程的日子
牢記著塞倫蓋蒂的生機，獅子與斑豹也一樣

# 詩兩首    冼冰燕

## 一、大澳之船屋

泥土比水重，木頭比水輕
一道關於物性的課題在生命中延伸

漁民的半生，被固定在木之上
烹飪，洗漱，工作，娛樂，歇息

花開在半空，謝絕遊客近距離接觸
我們看到的，不過是碎片

木板橋邊上某間的坍塌
如魚缸破裂

一架電唱機被棄置於廢墟
她曾經唱過歌

——悅耳或嘶啞，都是流水似的年華
流水般，流向足下的海

完整的海沒有悲傷
只有鱗鱗波光不斷破碎

每一滴海水都有汗漬
不用吸吮，我們就知道鹹苦

## 二、凌晨兩點的旺角

沒那麼明亮也沒那麼灰暗
通菜街的排檔收起，矗立道旁
冷巷的粥檔仍在營業，風箱呼拉拉作響
富記已經打烊，一個露宿者在燈箱旁酣睡
樓上歌廳隔音有欠，隱約傳出夜來香
行人匆匆，衝上夜間小巴，旋即離去
弼街的垃圾桶堆滿，膠杯飲管竹籤
一隻廢棄的膠袋，隨風落在長長的彌敦道中央
忽爾往亞皆老街逃去
從前的新填地街是海的邊緣，現在是城市中央
如同夜與日被界限街模糊
一部分燈熄滅了，一部分霓虹仍然亮著
雀仔街的鳥兒睡著了，失眠的人仍醒著
花墟的鮮花也醒著，她們不倦的笑臉
在等待清道夫的掃帚打掃街道的第一聲

# 花間對答　　周鍵汶

還必須默禱（多久）
才能收穫生命？死的儀仗仍在進行
牧鈴為路，犛牛揚首如頂禮
有人緩歌而上，沿溯霧的遺物
要越雲的脊椎潛逃
往更遠更無人的荒野，我們
是否必須捨棄（甚麼）
蝴蝶收割泥土為食
直到日落。文明脫韁而縱
是地殼上整片苔蘚
（是人類慾望的圖騰）
於是我挪動光源，使所有關節作響
四方，宇宙彷彿佈景脫落
透過大象的眼，我們才得以懷抱
一切。卻必須學習（回來）
定義，像是生命或荒野或文明
是否會有更為簡單的，譬如彼此
分享紙張（因對話的不必然）
分享花園（因解釋的不必然）
譬如大地為人類準備的一頓晚餐
我們合什，默禱
直到日落

# 變形記　　　唐大江

一覺醒來發覺自己變成一隻野豬怪不得這
　　城市愈來愈野豬為患，
但原來不是我其實是他們都變成醜怪的野
　　豬更破門硬闖我屋裏，
牠們在我廳房吃喝拉睡弄個杯盆狼藉還亮
　　起獠牙躺在沙發擺威，
嚇得我噤聲不敢電告他人這裏成為豬窩住
　　上一群喧賓奪主的野豬，
室友收拾行李趕忙他遷對我說你豬化前快
　　跑呀你等獅子老虎獵豹來嗎你，
我答道我想知道明早起來會否再多了一頭
　　野豬牠們　會否回復人形又或者發豬瘟
　　全部消逝。

# 震顫引致的不準確　　鄭偉謙

生活成為逃脫不了
的灰
畫不正確的
等邊三角形
當嘗試描畫它
會被簇擁震顫的
手，畫成認不出現實世界的形象

那是陸沉，是形體消失的
季節，曾經的縱橫交錯
我容許自己沉陷，
耽思道路的形狀
昔日的火災
獲得快樂的樂園派對
但是氣息是灰的

我寧願，讀會慢
慢枯竭的樹
更甚於一本年輪
取下的書
突然，那幻視抱著的樹
邊界消失，
濱的旁邊仍然是朽

壞的海
充塞山梨酸的
海沉入到淡藍，沉到
胭脂紅，沉淀防腐劑
的爛昏黃。

嗯，甚至曝曬都形
成熱烈的暴力
灰質很輕
我把它呼吸
再次成為
表意困難的手。

# 最後一夜

白貝

　　夜涼如水，屋外蟲子的叫聲漸是疏落，淡淡的桂花香彌漫於室，可我輾轉反側，就是睡不著。橫豎也是睡不著，我索性披上外衣下了牀，愈是走近露臺，桂花的香氣愈是濃郁。白天熱鬧得很的西街已在夜的懷抱中沉沉睡去，只有旅館門前的大紅燈籠亮著，好客地指引乘夜車到來的遊客。這些低矮而各具特色的房子錯落有致，有別於香港向天空發展的火柴盒建築，更給人一種家的溫暖。

　　月兒慷慨地為每所房子鍍上銀邊，驅散了夜那凝重的黑暈。今夜的月兒可真圓呀，明天就是中秋了吧？農曆八月，本就是桂月，是賞桂、賞月的最佳時節啊。曾幾何時，我們在如此皎潔的月光下，一邊呼吸著醉人的花香，一邊品嚐這兒的特色甜品——桂花酒釀丸子。你指著月亮，告訴我：月中有一棵五百丈的桂樹。漢朝有個人叫吳剛，因為不遵守學仙時的道規，被罰到月中伐桂，但斧頭才剛拿開，樹的傷口馬上愈合，總不能伐倒。二千多年過去了，縱使吳剛每天辛勤地伐樹，但是那棵桂樹卻依然生機勃勃，依然馨香四溢。只有中秋這一天，可憐的吳剛才能在樹下稍事休息，與人間共度團圓佳節。那時候，饞嘴的我更關心眼前飄香的丸子。砍樹的雖徒勞無功，但好歹也上了天成了仙；可是，被砍的樹卻要承受每一次斧頭揮下的痛楚，也許她更羨慕桂花巷的桂

樹，平凡無奇，生老病死，花兒風乾後還可拿去做酒釀丸子，甜醉泌心。你聽後大笑，那時恰好一陣強風吹過，抖落了一樹桂花，金黃金黃的花兒自樹上飄下，酒不醉而人自醉。

有些美食，叫人一試難忘，桂花酒釀丸子是其一。我們曾在這彎曲古幽的老街，嚐過各家各店的桂花酒釀丸子後，就呆在街尾老婆婆的小店不願離去。她有點耳背，因此常常大聲說話，可是手腳還很麻利，做的酒釀丸子也最醉人。你曾說我們老了以後就在西街住下，不問世事，天天跑去吃老婆婆做的酒釀丸子，逍遙自在賽過神仙。明明許下這麼一個諾言，怎麼不好好遵守？難道說忘掉就真的可以立即忘掉？鹹鹹的液體沿著臉頰流進嘴裡，淚水不是甜的嗎？吃了那麼多的桂花酒釀丸子，也不能讓淚水變甜嗎？兩年間，我的軀殼遊走於人間，愈是甜美的回憶愈是殘酷，毫不留情地在我的心房劃上一道又一道的傷口，卻沒有像月桂那樣復原，而是結了痂成了疤，牢牢地粘在我的心房上。

起風了，屋旁的桂樹沙沙地擺動著，像個張牙舞爪的妖物。今天，我終於找到了，可是老婆婆已不在了，殘破的小店也成了燈紅酒綠的酒吧。我該知道，一切純潔的、原始的、古樸的都逃不出城市的洗禮，城市的勢利眼根本就容不下一碗桂花酒釀丸子！然而，我就是由那些可惡的城市來的啊，那兒有我的家和親人。我拉緊了外衣，期求它給我更多的溫暖，轉身走回屋內。淒冷的月光下，只有影子忠實地緊緊相隨。

　　街上的叫賣聲又響起來了，正午的太陽像烘爐般烹煮著大地。我大汗淋漓地自夢中醒來，我夢見你了，我終於夢見你了，可是為什麼你一邊向我微笑一邊向月亮飄去？為什麼不跟我說說話？一句也好，一句也好啊。扭開水龍頭，蓮蓬裡的水沙沙地灑在身上，冰涼冰涼的，以致我不再感到淚水的溫熱和味道，腦子一片麻木，倒感到釋然。夢中你的模樣竟比一碗桂花酒釀丸子模糊，該是告別的時刻了吧？傷痕累累的心一樣可以正常地跳動吧？

　　傍晚，晚霞如彩帶般點綴著天空，守護著太陽下山。我背著背包，包內有我在桂花巷偷偷折下的桂花枝，我如一個犯人逃離現場般迅速穿過熙來攘往的西街，趕上了往城市的夜車，頭也不回地離開了古城，把漸漸爬上樹梢的月亮遠遠地拋在背後。

# 你信不信命運

張惠

張愛玲給人家講故事，總愛先泡一壺溫熱的茉莉香片，我不妨準備一壺清涼的檸檬水，剛好照見不同的世態炎涼。而且，張愛玲的茉莉香片故事，前香後苦；怎比我這個檸檬水故事，先酸後甜。

她說：「老師，你信命嗎？我在香港抽了個簽，可準了。可是那時候，可把我傷心死了。」

那時候，她在老家有一份很不錯的工作，也剛生了寶寶。當時為了更好的發展，就辭了老家這邊兒的工作，也把小寶寶讓婆婆老公照顧。自己就毅然決然地跑到香港來讀書了，就希望將來畢業後有可能留在香港工作。

讀書一段時間之後，有一個老師的課是那種沉浸式課程，就是除了上課之外，還會領著學生去道觀、黃大仙等地方參觀。那天參觀的時候，她還有點兒遲到了。前面的同學可能有的抽過簽了，或者是覺得沒有意思也沒抽就走了，她因為到的晚，想著來都來了嘛，就抽了，一抽是個下簽。然後她也挺逗的，就說：「哎呀不行不行，剛才這個不算。」她再抽了一下，沒想到居然是下下簽。她當時都懵了，說這個電視劇也不敢這麼演，編劇也不敢這麼編吧？

電視劇裡動不動不都是上簽上上簽，怎麼到自己還下而又下呢？再一看那個簽文，簡直堪比五雷轟頂，簽上的詩雖然看不懂記不住，但是簽上的話寫的非常明白

——此地不宜，速速回去。當時她就放聲大哭，因為沉沒成本太大了。她想想自己為了來香港，等於是「拋夫棄子」，也放棄了優厚的工作，從頭開始努力讀書就是為了留港，結果給了她這麼一個當頭一棒的讖語！

她在那兒哭的時候，同學就勸她，說，哎呀你別信這個呀，這個也不一定準。可是很奇特。過了沒多久，香港發生了社會運動，再過了幾個月就疫情了。她回到了老家，最終她畢業了，但就再也沒有辦法回去，因為牽涉到隔離啊各種手續啊，特別麻煩，而且也做不到，終於斷了，放棄了在香港找工作。

回來之後，更糟糕的是，她拿到的碩士學位反而成了她的累贅。以前她本科畢業就能找到挺好的工作，而且她工作的時候還不斷有獵頭公司來找她，讓她跳槽。但是現在不但沒有獵頭公司來找她了，她自己去求職，人家也不要，為什麼呢？就覺得我這個職位，找一個本科畢業的足夠了，我再要一個香港碩士畢業的，我給的錢還更多，不划算，人家乾脆就不要。就把她給愁的，想著這可怎麼辦呀？！

香港碩士光學費一年就十來萬，再加上在港奇貴無比的房租，而她又是辭了工作全脫產全日制在港讀書的，所以一年就花了幾十萬出去。現在不光在港工作不得，回來也找不到工作，面對的不僅有別人的嘲笑，還有自己的經濟壓力。但她還真是挺有恆心毅力，後來自己又闖了一條路出來，考了牌，進修了會計法律，做了保險經紀人，現在的日子也過得不錯。想想當初如果留港，

也未必過得比現在好。她笑著又給我杯子中加滿檸檬水，說：「老師，那個簽是挺準的哈？」

我一邊聽這個百轉千回、驚心動魄的故事，一邊慢慢啜飲杯中清涼的檸檬水。不由深思，到底這世界上有沒有命運？而且，我們應該怎樣對待命運？

這世界上是有命運的嗎？如果說沒有，那簽語歷歷分明，怕她不信，還一而再再而三地下簽下下簽並疾言厲色地明言叫她速歸。如果說有，其實我覺得以她這樣的恆心毅力，這麼會計法律地一路進修下去，就是留港，不怕也找不到一碗飯吃。

我們常常很擔心，規律和努力不如命和運。就類似於馮唐易老、李廣難封，他們天資夠高，夠努力，但是古人認為他們的命數不好，所以不能成功。所以這種努力和命數碰撞引起的悲劇，讓人深深意難平。

那麼，這是否意味著好命的就天生好命只需坐享其成，差命的就乾脆躺平反正努力也沒用呢？

其實，老天生人，每個人的命都是非常好的，但是為什麼有些人走著走著，覺得特別坎坷呢？那是因為走錯路了。老天其實這就在提醒，這時候就應該停下來好好思考一下，自己是否偏離了命運給自己設計的好運軌道？這個時候就應該停下來好好思索，找回自己原來的「道」。

所以呀，要正確對待命運，您要做好兩手準備。一個是命隨您意，好，那倒可以欣然躺平！第二個命不隨您意，您要像哪吒那樣，我命由我不由天！

# 老夫聊發少年狂，
# 青春不老傲雪凌霜

## ——記一九八三年易武古樹竹筒茶

郭長耀

　　青春當然不是年齡說了算，於普洱生茶而言，是最好的證明。青春可以在鬱束的空間裡春心常駐，色如新，心如始，青澀盡去本真存，滋味不落言詮。

　　為了照顧老父，法哥在元朗住了一段時間。畢竟是人生的最後一程，他總是盡力細心照應。這段期間，是我受益法哥，一生學茶、嚐茶、品茶、論茶和悟茶最密集的日子。我們總是隔三岔五的茶聚，茶味、茶氣、茶品和茶史，總是讓人津津樂道，才下舌頭，卻上心頭。在渾然不覺間，四五個小時就這樣過去。

　　每年法哥和茶友相聚，都會帶備自己精挑的茶葉赴會。法哥家藏無數，精品俯拾皆是。春節前，法哥約茶，他特地將春茗茶友聚的茶提前取出與我分享。

　　那是一九八三年易武的竹筒生茶，一九八三年，很值得記念的年份，那一年中學畢業，考罷中學會考，做了兩三個月暑期工，積了點錢，就和友人第一次回內地自由行，陌生的故鄉，這麼近，又那麼遠的不一樣國度。

　　內地開放改革後，馬上掀起了中國旅遊熱。當年由筆名勁草和宋金易編著多條線的《中國旅遊自助餐》叢書貢獻最大，在內地旅遊途中，老中青自由行的行者幾

乎人手一本。

初識竹筒茶也是在當年的雲南西雙版納行。行旅的暫歇期間，親切自然，溫柔大方的大姐沏泡竹筒普洱生茶款待黃毛小子，對於自小喝著先父普洱熟茶長大的我來說，茶湯落入口中，茶韻妙不可言，跟熟茶的味道截然不同，幽蘭香味滿腔，餘味裊裊芳香。看到滿目疑惑的我，大姐微哂，跟著一一道來生茶熟茶的分別，讓我初識茶之大道。

隔了三十年，得祥兄引見，才在法哥娓娓道來當中進入品茶中不同的境界。「所有相逢，都是久別重逢」，「若是有緣人，一指便回首；若是無緣人，屢引也不走」。與茶結緣，在錯落起承間，在遺失尋回間，在習慣與陳識間，在人生兜轉與停駐間，最終重遇，重新發現，重新體味，是木石前緣隔世思念的圓轉嗎？不用計較，此刻寬懷。

儘管用膠紙封住，歷經三十多年，竹筒在歲月的淘洗後，斑駁且由綠轉棕的顏色已訴說了自己的年齡。藏在裡面的茶也當如是吧，最耐人尋味，最堪玩味，最讓人回味的永遠是歲月和回憶之味。破竹一看，茶葉像棋子一般的大小，一塊塊的層層鬱束在竹筒內，依然穿著綠衣，沒有在陳化的過程中變色。我心裡想：茶味當如何？鬱束了三十五年的青春！

由於歲月積壓堆疊太久，浴水重生總要些時候，一如祭天敬祖，需要沐浴更衣。但要說的是，即使是洗浴水也是這樣的透亮澄明，野生喬木大葉的風姿，自高自

華高山仰止。

第二泡才見真章，茶氣有澎湃的爆發，滿室蘭香。入口後，絲絲縷縷香魂溢升，醍醐灌頂，讓人神氣清爽。茶味芳香甘醇而又不失鮮活爽結，化水成漿，將舌頭包裹，迫使你細品慢嚼。葉片存綠去青，春心依舊，但生澀盡去，是茶人絕頂的殺青手藝，掌控火喉的恰到好處，心手兩忘，留住了茶葉的活性，隨年月而變化，內斂風華，展現不同的年期特色，讓人細味尋味而回味。

這茶讓人愈品愈開心，茶湯在舌面流淌，茶氣久久不散，開口如蘭，舌底鳴泉，那種跳脫靈動，是青春的本質，茶味鮮甘飽滿，既風霜滿途，卻又淡然自若，雪化無痕，以輕省應對凝重，以淡然超越驚心，以高潔面對塵俗。留住了綠意，保存了本心，高風淡雲，讓人悅志悅神。

十泡過後，茶味仍在似有若無間，相濡以沫當然好，相忘於江湖也無妨。之後「白露橫江，水光接天」，悄然隱去。「曲中人不見，江上數峰青」。道在不言中，不能要求更多了，再多就是貪婪。想起了余師光中的〈夜讀曹操〉：這滿肚鬱積，正須要一壺熱茶來消化……這滿懷憂傷，豈能缺一杯烈酒來澆淋。苦茶令人清醒，當此長夜；老酒令人沉酣，對此亂局。

想起茶酒雙絕的先父，人生不也是茶酒相間的靜與動，沉潛與飛揚嗎？先師陳夢白的贈字：禪與鳥，難道不也是另外一個演繹、理解、總結和寄望：沉思的生命與飛揚的生命，普魯斯特的人生註腳，是《追憶逝水年

華》而來的人生體悟。

最後，千言萬語，其實也就是法哥數十年來尋茶問茶的歷程，人生如茶，或是茶味人生。沒有最好的茶，只要細味，總能品出各種各樣茶的品質和特性，人生即體驗，生命多姿采。

鬱束在竹筒內三十五年，色不變，質如初，春心永存，時間不再存在，有的只是自己幽發的自在生命演化，無根離幹也不損風華。

謝謝「明心澤沛千山雨，養氣胸藏萬丈虹」的法哥！

# 我看書，書看我

陳丙

**看！書。**

　　書的作用是「看」——主要是裝飾、收藏和翻閱。有多少人只為閱讀而買書？多年前霖謀曾說：「出版了的書有一半沒人買，買了的書有一半沒人看。」我自己又加上兩句：「看了的書有一半沒看懂，看懂的有一半用不上。」近年，當自己加「作者」行列後，又在前面加上兩句：「構思的內容有一半寫不出來，寫出來的有一半沒有出版。」這連串排比中的「一半」當然只是約數。隨著電腦技術發達，傳統「書」的價值被巔覆，還有幾人會出版和看實體書？近年更聽聞本港某大學出版社印行了一種書，賣不出去，又沒地方存放，最後竟付諸一炬。重演了秦始皇的焚書，但動機不同，因此沒有坑儒。又聞：某大學的某學院成立後，把一千五百冊《景印文淵閣四庫全書》從大學圖書館開架書庫轉移到該學院，把整面牆壁的書架填滿，成為最美觀高雅的立體牆紙，從此與大學讀者隔絕。書至於此，可謂一厄也。

　　書，在我的生命中佔著十分重要的地位。在這些年的漂泊生活中，我一邊看（去聲，粵：hon3；普：kàn）書，也一邊看（陰平 hon1/kān）它們；到後來是我被它們看（去聲和陰平聲）。

## 認字，寫字，「被看書」

我最早的「看書」大概是五歲左右的幼稚園時期。「看書」二字加上引號當然有特殊意義。那時我跟二哥一起上幼稚園。低班的中文課本的內容是單字：「一、人、大、小、山、水、上、下、高、低……」；到了高班開始學句子，有點意境：「山，高山，高高的山；海，大海，大大的海。山和海，真美麗。」當時哪會想到日後美麗的「書山有路」和「學海無涯」的精彩人生？上課有好玩的時候，因為老師會組織玩遊戲；但更多的是打瞌睡的時候，小臉經常貼在桌上的課本睡著，口水把書弄濕，這樣「看書」，太體貼了。

課堂教的生字，放學後成了父母的苦差。他們自己未曾上過一天的學，拿筆比拿撐船的竹篙困難。我們卻哭著喊著說不會寫，媽媽只好用她那砂紙般粗大的手裹著我柔嫩的小手，照著老師起的紅字頭，跟我一起學寫字。心裡滿是暖意；但當一次又一次寫錯，寫出方格外，橡皮擦已把習字簿擦破了洞，二人又是一陣哭：媽媽是因為無奈、疲累、心煩而落淚，幹完一天的活，回來做飯，照顧小弟弟，又要學寫字；而我的哭是被她責罵，也怕上學受罰。媽媽只好再次努力緊握著紅腫的小手，邊哭邊罵，好不容易才把一頁格子填上了歪歪斜斜的「字」，上面無數的塗污和擦破處，混雜著二人的汗水和淚水。完成時我早已入睡了，因此作業應是媽媽寫的。得到的成績自然是黑豬；記憶中極少拿到白兔。

用今日的潮語說，那時是「被看書」。從開始至中

學階段，看書就從來沒有過出於興趣或自願，只是迫於測驗和考試壓力而被看書。小學讀的〈愚公移山〉、〈泥塑的巨人〉、安徒生童話等，故事有趣，但要背課文，就叫苦連天。聞得某同學自小就讀完了四大小說，十分佩服；但自己始終沒有過見賢思齊。霖謀早慧，剛上初中時，當我還在被看書，他已孜孜不倦地自覺從看書中得到樂趣，追求學問。在鄉村孩子中，確實少有。

從「被看書」如何轉化為書被看？這不能否認「被看書」的推動作用。讀書早已成為仕途上的敲門磚，沒有條件的或不願意讀書或被讀書的，就不用這塊磚。而我的數十年人生裡，卻一直在背負著這些沉甸甸的磚頭。壓著壓著，竟壓出了興趣來。這所謂的興趣，起初只是源自一點無奈，繼而是一顆虛榮心——古人云：「書中自有黃金屋。」看見高年級學長手中捧著厚厚的書籍，羨慕之情油然而生：太帥了！我也想這麼帥。

元稹所說「半緣修道半緣君」道出從被看書到看書的轉變。這個「君」指的起初是拿著厚厚的書本的那位帥哥。父母常現身說法：「不好好讀書就只能做牛做馬。」那時根本不懂，也不想聽。後來，年級高了，這個「君」的地位也提升了，是有名望、學問的學者吧？王國維論三境界中的「回頭驀見，那人卻在燈火闌珊處」，說的是頓悟之境，可頓悟必從工夫來，從漸悟做起。那時這工夫還差得很遠；只朝著那未知未見的「君」進發。還是那顆虛榮心在作祟。

## 看書，買書，藏書

　　看書的動力總還離不開被看書。考試的壓力實在太大──還不是想考取好成績，炫耀一番嗎？在每週的文學史課的催逼下，為了追趕進度，與郭老師兩小時的課堂教授的內容步調配合，那小時候徒有羨慕而遲遲未讀的四大小說，竟在兩三週內讀完；且意猶未盡，更找來其前傳、續書、點評、不同版本和相關研究看，津津有味。郭老師有意迴避卻又不得不簡介的四大奇書，以及只提到一兩種書名的風月小說，卻讀得比任何書都帶勁兒。那時的「半緣修道半緣君」的「君」，更接近元稹原詩的意味。

　　看書推動了買書和藏書。常言學海無涯，那時的買書狂熱則是慾海難填──除了求知慾，更多的是佔有慾和虛榮心。在廣州的四年裡購入的書，約有一半跟隨了我大半輩子。那時常去的是北京路的古籍書店和中山五路的新華書店、廣州工具書店和外文書店。偶爾與同學結伴乘車前往，順便在市內吃一頓美食，到三多軒買文房四寶，去文德路和東方賓館看書畫拓片，附庸風雅，賞心悅目。那是課堂和球場之外最為流連忘返的所在。

　　獨自騎車出行購書更是身心樂事。一來免卻擠公共汽車；二來自己從小就喜歡騎自行車；再者，不用遷就同學，須行即騎，自由自在。那座騎是一輛出口轉內用，從香港託運至廣州的鳳凰牌二十六吋自行車，陪伴了我四年的大學生涯。除日常代步外，最主要的任務是去買書。每次除了裝載於六十公升背包裡的磚塊外，還有綁

在車後座上的一大包，滿載而歸。如是者，不知疲累，不知不覺，宿舍的書架、牀底下都塞滿了，每次放假都要搬一些回港。畢業時更叫上了霖謀和星仔幫忙搬書。

## 從琉璃廠到屋崙港

在北京上學時，購書又是另一番風味。騎車購書並不容易，從中關村到琉璃廠要一小時，若是在春日風沙或寒冬積雪中就更不可能。那時常與香港同學嘉賢、永豐等結伴同行，到城裡買書。琉璃廠院內的中國書店有免費送書服務，於是購書就更肆無忌憚。

除了買新書，還偶爾買古籍。海王邨的孔師傅，那時約有八十歲，每次我們去看線裝書，他總是熱情地細心講解各種版本的情況，賣書倒是次要，能跟後輩分享心得才是他的最大樂趣。買古籍屬於古董收藏，我這個窮書生玩不起，不久隨著孔師傅仙遊，我也很少去海王邨了。現在手頭上還有幾套所謂鎮山之寶：康熙版的《陶詩集注》、同治版《蘇寫本陶淵明集》、光緒版《唐代叢書》、光緒版《屈原賦注》等。雖然每種只花幾十元人民幣，在當時來說已是價值昂貴，因為新出版的書確實很便宜，例如一九八六年版的《藝文類聚》花了九元一角，一本字帖，如《靈飛經》才八毫半。不過那時物價低廉，八毫半已足夠在食堂買四兩白飯加一葷一素。而那二冊《藝文類聚》所花的錢足夠在餐館搓一頓一葷一素了。

就這樣買書買得不亦樂乎。這不亦樂乎還因為「有

朋自遠方來」。那是在北大認識並成為鐵哥兒們的奚甲和羅乙，我年齡最小，故稱陳丙。奚甲當時是駐加州大學在華中心（University of California in China）的主任，常招羅乙和我一同吃喝；另一項重要活動便是去琉璃廠買書。當時他們給我取了一個諢號叫 canary。那是一種鳥，中譯為金絲雀，傳說早期的煤礦工人進入礦洞時帶著牠，因為牠能及早偵測到一氧化碳等毒氣。奚、羅二兄管我叫 canary，說是因為我能迅速排除次等的書，放心採購。後來進入西文學界的礦洞後，他們二位成了我不可多得的 canary。奚甲當時住在未名湖西北角的北招二樓。我永遠記得客廳裡的那座書山，奚甲常說：「真怕木地板受不住重量，某天突然下陷！」那是奚甲兩年任期間在北京購得的書籍，準備運往美國去。

不久，三人籌備運書的壯舉。我們合租了一個集裝箱，由海路運至加州的屋崙港（Oakland Port）。五月付運，八月初到達。租了貨車提取後，又分三路：奚甲的最大份送到加州寓所，羅乙的寄去哈佛，而我在奚甲的幫助下買了一輛二手小貨車，把大部分裝上小車，運去科羅拉多大學，裝不了的小部分用郵寄。那些書在博爾德（Boulder）這座小城伴隨我七年多。

它們每日以頂天立地的姿態展示著。「頂天立地」，是那年社科院徐公持教授隨劉再復教授來訪時的評語。宿舍地方小，為了節省空間，自製的木書架每一層的高度僅能直立放置大三十二開本圖書。徐教授的品題，頗有啟發：讀書人要學書的文字內容之餘，也要學其精神

氣節——頂天立地。

留美幾年，藏書復有增益。初時多得自二手書店，後來才有網購。所獲多是漢學著作，也有希羅歐西文學作品和研究。不久便「學富五車」了。畢業搬家時租了一輛中型貨車，裝著一百多箱的書和少數的生活用品。這一回又是獨自上路，開著這貨車，後面拖著小轎車，又是二十多小時的行程。這些書在新居所繼續頂天立地；但頂不了多久便立不住了。

## 送書，捐書，竊書？

平生最痛心的是把書送走。每次搬遷，就送出十幾箱。那年回港探訪，眼見在港就職無望，而老家的書在那裡苦苦守候了十年；好不容易盼得主人回來，卻被狠狠地遣散：經由友人森姆教授聯繫他任職的香港科技大學，送走了十幾箱老友，除了心痛，更寓意自己的漂流仍未見岸。那些紙箱一直見證著：它們從美國裝載書籍到澳洲，一直保留著，留待下次搬家之用。總希望有丟棄紙箱的一天——也就是安定下來的時候。終於，那些箱子在香港退役了。那次搬回香港前，又把十幾箱書贈予悉尼大學圖書館、同事何大力和博士、碩士學生等。

這些隨我漂流的「敲門磚」在澳洲時還多了一個稱號——生財工具。這個稱號雖俗不可耐，但倒也道出幾分真相。那是一位中學老師所賜。這位老師早年移民澳洲，得悉我到了彼邦任職；一次來訪，見四壁放滿了書，即時有此賜贈。我心想：如果買書藏書是為了作「敲門

磚」，為了利用它們生財，不免貶損了這些老友們。可是生財餬口，倒真是它們多年來的作用之一。

對於一些用不上的人來說，書只帶來晦氣——「輸」。這晦氣卻為我擋了災。我們在悉尼租住的是半座房子，中間分隔的牆壁形成狹長的過道，靠牆排滿了自製的書架。某天外出回來，發現房子被爆竊了。小偷從洗衣間撬開門鎖，進入房子，被那眼前的一片書海驚呆了，心裡說：「真倒楣！」我急忙查看抽屜裡那臺從學校借來的筆記本電腦，竟安然無恙，而其他物品，一件都沒丟失。大概那小偷進來看見了書就知道輸了，懷著滿肚子氣離開。那時，遠在北半球的老家長期關著門的藏經閣，書籍被送去科大之前，也有過同樣的遭遇。某次颱風來襲，家人巡查時方發現書房向海的窗戶被撬開過，結果也是這些老朋友們把這些汪洋大盜「嚇跑」了，也沒有損失。

回港任教後，很快便把那些捐贈出去的書的空間填滿。購書的種類、來源也增多了，除大陸出版物，臺灣、日本、歐美等都有，通過網購、實體書店、書展等，再加上學界友人贈書，那幾年間的藏書量大幅增加。家中和辦公室的書架都已飽和。

近年忽然不再買書了。除了各方友朋贈書，以及教學和研究上不能少的圖書之外，一概不買。

## 書的靈魂和目光

醒悟總都是來得太晚。這醒悟並不是因為沒地方裝

載書籍而煩惱、無奈；而是對不住多年的情誼，我卻沒有善待它們。它們一直在書架上頂天立地，鋪塵的頂上彷彿添了花白頭髮。猶如宮中美人一直在後宮期盼著有被寵幸的一天，有的還沒等到那天便被放出宮，有的等到皤然白髮仍在等。後宮三千，只有那些被認為有用的極少數才會被召喚，其他呢？那嚴厲冷峻的眼神，隨著歲月蹉跎而更犀利，如萬弩齊發，向我射過來。時間愈久，它們愈是高大起來；而我就愈是渺小。

當年暨南大學圖書館閱覽室壁上掛著的魯迅先生油畫像，歷歷在目。先生那火眼金睛從高處傲視，每次抬頭一看，就彷彿受了炮烙似的，被他斥責：「幹嘛不專心，還不繼續！」記憶中的目光如炬，仍清晰淩厲，一直督促著我讀書學習。多年之後，在華盛頓大學東亞圖書館，閱覽室壁上掛的是「睥睨」兩個巨字；與魯迅先生的目光異曲同工，以蒼勁的書法，把先賢古哲讀書的精神和高傲的志氣，融入其中，橫空出世，劈面而來。

每一本書都帶著作者的靈魂。早年只知道如何愛惜圖書，善待文墨；直至自己成為作者，加上歲月催人，體會更為深刻。當文章書籍面世，便是羅蘭巴特（Roland Barthes）所說「作者已死」之時——寫作的那個特定時刻的神思流轉狀態定型了，作品的內容是作者彼時空中的狀貌，過後便再也回不去。儘管這是「我」的分身，過後，即便是自己的作品，也說不出寫作一刻的情懷心神，於是一個「我」，通過寫作發表、出版，便衍生出眾多的「我」，它們憑藉紙墨文字而得到永恆的存在。

曹丕早有卓見，他說：「古之作者，寄身於翰墨，見意於篇籍。」故古人能在世上永生不滅。

於是，我在書籍睥睨之下感到惶恐和愧疚。現在不是我被看書或書被我看，而是我被書看——書在看我！每本書中蘊藏著多少個作者的靈魂？從《甲骨文篇》至今日之文，橫跨了多少世代？像《藝文類聚》一類集子，所收作者的靈魂不可勝數。不論是頂天立地、橫七卧八，或是束之高閣、後宮苦等，有多少雙眼睛在嚴肅地監視、催逼和敦促著我？現在不再是它們苦等著被寵幸，而是我自己每日每天，在無數個靈魂的睥睨下，羞愧地被凝視、被怪責：阿格斯（Argus）用他的一百隻眼睛監視我，不讓我偷懶；阿伽門儂（Agamemnon）要向我訴說自己如何成就偉業，如何被害；斯芬克斯（Sphinx）叫我猜他出的謎題；脂硯齋命我細讀其評語，一同品嚐石兄的故事；阮籍邀我重讀其〈詠懷〉，挖掘深藏背後的意旨⋯⋯一直以為讀書能令古人為我所役，殊不知，現在倒是我被他們訓斥。

## 睥睨與被睥睨

本文初擬副題為〈書的歷程〉，以同音雙關表達筆者的「輸的歷程」。人生百年，與書結緣，一直以為能征服和統御它們，到最後卻以輸告終，敵不過書，被淹沒於浩瀚書海中。

從前的那股蠻勁兒已隨歲月消退淨盡。很多人問過我同樣的問題：買這麼多書，看得完嗎？書架上的書，

每一本都看過嗎？當時抱著天真的想法，以兩週讀完四大小說的速度計算，十年、二十年的功夫，怎會讀不完？先買了，存放著，之後再看。怎料日積月累的學問總嫌寸進得太慢，而書山壓頂卻與日俱增。當看不過來，看書漸變為翻書、查書，甚至於看（陰平聲）書、被書看（陰平和去聲）。隨著書的塵封、失寵，它們憤怒了：當初是我睥睨著它們，而現在是我羞愧地苟活在它們的睥睨之下。

畢竟，我有幸在倏忽歲月裡與書打過交道。必然的輸，正體現著書的經典和永恆價值。它們將會在人文歷史的長河中繼續經典和睥睨下去。

# 落日照千山，故土而異域

陳躬芳

今年香港科技大學（下文簡稱「科大」）進入創校三十週年。這三十週年不僅見證了學校的發展軌跡，也見證了香港社會的種種變遷。那坐落在校園廣場正中央的火紅日晷（常被稱為「火鳥」），展翅高飛如同普羅米修斯所帶來的天火般賜於人間以光明與溫暖，也象徵著智慧與文明。隨著時間的流逝，這座位於西貢灣畔的學府帶來了享譽國際的榮耀，也培育了無數來自世界各個角落的學子。

記得一九九二年第一次聽說起科大的名字。那是在中學的時期，每天早上上學會遇見上一位同棟大廈男生一起下樓。時間久了，會互相點頭道早安；後來有一天，在九月開學不久的一個早上，他帶著欣悅興奮的神情告訴我：他入讀了西貢的科技大學，是剛創立的大學。還問我：你知道這是一所怎樣的學校嗎？我當時茫然地搖頭表示一無所知。他又告訴我：學校大部分是男生，由於剛成立，宿舍還沒弄好，故他這學期只能每天早起長途跋涉從荃威花園轉幾趟公車去西貢上學。下學期若入住宿舍，就會輕鬆點，並邀請我以後若學校開放日歡迎參觀科大。我說：我的興趣攻讀文科，對注重工科的科大不感興趣。不過作為一所懷著當時香港社會所期望的一所新式大學，著重發展科學、金融、工程等應用課程的大學，很多人還是慕名而往參觀那簇新的校舍。

　　想不到來到一九九五年的聖誕假期，學校推薦我和幾位預科同學一起參加大學首次舉行的全港中學生冬令營，提前來到科大校園體驗的校園生活。為期七天的校園體驗大學生生涯的「日與夜」活動中，我走遍了科大的每個角度，對這所嶄新的、具現代化的、正在起飛中的學校及其校園文化充滿了希望。它是直接跨越香港的傳統、守舊的社會發展而來，似是乘著火紅的飛鳥洶湧而至，把香港從過去荒島的形象，直接通過一道道教學樓作為橋樑連接了過去與未來，從古典主義的香港社會直接導向了未來的金融、科技業的現代城市面貌；經過多年的努力下，科大在世界排名一直享譽盛名。

　　一九九九年，我成為了科大人文部研究生。我想不起自己報讀科大的原因，但一定是被當時來自世界各地的著名學者如丁邦新、張洪年、洪長泰等教授所吸引；或是當時的人文學部所開設性別史（童若雯教授的中國當代婦女史）、區域史（如何傑堯教授的清末民初廣州史）、華人移民史（王心陽教授的華人移民史）等抓住眼球，腦子一股熱就走上考研的路上。而今翻閱當年出版的中國研究碩士課程通訊（N0.2,November,1999）有這樣介紹的：「這是院方唯一的一個中國研究碩士課程，是文學部和社會科學部的跨部門聯繫，不單結合了兩個學部，更容許各個學科作學術交流。它的優點，正是推動科際整合，不限於過度專門的研究，使學生能挑選不同門類的科目，從而探討廣闊的知識領域。這個課程的設計著重於中國研究中的各項新發展。它的整體焦點放

在中國文學、歷史、哲學、經濟、社會學及政治學上，把不同研究領域的相關點顯示出來，讓學生可以從多種觀點去看某一事物。」而我在參加完當時的歡迎會後，有感而發地回應丁邦新院長關於談談參加這個課程的感受而寫下的這樣一段話：

「偶爾靜心佇足在這充滿後現代主義的建築物裡，我似乎聞到一股志同道合的氣息，這種的感覺使我覺得不是孤軍作戰。原來在校園裡的某個角落有一群辛勤的學者們一直為中國整個歷史（Total History）的發展而努力。他們對於每位學生的各種課題都表示支持，並循循善誘地啟發學生以問題為出發點去做學問。在如此沒有人情味的校園中，卻又是如此地感受到濃濃的人情味。也許，中國研究就是代表著中國人任重道遠的傳統，為中華文化的反思與重建，為人類歷史的重寫，凝聚了學者們的深情厚意。但願中國人不會迷失在科技追求的領域裡，並以悠久的歷史文化為定點，重現中華民族的輝煌！」

如今再讀此段話，看到當年天真簡單的自己，縱然一江春水依舊，卻是「故土」而「異域」。當時科大的本地研究生佔多數，及少數來自全國各省優秀的尖子和海外研究生；討論課題時多採用英語，輔以國語，無論大型或小聚會的討論，我們融洽無礙，沒有種族、族群、顏色、階級分野；我們會討論某個觀點而面紅耳赤，但會後我們依然是教授與學生、朋友與同學。跨學科研究方向在當時如平地一聲雷，驚醒如我般淺薄不才的年輕

學子，課程重於從文學、哲學、宗教、歷史、人類學、社會、經濟及政治等多方面去進行當代中國研究，嘗試從不同的觀點與角度去歷史問題，擴闊了知識的範圍，也同時兼顧身心和人文道德。我在校園度過了五年，翻閱了圖書館內所有有關婦女史、學生運動史、近代中國革命史、廣州方志史、教育史等所有的期刊及書籍，畢業後也在圖書館內的學術論文類的架上留下了一本厚達三十萬字關於民國時期廣東地區的女性教育歷史的論文，十八年過去了，不知道有多少學人曾翻閱或徵引過這份印證了自己在科大的努力成果呢？

　　然而，十八年後的中國與香港，歷史的巨輪覆手翻雲而來，一切發生鉅變，我們再也無法風輕雲淡地解讀一般歷史事件。曾經以為對近代中國歷史發展足夠認識與掌握，如今在風雲變幻中卻晦暗難解，萬般詭譎。曾被視為蠻荒之地的漁村，曾被晚清遺老朱孝臧在〈夜飛鵲·香港秋眺懷公度〉中以悲愴而恢弘的心情紀錄這即將失去的方寸小島：

　　滄波放愁地，游棹輕回。風葉亂點行杯。驚秋客枕，酒醒後，登臨倦眼開。蠻煙蕩無霽，沾天香花木，海氣樓臺。冰夷漫舞，喚癡龍、直視蓬萊。多少紅桑如拱，籌筆問何年，爭割珠崖？不信秋江睡穩，摯黶身手，終古徘迴。大旗落日，照千山、劫墨成灰。又西風鶴淚，驚笳夜引，百折濤來。

　　如今讀來，畢業多年的自己也如同前朝遺老般「食古不化」，與這個表面上時尚的現代化城市在近年種種變革終而漸漸沒落在一片荒涼的思緒中而回不過神。多年以後，當我審視我曾經生長的地方，我該如何呼喚你的名字呢？也許，只能像十九世紀英國詩人拜倫（George Byon）一樣「含著眼淚」望向這曾經心愛的「東方之珠」而「默默無言」！也許，也會在時間的餘燼裡，拾起你隱約的碎片，讀著早不成調的小令，執素舉哀那個遠去的時代。

　　一代歷史學家余英時說：「歷史上重大的『突破』，往往都有一個『崩壞』的階段為之先導」。當時代的「疏離」與「異化」不期而遇時，這就如校徽「UST」字母從富有希臘神話的光環走向含有張力或哀傷籠罩下的 UST（university of stress and tears 或 university of suicide and tears）的自我嘲諷，如斯景況，校友們的關切之心如懸在刀刃上，看過學弟學妹們的激昂陳詞以及史維校長難忍深情的垂淚，當讀到校長發給校友的信件中，彷彿在理性與感性之間選擇、遊離在冷峻與仁義之間悲鳴、神傷在離別與展望之間流連，或許這裡並不存在二元的抉擇，只有我們懷緬著那漸漸遠去科大人美好而浪漫的人文傳統。走過炫目光線穿透天花的 ATRIUM（賽馬會大堂），時間的長廊見證了熙來人往的畢業生；從露臺上眺望遠處的西貢海灣，遙想當年入學時年輕懵懂的自己，遇見了談笑風生的教授們，在研究生辦公室邊忙活邊吵鬧的同學們，當時的時光也似乎

只能通過「穿越」才能再次感受到人文學部的學者們那種無比寬容的胸襟及艱苦耐勞的做學問態度。那一片絢爛的落日與身後的火紅時間之輪依然守護著校園的科研與人文精神，為工科為主的校園注入了人文的道德內涵，但願「黃昏日落」沒有降臨這座典雅而現代的校園⋯⋯

人生總是令人意想不到呀！人文學部正式創立二十五年後的七月三十日，我們重聚了！這是一個自一八八四年有紀錄以來最炎熱的盛夏！我們人文學部老師、舊生在「相聚離開總是無常，疫下相聚更是難得，此後再聚也是遙遙無期」的呼喚下，大家一呼百應相約齊聚在校園廣場正中央的火紅日晷旁。多年來，從未碰面的老師與同學遽然乍現眼前，想起了已逝去的青春，那是個讓人激動澎湃，不悔的時代。想起了，同時也是一個讓人感動憂愁，遠去的時光！

或許，回到一八八四年的夏天，同樣炎熱的七月，十八歲的孫中山來到香港入讀了皇仁書院（Queen's College），在這裡他反思中國的現狀，對英殖民的印象深刻，慨嘆西方制度之餘，「奇想英人能把像香港這樣荒蕪之地改變」，故痛惜中國的落伍，興起改革之意。一八九五年殖民地部檔案編號一二九卷二七一的有關乙未廣州起義詳細記錄了當時香港警局全面圍城追捕四百位革命勇士的情形，成為回憶清末時期的香港歷史上最生動的圍城印記。當孫中山在三十年後（一九二三年）來到香港大學發表演說：「我之此等思想發源地即為香港。至於如何得之？則三十年前在香港讀書，暇時縈閒

步市街，見其秩序整齊，建築閎美」。因此作此結論：「我之革命思想，完全得之於香港」[1]。歷史發展的軌跡總是何等相似呀！科大呼應一九九七年的回歸應運而生，人文學部在一九九三年開始草擬籌辦，陸續在一九九七年收生，逐漸開展校務，教授們拼著時間把科大推向國際的視野，這樣三十年過去了。二〇二二年初夏，科大第二分校在廣州宣布籌建，想必另一批的學者終將科大面向大灣區一體化的方向，在未來的日子逐漸開展了，而我們該老了不像樣了！

在這個仲夏之夜，在這短短的四個小時聚會當中，往昔的師生情誼讓我們迅速地回到了那個談笑風生的光影裡，彼此訴說著二十五年來的個人發展與前路。當學部老師陳榮開教授帶著全場師生合唱三次李叔同的〈送別〉向剛故去的張灝教授——一代歷史思想家表達緬懷之情時，一種感嘆知交一半零落如塵土、一半離散在天涯的悲傷瀰漫著校園，我們似乎重複著國人在近代中國大時代中顛沛流離的命運，和應著歷史的迴音壁上「念念不忘，必有迴響」的初心——人文關懷的堅持。當洪長泰老師深情地回顧著當初從美國應丁邦新院長之邀回到他小時候的移居之地——香港以及創建人文學部之初，一時多少故交相知雲集於此授業，不禁發出了這樣的感慨：「遙想當年科大師生融洽相處，互助互勉，學部充滿了讀書聲和笑聲，那段日子最令人緬懷。」誠然地，這就是當時人文學科師生協奏出的一種濃厚的人文校園氣息！在這大時代的重疊光影中，委婉而幽幽的歌聲加

上喃喃的低語像是為往日消逝的時光而「招魂」，在晚風輕拂的清水灣畔暫時溫暖那漸已荒涼的黃霑筆下的「海角天邊」。

曾記得，那西貢海上的落日也曾牽引著李歐梵教授預言式的、具現代性的文學想像——《清水灣畔的臆語》，寫下了SARS（與香港特別行政區簡稱相同）時的「圍城」景象。爾今重讀，一片觸目而驚心：「幾個世紀的進步發展有把我們的文明改變成甚麼樣子了？為了面對個人對人類前途的悲觀，我覺得更要學習卡繆（Albert Camus）的勇氣——不是愚人之勇氣或空泛的自信，而是在災難中反思後的存在勇氣。」事實上，在關於香港嘈雜描述中，過往的倉促間建立起的城市面貌卻劫墨如灰。過去和現在的「圍城」，讓我們在瘟疫日復一日的枯燥生活中失去了某些記憶，變成了卡夫卡小說《變形記》中的那隻甲蟲；在吟罷低眉無寫處的時候，也只有笨拙、絮絮叨叨地、低聲吟唱著羅大佑的「守著滄海桑田的諾言」，如若一個失去家園的怨婦般在哀悼！

據神話的記載中，普羅米修斯在失去自由的同時，也昭示了人可以借助自我超越的自由不斷向宙斯的專制神權發出挑戰；同樣宙斯所送贈的「潘朵拉盒子」也是充滿了邪惡與災難，唯有「希望」我們終將得到救贖。憐憫與愛、自由與希望，讓我們即使足纏腳鐐、遭致懲罰下仍然舉步向前。苦難與眼淚、自由與幸福就像雙生兒般互相緊扣。然而我們校園的火鳥還在，人文道德的情操也依然是我們不忘的堅持——「循此苦旅，以達星

辰」（Per aspera ad astra），是永恆不變的追求！

　　寫於清水灣畔，二〇二二年七月三十日

## 註釋

1：《華字日報》，1923 年 2 月 21 日。

〈按：此文據科大三十週年特刊徵稿而修訂〉

# 在九千六百三十二公里外擠地鐵

麥華嵩

　　我有時想像，人都是活在自己的漩渦中。我說的不是物理的漩渦——風捲雲飛、雷電交加那種——而是記憶與感官不斷碰撞的精神漩渦。人無論或醒或睡，無論在專注地思考還是無意識地作夢，漩渦都沒有停息。人是如何在一生無止的漩渦裡保持外表上的一致和穩定的？我回答不了這個問題。須知道，儘管大部分人都沒有因為記憶與感官的負荷而崩潰，小部分人確是捱不住了。

　　人一直活著，漩渦亦一直被感官恆常衝擊。感官有如一片片舞動於精神狂飆中的琉璃碎片，我們一直在碎片中尋找自己的反照，常常在不同碎片上看到自己的一隻眼、一張嘴，或一線輪廓；但碎片中的影像，也一直在改變和模塑我們自己。

　　說了很多故弄玄虛的話，不過是要鋪展剛過去的二〇二二年夏天，我自己的一些經歷。我是在大學幹活的，學生放暑假時我不用留在校園，於是新冠肆虐前，我每年夏天都會回港。但上一次如此，已是三年前的事。剛過去的夏天，因為香港防疫入境措施之故，我仍沒有回去，並且大部分日子待在英國，除了七月和家人到巴黎走一趟，於盛暑之中遊覽了六天，以及八月初，自己為了半公半私的理由，獨個兒去了一週美國。兩段旅程中，我不斷於紛紜的感官碎屑上找到自己心繫的城市的反照，而靈魂裡經受到的，都是一份缺失——夏天沒有

香港的缺失。

## 在九千六百三十二公里外⋯⋯

　　自我們所住的英國小鎮到巴黎，我們先得坐約一小時的火車到倫敦，再坐兩小時的「歐洲之星」火車橫過英倫海峽；以火車旅行來說，這算是蠻方便的。現在在英國和歐洲，新冠之禍已漸被淡忘，大家回復三年前的生活方式，再沒有封城和隔離，口罩也是可有可無，多了的必需入境文件，是打了足夠防疫針的官方證明。人漠視病的存在，不代表病已消失，只是大家都有「管它呢，受夠了」的態度罷了。

　　我們在巴黎六天，每天天氣都是燠熱難當。歐洲其時正處熱浪之中，氣溫絕對比得上香港盛夏，日間走在街上，炎日直照，汗流浹背，感覺很不是味兒。但現在回想，那六天終究是十分稱心的，因為巴黎是名不虛傳的美麗城市。我已不是第一次遊巴黎，並且跟以前同樣是走馬看花，但也覺得海明威的「流動的盛宴」一詞，適合不過。我可以花幾千字，盡力一五一十的描述給你，香榭麗舍大道的康莊氣派、凱旋門的大國架勢、羅浮宮恍如無盡的藝術珍藏（從整天被上百遊客圍攏的《蒙羅麗莎》，到缺了雙臂卻更教人神魂顛倒的《米洛的維納斯》雕像）、奧塞博物館的梵高和其他印象派與後印象派名作，還有各種精緻美味的吃喝等等——但這些都有人說過了。此刻我最想多談的，是兩樣到現在仍依依縈繞腦

海的事物。

其一，是艾菲爾鐵塔。不是因為鐵塔聳立巴黎之中如何優美——固然，一叢鐵枝也可以優美得世界聞名、令漂亮的城市更漂亮，已經是書寫鐵塔的足夠理由。但不，我想談的不是它的美，而是登上鐵塔後的一刻感觸。多年前第一次到巴黎時，我沒有興趣進入鐵塔，當時給自己的理由是：「要欣賞巴黎鐵塔，不應站在裡面⋯⋯」，即是將「不識廬山真面目，只緣身在此山中」的邏輯反過來說。但我看，我泰半是不想付入場費而為自己開脫而已。這趟則不再吝嗇，跟家人一起登上了。

登上鐵塔分兩種價錢，較便宜的是只上到「山腰」的茶水與紀念品部，但最有興味也較昂貴的是登上接近塔頂的觀景層——那是只容坐升降機到達的一層，而且是一遇大風就不讓遊客進入的。我和家人到達鐵塔已是下午五點多，幸好鐵塔開放至晚上，遊客當時仍可登塔至觀景層。我們排隊大半個鐘才買到入場票，買了票之後又要另外排隊上升降機——先是再排半個鐘坐升降機到達「山腰」，之後又繼續排半個鐘上觀景層。沒辦法，巴黎鐵塔據說是世界上最多人付費到訪的名勝，知名景點在旅遊旺季，當然是要排隊又排隊才能進入。

我連排隊也未開始，只在見到鐵塔聳立眼前的一刻，腦海裡已不住迴繞幾句很久沒聽過的歌詞：

　　鐵塔凌雲，望不見歡欣人面

　　這些歌詞揮之不去，之後在整個排隊和登塔的過程中不斷「回帶」。其實，我也很自覺地看到很多歡欣人面。例如「山腰」上的一對對青年情侶，不管場地如何擠擁，都能夠在自己的世界中享受浪漫，傍著圍欄，一起以遙遠的花都華廈與大街為背景，拿著手機自拍留念。最頂的觀景層因為地方更小（信步走一圈也不用一分鐘），人頭更是攢聚，但仍不阻一個祖孫三代的十數人家庭，一起坐在地上——對，是坐著的，我要很小心才不會踩到他們——悠然享受小食，彷彿巴黎鐵塔上遊人可至的最高一層，距離地面幾百米的一臺鐵枝，跟市內無數個綠油油的公園一樣，是大夥兒野餐的好去處。然而，觀景層四周風聲蕭蕭，向下望去，大街與樓榭已成了黑點小塊，教人膽寒；現在想起那一家人竟能在觀景層泰然吃喝，我心裡只有佩服之意。

　　觀景層對下還有密封的一層環形展覽室，它的牆上標示了世界各地著名城市在哪個方向和有多遠。我和家人一看到，就立即找尋香港。果然，香港（仍）算是一個著名城市，於展覽室「牆上有名」。我忘了當時看到的標示距離是多少；現在在網上搜尋，發現了好幾個相近的數字，其中之一，是 9,632 公里。九千六百三十二公里——用中文寫出來，好像更是遙遠。

## ……擠地鐵

　　第二樣我特別想談的巴黎事物，是地鐵。

　　我還記得，我們是乘坐在塞納河上往返的渡輪，自羅浮宮一帶到達鐵塔的，其後回程則是坐地鐵。我和家人當時已習慣坐巴黎地鐵——到巴黎遊逛，你很快就會很熟識這十分方便的交通方式；我們更是愈坐愈喜歡，在巴黎的最後兩天，甚至會對著迷宮一般的地鐵路線圖，一起打量怎樣「遊車河」最好，包括計算如何坐完地鐵再坐接駁的路面輕鐵，再之後又回到地鐵……

　　巴黎地鐵跟香港的很不同。巴黎地鐵站和車廂普遍比香港的髒，尤其一些車廂像是十多年沒更新過似的，而且沒有空調，在夏日的高溫中擠地鐵絕對是「體驗」。另外，線路縱橫交錯，從一個站到另一個站有幾種搭法，每一種都可能要轉一兩次車，要是趕時間又不認得路，是一項挑戰——幸好我們是不趕時間的遊客，因此能夠享受按圖冒險的樂趣。另外，巴黎地鐵的歷史比香港的悠久得多，當中一些較古老的地鐵站，仍保有十九、二十世紀之交建築師吉瑪（Hector Guimard，1867-1942）的「新藝術」設計風格，尤其是彎曲迴繞的鑄鐵欄柵像蔓藤糾結，既錯綜複雜又幽雅清秀，像巴黎鐵塔一樣，將工程作業變作既柔且韌的藝術之舞。香港的地鐵站都是近幾十年建成的，設計工整而現代化，相比起那些飽歷歷史風霜的巴黎地鐵站，看來很是潔淨光亮，而且不同站有不同的色調、站名字體和（有時）有些展覽，並非千篇一律，只是也不見得設計上有甚麼藝術之舞。

　　還得一說的是，巴黎地鐵有行乞的人，我見過的包

括老婦和衣衫襤褸的流浪漢，他們穿梭車廂，喃喃地說著法文，向一個又一個乘客要錢。有些乘客比較慷慨，我尤其記得一位帶著小孩的婦人給了好些零錢一位老婦。然而，行乞的都不會向我們探問，大概一看就知道我們是遊客；又或者，我們的表情都告訴他們，他們不用花費功夫在我們了。記憶中，香港的地鐵沒有行乞的人——一來，香港地鐵擠得太利害，在車廂之間走來走去行乞會舉步維艱；其次，港鐵員工以至執法人員（要是碰上的話）會很有效率地叫走行乞者。其實，以行乞為生的人，只要是稍像樣的城市都會有，分別只在於他們在甚麼地方「搵食」，和官方以甚麼方式處理他們——將他們都趕到一個大部人看不見的角落，讓他們在黑暗和外界的遺忘中慢慢滅亡，並讓城市表面風光？還是讓他們隨意流散街巷，令景觀打折扣？這些政策，反映了城市威權有多要面子，以及願意花多少資源去維持面子。

　　但無論巴黎與香港的地鐵有多少分別，我們仍然喜歡坐巴黎地鐵，而喜歡的終極原因，還不是上面提過的迷宮冒險或藝術設計，而是它夠擠迫。你或會問：身處陌生的城市中，擠在車廂人群裡，擔心不擔心扒手的？我們當然想到扒手，也會小心，但除之以外，我們都覺得，擠地鐵的經驗，令我們想起香港，儘管巴黎地鐵還不如我記憶中的香港地鐵擠——我的記憶是遠至三年前的「前新冠」記憶，當時城市中的人無論上下班或吃喝玩樂都是一窩蜂地將車廂的每一寸空間都用盡。香港是每一寸可用空間都用盡的社會，地鐵也是同一個樣子。

　　我過去住在香港的年頭裡，並不喜歡擠地鐵；每次坐地鐵，都會往月臺最前方或最後方走，以避開人群。我這人平衡得不太好，在車廂行程中要是站著，總得找扶手，但擠迫的時候，常常沒有扶手可抓，心裡會很害怕在列車煞停的片刻中碰到四周的人；車到站時，要是我不被擠到車門旁邊，就往往要克服好幾個乘客的障礙，突圍而出，過程中常常不免有些意外的衝撞。另外，行車時，為了讓四周的人不覺得我在看他們，我總得不住凝望手機——我本來不是很愛整天看手機的，現在也學會了害羞時低頭凝望手機，以逃避外界。在智能手機流行之前的日子，我則習慣在車廂中看書（我說的是實體書）。有一次，一些傳教的人在車廂中看到我之後，主動上前向我推廣福音；我用婉轉的字眼問他們：車廂內有這麼多人，他們怎麼會選擇跟我聊？答案好像是：他們看見我手上厚重的文史書籍，就知道我是個書呆子，大概寂寞內向，需要宗教慰藉……這種種都是生活中的小小不便與尷尬，但是在三年未有回港之後，它們都成了惦念而珍愛的回憶，而我都能在擠巴黎地鐵的經驗中，重拾箇中點滴。

　　自巴黎回到英國之後，我和家人都很懷念巴黎，很想遲些再過去看看。當中除了因為巴黎很好玩、很漂亮，吃喝也將英國比了下去（巴黎街頭隨便一間小餅店的牛角包，都比英國任何店子的好多了），我們都心照不宣地明白：我們很想回去擠地鐵。至少在能夠回到香港擠地鐵之前，到巴黎擠一趟也是好的。

## 後話：亞利桑那拼布

　　和家人遊巴黎之後兩個多星期，我獨自上路往美國一週，到了好幾個地方，行程除了參加學術會議，也包括探望兩位認識多年的前輩。我上次面對面見他們，已是大疫之前；他們一位快七十歲，另一位已八十六歲，並且近年身體不佳，因此我一待英美出入境限制都寬鬆了，就趕忙拜訪。較年長的前輩住在亞利桑那州，退休前是位於圖森（Tucson）的亞利桑那州大學的教授，退休後仍住在那裡。我在圖森的幾天，除了見他之外，主要都是優閒地逛逛酒店附近的街道和景點，因為在英國的平日工作實在太繁忙，鬆弛一下，也是很快樂的事。

　　我住在大學附近，很方便地走訪了幾家鄰近的博物館，包括亞利桑那歷史博物館。亞利桑那位處美國西南，是廣闊的沙漠土地，既有乾旱的、只有仙人掌和蜥蜴等生物活動的曠野，也有好些崢嶸突兀的山群；它曾屬墨西哥，並以西部拓荒年代的牛仔和槍戰聞名於正史及野史。歷史博物館內以不少文物和模型追溯亞利桑那的過去，對當地的美洲原住民也有好些闡述，亦提到十九世紀漂洋過海到來開礦和做其他廉價勞工的華人。只不過，我不是住在那一帶的，看了就是看了，學過了一些事物，感受到了各地尋找新生活的人，到來這沙漠中由零開始之苦，卻說不上有很深刻的觸動——直至我走進了一個展覽廳，看見了掛滿廳內的拼布。

　　拼布之為創作，是將不同布料織在一起，變作一張有圖案的被褥；它好像是在美國特別興盛的藝術。我看

到的拼布展覽是一個藝術計劃的成果（詳情見 https://migrantquiltproject.org/），籌辦者自千禧之初，邀請了一群藝術家，逐年將亞利桑那與墨西哥荒土邊界上非法越境的墨西哥人遺下的布料，織成拼布，每年的遺留物各織一張，每張作品都會道明那一年有多少非法移民在途上死亡。死亡數字自然是官方統計，找得到屍骸才算進去，找不到的、不知所蹤的就不計在內了。死者包括男女老少，每年至少有一百人，高峰期差不多三百。拼布上也列出可辨識的死者姓名，不可辨識的則只以「無名」記之。「無名」當然不是無名，每一具屍骸都有自己本來的名字，以至自己鍾愛的家人、朋友、嗜好，以及喜怒哀樂的過去，各種遭遇等等，但他們客死異鄉後剩下的，都只是沒有靈魂、沒有身份的軀殼。我走在展覽廳中間，被眾多拼布圍繞，每一張都標示了一個個故事，故事的主角都懷著對美好新生活的憧憬，並經歷了憧憬的幻滅，和當中的痛苦。

　　我也想起了香港。我想起幾十年前，我們的長輩歷盡辛酸偷渡至我們的城市，當中不成功的就成了水鬼或山中亡魂，至於僥倖成功得以落地生根的，日後也許一生窮苦勞役，亦也許榮華富貴，但都在苗長的大城市中留下了足印；我們這些後來的，除了感謝前人之外，就只能躬自努力。我也想起今天的世界，仍然有人為了逃避可怕的、令人失落的地方，為了自己、為了子女，而離開本來鍾愛的家，亟亟追求夢想中的安居之所。我想起了，仍然有多少人因此而心死，以至身死。

　　根據網上一些資料，圖森離開香港，有一萬二千三百三十公里之遙，即是比巴黎更遠了。但我心裡尋尋覓覓的，仍是關於香港的記憶、感受。

# 散文二題

路雅

## 一、岐途

我認識易牧是源於藍馬現代文學社,應該是六十年代尾,最後一次見他是在家中,他來電話向我江湖救急,不知可不可以幫到忙?

那時我還未出來工作,沒有收入,只有幾十塊零用全數給了他,沒有問因由,在身邊最貴重的東西是一部135雙鏡舊相機,拿出來對他說:

「拿去吧!不知可以當到多少塊錢?」

過了一段日子,遇到許定銘說起這事,原來易牧也曾找過他,他們在街上見面,許定銘把身上的錢都掏出來悉數給他,離開的時候才發覺沒錢搭車,回頭問易牧要兩塊錢搭巴士返蘇屋邨。

文社時代過去,我們各奔前程,之後再沒有他的音信。許定銘教書,開書局,編教科書,我專心印刷工作。

事隔十幾年;沒料許定銘忽然打電話來,告訴我有易牧的消息,有讀者看到他的文章,欲透過報館聯絡許先生。

幾天後約了我和羈魂,在跑馬地山光道的馬會與阿易見面。

「離開你們我踏上黑社會的路,十幾年來,黃賭毒只是沒有掂過毒品,甚麼壞事也做過了。」易牧對我們

說。

他還是從前的樣子，穿著一件短袖夏威夷恤，身體少許發胖。大家已經不再是當年的文藝青年，年紀愈大就明白很多事物都不是我們可以選擇，也沒有甚麼所謂得與失。

「你們都好嗎？」

「我還是一面教書，寫專欄、寫馬經。」許定銘淡然地說。

「我當了校長。」覊魂說：「路雅做了印刷廠老闆。」

那段日子我開魚蛋檔，經常要找新血，見到穿著校服的女孩上來，一邊心裡不忍，一邊又不能沒新血⋯⋯

「經營印刷生意後，工作愈來愈繁重，沒有再寫了，不像阿銘，」我呷了口檸檬茶，朝許定銘繼續說：「他身兼數職，據說最精彩的那段日子，竟然同時應付六份工。」

雖然離開你們，仍常懷念文社那段日子，知道路雅出版了他的散文集，深感彼此間的距離，結果差了同居的女友往藍馬音樂書屋買了他的《但雲是沉默的》。

「想不到路雅出了此散文集不久就開始休眠，」許定銘說：「相反我與覊魂從未停止過在文字中打滾。」

「是啊，我教書之餘，一直也有寫詩。」覊魂說。

我每晚都有兩張長枱在新同樂，那些做細的會來交數，除了經營魚蛋檔，還有賭檔，每晚都會收到過萬元。

跟著就去別人的鐵寶賭，必定輸清光才回家，但沒關係，因為第二晚我又有一、二萬元的數收回來。

　　香港的夏天濕度高，座落跑馬地小山坡上的馬會會所，入夜後人跡稀少，懊熱的空氣吹拂著模糊往事。幀幀可觸的零落舊照，像翻牆那樣不隱定。

　　「我有一子一女，九〇年舉家移民溫哥華，他們現在去了美國讀大學。」我頓了會說：「女人都回流了。」

　　帶著班兄弟搵食，刀光劍影的日子，雖然也有針在差館，收風遲了試過從七樓爬水渠逃跑！

　　「寫馬經是我部分收入，嚴格來說我沒有輸過錢給馬會。」許定銘說。

　　寫馬經寫到拿了馬會會籍，這是個甚麼馬迷？

　　涼夜的燈光下，蕩漾著搖晃的淡黃，我手握綴滿水珠的檸檬茶。傳來微涼的前額。

　　「在溫哥華的時候，有點事辦要往多倫多，趁機想與海曼會面，沒想到被商會的朋友拉去看 Table Dance。」其實我和她在香港曾有一面之緣，而往多倫多那次只是個過客。


　　人生到處知何似？應似飛鴻踏雪泥。
　　泥上偶然留指爪，鴻飛那復計東西。


　　與易牧那晚聚舊後，又回復各自各忙碌，直到有一天他來電，想來我公司會晤，就預計到會不會又是另一個故事的開始……


　　　　　　　　　　　　　　　二〇二一年三月二十四日

## 二、義氣

「你從哪兒認識林查理的?」有一次公幹後,與易牧去了銅鑼灣林永鴻的聯誼會吃晚飯,他這樣問。

「很久以前的事啦。」我答他說。

「他是江湖中人,你知道嗎?」

「我知道呀!」

⋯⋯

自從那次在馬會重聚後,不夠半年易牧上來公司找我。

「我不想再走回頭路,」易牧對我說:「江湖中的是是非非,早已放下了。」

「好啊!」我望著他說:「在馬會那晚,不是告訴我們了?你正在出入口公司工作嘛!」

「對,但有時事與願違。」

「為甚麼?」我問。

「老闆最近在生意上遇到麻煩要我處理,如果正當商業糾紛沒問題。但今次要去處理一些不當行為,我不想再犯法⋯⋯」

「哦!」

「過得這關,又會有下一次,我不想繼續做這份工。」他頓了會兒:「不知道你可不可以給我一份工?」

「好,讓我想想。」

九十年代初,香港各行各業非常蓬勃,我的生意仍有很多發展空間,出賀咭是我既有業務,售賣賀咭給保險公司應該大有可為,易牧就是這樣和我一起開始發展

這條新的銷售線。

「話又說回來，你是怎樣認識查理的？」易牧問我。

早於七十年代已認識他，他與麥釗都是翻印高手，不見一段時間，才知他沒做翻版，去了出漫畫，更沾手娛樂事業，搞演唱會，代理小歌星，可能因為這樣，後來做了江湖大佬吧！

他這個人頭腦靈活，甚麼行業只要搵到錢，他都會做，親力親為，而且很快上手，可惜就是沒耐性，這個連他自己都知道。

「我喜歡做些從未做過的東西。」記得林永鴻曾這樣對我說。

他在近紐約戲院的街口開聯誼會，設代客泊車，小菜做得好，辣蟹撚手，較橋底避風塘辣蟹還要香，而且通宵營業。

我和幾個麻雀友打完牌，三更半夜，都喜歡到那裡宵夜，聯誼會開通宵。

每次去都會見他和拍檔開張小方桌，坐在不當眼的一角。

「總而言之，」易牧頓了一會：「少交往為妙。」

有一次公司的電燈壞了，朋友介紹個電器師傅替我維修，那時香港的公司三兩年就搬一次，裝修工程此起彼落，我和幾個商會朋友，因此幹起裝修。

電器師傅是水上人，我們都叫他做「哎喲」，小胖子有個嬌滴滴像姑娘的花名是個諷刺，我們接到的裝修有關電工都交給他；那晚他修好了我公司的電燈，順帶

請他一塊兒去林查理聯誼會吃飯。

沒多久，我與朋友又往聯誼會宵夜，林查理走來向我打招呼，跟著就問「你怎樣認識那肥仔哎喲的？」

「你是說那個電燈仔嗎？」

「對啊，不要跟他一起，他是出來行的古惑仔，免得過別招惹這些人。」

想不到易牧現在又用同一口吻囑我，普通人對黑社會有戒心，偏偏卻遇上他們倆。

易牧上來公司找我，在房間脫下上衣，展示背脊給我看，上面是一條長長的刀疤⋯⋯

「那段日子換來的代價！」易牧說。

香港與荷里活的警匪片，除了製作難以相比，最大不同，荷李活電影倡議的是正邪對立，中國人的電影，除此還有江湖義氣，這是外國人所沒有的。

生命中很多橋段，不是我們可以寫，但可以夢；做燙金的叉燒雄曾經這樣說，看完午夜場的史泰龍《第一滴血》散場出來，忽然覺得身材魁梧，走起來步伐也大了！旁邊的人別來惹怒我⋯⋯

神經病！

交深了的朋友，會忍不住問，你雙腳為甚麼弄成這樣？

本來告訴別人患小兒麻痺症沒甚麼不可，卻謔笑地說：

當年打越戰，一個炮彈飛來，推開了身邊的戰友，自己走避不及⋯⋯哈哈！

　　我不是江湖中人，但從未後悔交了林永鴻和易牧這兩個朋友。正如易牧走來搵我，為的是要一份工。我給了他，不是因為他打得，是因為我了解他不再打！


註：林查理即林永鴻

　　　　　　　　　　　　　二〇二一年四月二日

# 假如我是一片薄暮雲

塵間

　　從很早開始，我就十分的喜愛雲。由兒時對雲的憧憬至長大後對其之敬佩，心意從未改變。

　　最初對它的愛，來源於我櫃子裡的一本童話書。上面描繪的雲，是從天上的工廠製造出來的。它們軟軟的，口感又甜又糯，若睡在裡面還可以做蜜一般的美夢。那時的我還未有上學，閒來無事卻不去找夥伴玩耍，每天獨自跑到樓頂的天臺看雲，從清晨看到日落，寸步不離。我怕走早了，會錯過夕陽餘暉下那些橙金色的雲朵，因為它們一出現，也會把我照耀得渾身光芒，我喜歡極了這種感覺。有次媽媽給我帶回來一支橘色的棉花糖，我一口咬下去了一半，果然是甜膩膩的。因而為此興奮了好久，還以為自己真的吃掉了黃昏時的雲。

　　後來上了學，仍未能改掉每天看雲的習慣。就算課業繁忙，我也能在天臺上駐足一下午。老師留了朗誦作業，我就把一篇篇的文章大聲讀給雲聽。學校裡發生的事，朋友間的分合，年少的我對這個世界稚拙的看法，我都一一分享給它們。在我看來，它們的回應永遠都是十分中肯的，相比起其他人，我寧願讓它們作自己傾訴的對象。因為它們一直都在，只是少了幾分塵世的喧囂。可於我而言，沉默已經是最好的答案了。我自己也常換位思考，假若我是那悠悠於天際的雲，又該如何回答面前這個黃髮稚子？

　　長大，離開了家鄉，我無法再去那天臺，除了外出上課就是閉門在家。每天都有雲自窗邊飄過，我一直將它們視作家鄉的老朋友，雖然不再對其說話，但總會多看幾眼，在心裡同它們問好。你們是自那兒來的吧？那裡的天氣怎麼樣，一切都還好麼？外公，阿姨，姐姐，家裡的花花草草，都還好麼？思緒萬千，只能化為一縷縷憂思與無奈，融進那雲裡。

　　有次讀到了莊子，他的思想可以被這十五字總結：「不滯於物，不困於心，不亂於人，逍遙遊。」再回頭看看那窗外的雲，日日夜夜，沒有阻礙，在天空中緩慢地行進著。它們浮於蒼穹頂端，鳥瞰世間，不以物喜，不以己悲，就那樣默默地在風雲變幻中消散再重組，沒有任何複雜的感情，更無參與任何世俗之紛爭，卻在悠哉悠哉的日子中真正見識過一切。我如此想，這獨與天地精神往來的雲，它們一定早就領悟到了生命的真諦吧！而我這個與雲有十幾年交情的「老朋友」，卻日復一日地深陷大小紛爭並為此苦惱，真是自愧弗如。

　　我有多愛雲，或許只有雲知道。若能化身為一片薄暮之雲，讓夕陽落山前最後一縷金光，得以透過我的身體照到這個世界上……那個站在天臺上的孩子，會看見嗎？

# 記饒公，跟年輕人一起。

潘步釗

數年前，百歲饒公過世，學術界同哀。

余生也晚，從來沒有趕得及親炙大師課堂的機緣，可是國學上的「南饒北季」，誰人不識！饒公學術名聲享譽中外，我年輕時，在中山大學唸研究院，每與內地國學老教授談到香港學者，他們總提到饒公，而且常與之跟容庚、商承祚、王起、詹安泰等解放後校內中文系殿堂級教授相提並論。我是學術界後學，對前輩學者十分尊重景仰，少年時如此，壯年後亦如此。我雖未正式隨饒公學習，但在港大的博士業師黃兆漢教授是饒公貼身弟子，因此鞍馬前後，偶有一些直接間接的接觸機緣。最難忘是二十年前，饒公八十大壽，兆漢師帶著我們數名研究生，在酒樓為他祝賀的一幕。

酒樓上，饒公談興很濃，對年青人尤其熱情，一點因年齡而生的隔閡也沒有。當他說到年青時在日本京都深巷一間牛肉屋的往事時，意酣神飛，彷彿就回到數十年前，異地問學，意興相逢的情境。老人家說得興起，拿起筆來，將當年送給牛肉屋老闆的詩作，用原子筆默寫出來，詩云：「庭院深深深幾許，青苔壁上紛無數，中興明治何由來，記取崎嶇即淨土。」我當時坐在旁邊，心緒也隨他的晏晏言笑，飛蕩半世紀前，就央求他把這「墨寶」送給我。他微笑著爽快地答應，老人家滿是和善溫情。在旁的兆漢師半帶笑半帶教訓：「步釗，你可

不客氣啊!」我賴皮地說當然啦,機不可失嘛!饒公在旁笑了笑,然後在紙上落款「步釧博士一笑」,我樂極了。饒老可不知道,我的喜悅,又豈止一笑!

晚飯後我駕車送他和女兒回家,他在後座閉目養神,女兒坐在旁邊。我把車速調得很低,讓老人家休息。他偶爾張開眼,跟饒小姐談兩句,又和我聊一會,盡說些鼓勵的話。我不熟悉跑馬地一帶道路,夜靜中,只隨著饒小姐的指示,起伏拐彎,寧靜、柔和、恬淡,是晚來的聲音,也是我看見老人家在倒後鏡的影像……一切歷歷如在,今天,這張於今筆墨漸淡漸隱的小箋仍在,可是老人家笑語音容已去,令人悵惘不已。

我常希望跟年輕人一起記饒公:記識、記掛。饒公是國學一代宗師,得享高壽而桃李滿門,不少徒子徒孫在學術界大有成就,立德立功立言,國學泰斗應稱無憾。年輕人,或許你們認為百歲學者距離太遠,也讀不懂他的學術著作,只是力爭卓越的人,哪管是事功的成就或生命的質素,一定會知道卓越的方向,誠敬尊重,然後努力登攀。在這不容易欣賞敬服別人成就的年代,能識高山,才知高山之可仰。天外有天,人外有人,在低頭死守鍵盤噼啪自豪的年代,更不容易叫人相信;如果真筒能抬頭高瞻望遠,你是多麼的不平凡啊!

短短硬筆字幅,只是當時隨手用原子筆寫下,輕輕落腕,墨痕不深,我回家後雖然馬上鑲嵌入相架,拍下照片,不過隨著日子飄逝,發覺字跡漸漸轉淡,懂書法的朋友跟我說原子筆痕,日子久了一定淡去,沒有處理

辦法。我明白，淡的是筆墨，稠濃化不開的是後學晚輩的悼念和尊敬。無論執手親聆，或者想像追摹，在平林漠漠，風雨如織的世代，我希望年輕一代能謙卑虛懷。所謂沒有英雄的年代，其實跟任何年代都一樣，仍然有高低優劣的分野存在。知道前人戮力深耕之可貴，仰敬有識之士的學問風儀，則百歲饒公與你們雖遠，猶近！

# 追逐

潘金英

萬里晴空，風輕輕的吹，雲淡淡的在舒捲閒步，那悠閒的姿態正與公園裡一群競相追逐著的小孩形成強烈的對比。

綠油油的草地，是孩子的玩樂天堂，他們一邊你追我趕，一邊嘻嘻哈哈，真是快活。看著他們玩樂，我不禁回想起點點滴滴的童年往事。

小時候，我和家中的弟妹最為要好，四個孩子不分彼此，做完串膠花（以前的家庭手作業）就一起玩耍，情感親密不分。我們最喜愛的活動便是一同到樓下的公園嬉戲，什麼「麻鷹捉小雞」、「狐狸先生」、「紅綠燈」都是我們常玩的遊戲，在遊戲中，我們互相追逐，為的只是快樂。

孩提時代的追逐，你我嘻嘻哈哈，真是快樂不知時日過。我們像電影中追風箏的孩子，心中得到的快意是毫無矯揉造作的，是酣暢淋漓的，是滿足盡興的，恰似是如濯的碧空，純淨得不摻一絲兒雜質……

想起來大概當我們升學、工作後，追逐的遊戲好似不曾停止過了……

其實，人生識字始，就是一個又一個階段的追逐了，在小學、中學、大學時期之追逐，漸漸不再是遊戲的勝利，而是學業成績上的名次；與我競逐的，再不是弟弟妹妹，而是同班級的所有同學。追逐名次，慢慢地變成

生活的重心，不再是遊戲與快樂的代名詞了。追逐，讓校園生活添上一份沉重的壓力，一年比一年加重。

然而，所有校園皆未算是人生階段的追逐之真正開始；職場才是人生階段的真正追逐哩。為了追逐上位，同事之間再不是單純的友誼，而是明爭暗鬥。有些同事最喜歡打心理戰術，明明自己在意，卻在他人面前裝出一副「沒所謂」的樣子，目的只是為了讓人「疏於防範」。又或者存心散播謠言，誤導同事那些上司根本沒關心或可能查察出的細節、問題。他們這樣做究竟為了甚麼呢？不外為了追逐工作成績單，贏得一份虛榮後博升職哩……人們追逐，不但壓得透不過氣來，還令同事彼此間，變得不再是親密戰友，而是競爭對敵。職場上的追逐，是一場又一場的角力，我們年輕時，總會傾盡全力，發放出自己全部的光和熱，以求在互相追逐的角力場上，成為最快上位之優勝者。

我們投身職場後，忙著追逐夢想或理想，或變得熱衷追逐名利……社會職場上的競爭，遠比校園中的殘酷得多，是另一場更大的角力，因為處處都是名利之爭，同事們為了利益，不惜爾虞我詐，身在局中的你我，又如何能不牽涉其中？

為了前途，為了得到更高的職位，有人會不擇手段，你欺我騙，弄盡一切權術，收買人心，背信棄義。也有人為了討好上司，就會掩蓋自己的良心，講上司的好說話。甚或有些人會見風駛舵，你得勢時，錦上添花；你失勢時，落井下石。不斷追逐名利的人，緊貼著社會潮

流的步伐，用盡方法讓自己「上位」，卻因窮一生計算於名利之間，竟喪失了自己原本的個性，長時期的、過份的追逐，令人迷失自我，變得盲目；變成被名利操控的機器，從此落入萬丈深淵而不自知。

這一場又一場的追逐，使人與人之間的關係變得複雜、疏離，勾心鬥角在職場上已司空見慣，名利的追逐，使人性愈來愈自私、冷漠。人心難測，令人更加孤獨，寂寞，但誰又能不參與職場角逐？角逐追求得來的獎金，又豈能聊以自慰？

與生俱來的慾望，隨著每個人漸漸成長，增長了競逐之動力，促使人不斷向前追逐自己所渴求的東西，以滿足自己。嬰兒為了得到放在前方不遠的玩具，會歇盡全力地向前爬，把玩具得到手。學生為了得到老師的稱讚，努力讀書爭取名列前茅，享受在頒獎臺上那幾秒「風光」，上班一族為了追逐業績以求升職加薪，埋頭苦幹地工作；人花一輩子的精力去追逐學業、事業、名利……追逐過後，是另一輪追逐，什麼時候才會休止呢？我們從中得到快樂麼？

時間匆匆過去，天色轉暗，不經不覺已是黃昏。夕陽斜照中，令人想起這樣的歌詞：

不知道在那天邊可會有盡頭
只知道逝去光陰不會再回頭
每一串淚水　伴每一個夢想
不知不覺全溜走

不經意在這圈中轉到這年頭
只感到在這圈中經過順逆流
每顆冷酷眼光　共每聲友善笑聲
默然一一嘗透

幾多艱苦當天我默默接受
幾多辛酸也未放手
故意挑剔今天我不在乎
只跟心中意願去走

不相信未作犧牲竟先可擁有
只相信是靠雙手找到我欲求
每一串汗水　換每一個成就
從來得失我睇透……

詩云：「人生處一世，去若朝露晞。」年華漸老，我覺得追逐名利，只會令人徒添煩惱，有違自己的本性。人生短暫，如果還要用有限的生命，去為名利作無窮的追逐，最終只會精疲力竭，卻無法得到恆久的快樂。人人互相猜忌，社會的和諧就會受損。我覺得與其與名利糾纏，何不放慢腳步，知足隨心，擱置追名逐利、慾望、權位，又何苦競相追逐加快生命的流逝？

　　只有停止源自無窮慾望的追逐，心靈才得以解脫；且行且珍重，疫下變數多，珍惜身邊的人與事吧，好好

234 | 週末飲茶 03

享受內心的安寧，順其自然，隨遇而安，我們才能真正
學會欣賞身邊的人，欣賞這個世界的美好呢！

　　夕陽徐徐落入地平線，留下淡淡餘暉，晚霞美極了！
是時候讓我們停下追逐的腳步，靜心凝神欣賞人生美景
了。

# 不一樣的開學日

賴慶芳

　　由選擇教職一行業之始，已知道學生可以病，教師不能病；一病課堂要更改，很多學生受影響，也會增加同事工作量。為此，「只可以在假期時病」是教者不明文的守則。執教二十多年，從沒有因病請假而不能上課。即使二〇二〇年新冠病毒傳入香港引發四波疫情，筆者亦是恪守衛生之道、保持社交距離，故此家人一直沒有受疫症的侵害。然而，今年的開學日就不一樣了……

　　為何不一樣？或許需要由師友制度說起。香港傳統名校不少會使用外國盛行的師友制度，以長助幼之法輔導新生，師兄師姐會協助有學習需要的師弟師妹。家中姐妹與校友乙就是在此種情況之下認識。兩人畢業後一直無聯絡，最近因緣際會重遇，得知彼此乃同行專業人士，再次走在一起……有的人多年不見，再次相逢會帶來福氣；有的人多年不見，再次重遇卻帶來傷害。

　　校友乙乃世界知名大學畢業生，或許因留學海外多年，喜歡酒吧聚會。然而，當校友乙出現喉嚨痛、身體不適等徵狀時，沒有避居家中，依舊活躍社交圈子。姐妹八月底與校友乙在中環酒吧聚會，難得彼此曾同讀一間中學，現在又是同行，份外感覺親切。校友乙務必要姐妹試飲自己飲過的一杯雞尾酒，姐妹勉為其難飲了一口。

　　酒吧小聚後兩日，姐妹立感不適，工作至正午便回

來，臉色蒼白得嚇人。姐妹怕萬一是新冠肺炎會危害年長的母親，立刻搬往別處獨居，獨自飽受肌肉疼痛、咳嗽、發燒的折磨，我和母親只能透過視像與她通訊，在物資上給予支援。一如所料，姐妹快測呈陽性，而是次出席小聚的人皆中招——感染新冠肺炎。姐妹曾十分生氣的質問校友乙：「我們全部人都中招，你那天檢測是否已呈陽性？」校友乙支吾以對，顧左右而言他，又云自己於九月初痊癒轉為陰性。以新冠肺炎一週痊癒期推斷，聚會那晚豈不是已患病？身體既出現不適，明顯已帶病菌，何以還活躍中環？難道不知此種病毒有高度傳染性？

等姐妹熬過發燒、肌肉痛等最辛苦的幾日，我無可奈何的問：「你為何總是遇人不淑？」第一次乃主動邀約姐妹共遊歐洲的大學同學，結果邀約者於她起飛那天無情「放飛機」（失約），讓她一個年輕女子流落陌生的國度。第二次乃現在重遇的校友乙——對方明明帶病毒，卻在姐妹臨走前追著她——請她飲自己飲過的雞尾酒。此是何心理？是單純推薦雞尾酒？還是嫉忌昔日被自己輕看的師妹今日比自己更出色？

本以為等姐妹復康後，一切會雨過天晴。怎料未等得姐妹痊癒，與姐妹一直同房的七旬母親一夜體溫特高，病毒測試呈陽性。結果一出，姐妹尤為痛心，知道是自己將病毒引入健康之家。母親病發之時，高燒至三十八九度，血液含氧量偏低，度數只有八十多，與正常的九十七八相差甚遠。姐姐弟弟怕她有性命之憂，勸

我送母親往急症室！然而，這世紀疫症悄悄滲進香港已兩三年，不僅醫院病牀爆滿，急症室亦已迫爆，醫護人員壓力超標。因為病毒傳染力極強，病人入院之後，家屬不能探訪，我不希望母親孤獨躺在病牀上沒有家人可探望看顧，堅持居家治療……

　　家母乃吃苦之人，承受疼痛和不適能力特強。病徵未發之初，自云身體沒大礙，準備外出散步；我竭力阻止，重申病毒之高度傳染性，感染者必須按規定隔離，轉陰前足不出戶。後來家母開始感覺全身不舒服——聲沙、喉嚨痛、咳嗽、精神不振，全日不是躺在梳化上重重呼吸，就是臥在睡房的牀上輾轉，三餐吃飯、吃藥飲水，由我扶持送遞。

　　兩三日之後，家母情況穩定，我終於鬆一口氣，卻輪到自己中招——被母親傳染了。或許由於心身疲累，初次呈陽性那日，我感覺全身不適，食慾不振，既咳嗽發燒，亦沒有精神；一夜睡了十小時還是乏力步出房間，勉強扶門而行，結果軟坐房門走廊，再失知覺暈倒地上——撞傷了幼年留下的額頭傷疤和左眼。母親看見時嚇了一跳，使盡平生之力扶我躺在梳化上……

　　有些人或許年青力壯，或許幸運樂觀，未受疫症影響。若查看死亡數字，死者多為年幼及年長之士，年輕人備受上天眷顧。然而，姐妹透過視像，看著媽媽躺臥梳化的蒼白面容，聽著媽媽辛苦的呼吸聲，對校友乙有心無意或有意無心的傳播病毒，恨得有點咬牙切齒！大姐透過手機看著臥病在牀的母親，忍不住落淚，又怕母

親看見，偷偷抹淚⋯⋯

母親呈陽性後，我變成密切接觸者，要家居隔離，日期剛巧是九月一日──開學上課日，首週課堂要由校方宣布取消，約兩百四十名學生受影響，要另覓時間補課。我中招後，第二週課堂亦受影響⋯⋯這一切可謂拜播毒者「所賜」，讓我在廿多年的教學生涯初嘗不一樣的開學日。然而，想起與母親兩病相依，依靠家中三盒「幸福」成藥平安熬過兩週，可謂不幸中的萬幸，還須感謝上天的眷顧！

每個人都有權利選擇自己喜歡的生活方式，有權利堅持自己的理念，大前提是不影響他人──不能危及他人的性命財產和權利，人們才能互相尊重，和諧共存。人的思想不論東西南北方向，也會有正常邏輯思維：患病感不適，需要休息醫治；有傳染力強的病菌在身，不要外出傳染他人。然而，此種正常邏輯思維原來只適用於心底善良、有責任心的人。對輕視萬物眾生的人而言，正常邏輯或許一文不值，個人利益與爽心才是人生「真諦」。

本來風平浪靜的暑假，卻在開學之時上了難以忘懷的一課。姐妹大學同窗七年後才哭著鄭重致歉，校友乙不知會否也在七年後才致歉？九月執筆撰寫此文之時，收到師弟婦來信，云其夫婿也中招，是在迎新日被傳染的⋯⋯是誰帶著病毒參加迎新活動啊？

# 母者

白貝

## 一、木雕

斜陽，海邊渡假屋。

我倚在圍欄，任風吹動散亂的花白頭髮，右手拿著雕刻刀，專心一致地雕著左手的小木頭。

小刀邊緣在落日的餘輝中閃著鋒利的光芒，木屑一片片地掉落在海邊的岩石上，瞬間隨風四散。

木雕上有著一個青年的雛型。

「雪，你剛剛出院，進去休息吧，別吹壞了身子。」你拉了拉我的手臂。

我沉默，甩掉你的手，繼續旁若無人地刻著。

「夠了，雪——別這樣，人死不能復生。」你趨前，奪過雕刻刀。

我還是無言，鼻子卻一酸，淚水噙滿了雙眼。

「雪——孩子走了，還有我啊。」你緊緊地擁著我，但是，你溫暖的胸膛令我更覺寒冷。

我打了一個冷顫，木雕沉沉地掉在地上。在那一刻，我又看到了孩子的臉，沒有喜樂，沒有悲傷，沒有怨憤，只是再沒有一絲生氣。心跳靜止了，聲音靜止了，畫面靜止了，世界就在那一刻停住了。

遠處，一海鳥俯衝到海裡，叼了一尾倒楣的魚，再掠過水面，飛走了。

## 二、重生

「醫生，我們真的很想再要一個孩子，請幫幫我們吧！」你哀求著。

「尊夫人已五十多歲啦，再懷孕的風險實在太大了。」

「讓她試試吧！內地不是也有成功的例子嗎？聽說那婦人還平平安安地生了一對龍鳳胎呢。如今，連複製嬰兒都有了，試管嬰兒技術應該很嫻熟了吧？錢，我有！就請您給我們一個機會。」

「這……」

「自從孩子死後，她就一直行屍走肉地過活，一直想再養個孩子。我只是一個普通的丈夫，想成全我的妻子，一個可憐的母親的心願而已。醫生，求求您！」你說著說著，幾乎就要跪下來了。

「這……成功與否，我可不敢寫包單的呀！」

「試試也行，試試也行。」他見醫生的態度軟化了，忙不迭說。

「那，先替尊夫人檢查一下吧。」

白色的醫院，粉紅色的護士，綠色的大夫，濃烈的消毒藥水味兒。

自小時候起，我便對醫院沒甚麼好感。縱使迫不得已來了，感覺就像暴露在各種不知名的病菌中，緊張地豎起身上每一條神經。如同一隻面對毒蛇的小刺蝟，死死捍衛自己雪白的肚皮。

直至孩子在醫院出生，醫院才變得可愛。

一直都不明白，自己怎麼會要孩子？但是，懷胎十月，孩子呱呱墜地時，我覺得自己像神那樣，創造了一個新生命。

兩人世界的自由甜蜜，令我把孩子當成是侵入者而不想生育；到決定要孩子了，孩子出生的錐心陣痛，令我暗暗決定以後不生了；孩子生下來了，孩子的供書教學、頭暈身熱，一一令我倆頻於奔命。

孩子一天天長大了，我倆一天天老了。

孩子漸漸有了自己的天空，把我倆擋在他的房門以外。

俗語有云：「老竇養仔仔養仔。」我倆從來沒有想過要他怎樣回報，只要他安好，我倆也樂得重拾婚後的二人生活。

可如今……

「雪──醫生要你去做檢查了。」

「別怕，我在外面等你！」他緊緊地握了握我的手。

二十年前，就是這雙溫暖的手，令我決定要一個孩子。

二十年後，還是這隻溫暖但老了的手，令我幻想用新科技再要一個孩子。

「我們看過你的病歷，你的卵巢因為有腫瘤而切除了，所以我們打算用別人的卵子和你丈夫的精子結合，培養成胚胎，然後植回你體內。經過十個月如常的孕育，理論上就可以生下孩子。有問題麼？」

別人的卵子與自己丈夫的精子？不就像丈夫與另一

個女人在自己的體內通姦？就算我能成功產下這孩子，還能像愛文彬那樣愛他嗎？用完全相同的愛去愛他嗎？

「媽媽，抱抱。」小時候，孩子總愛撒嬌，一回家就向我伸出胖乎乎的雙手。

孩子，我們重新開始。

「沒問題！」我決定了。

多少次午夜夢迴，我滿臉都是淚水，雙手放在肚子上。茫然，分不清自己是醒著還是尚在夢中，究竟他是在我的夢中死亡還是尚未在現實中出生？

「別想了，睡吧。孩子在天上看著我們。」

我彷彿感覺到漸漸隆起的肚皮內，一個小心臟正微弱地跳動著。

## 三、顯靈

少女時期，每當看到母親上香，總覺得可笑。管用嗎？但自從孩子走後自己倒每天早晚也要向孩子上一炷香，說說話才心安。

我是一個木雕家，創作時晝夜不分。有一次，孩子不知在哪套肥皂劇裡看到一個木雕娃娃，嚷著要我也給他做一個。我那時正忙著，隨口就應承了後來也就忘了。

再次憶起這件瑣事，是我在替孩子整理遺物的時候。

孩子在一篇隨筆中這樣寫著：

……我的媽媽是個令我自豪的藝術家，她畫的畫，雕的像漂亮極了。但是，她很忙，一直也沒有時間雕一

個像給我。……

像這樣的小事，我這個作母親的又忘記了多少呢？想補救也太遲了吧？

就這樣，我把這尊小木雕放在他的遺照旁，還他一個心願。

「雪，你的小木雕怎麼弄濕了？」

「是啊，怎麼像哭了啦？」

「也許，不知什麼時候灑了些水在上面罷了。」丈夫怕我胡思亂想，說。

是不好的兆頭嗎？人愈老就愈迷信，特別是成為母親以後。我就曾因孩子學習成績不好而去文武廟排隊上香；因孩子多病而在某某方位放幸運物以保孩子健健康康⋯⋯

這一次，小木雕是真的顯靈了。

「胚胎的成長不太正常，恐怕要打掉了。」醫生遺憾地說。

我茫然地上了手術臺，看著另一個孩子未成型就死去了。

這時，我感覺到自己的殘忍。每一個胚胎都是一個新生命。因我一個自私的心願，就用試管像中學做化學實驗般試驗著，成功的就是我的孩子，那麼死去的胚胎，也是我的孩子嗎？還是只是一件失敗的實驗品？

「夠了，我不要再生了！」我虛弱地倚著丈夫的肩膀，心卻懸空了。

## 四、循環

文彬死後十個月，冬天到了。我們打算到海南島去過一個明媚的冬天。

「雪，車快要來了，你還去哪兒？」

「我忘了帶文彬的木雕，不能留下他啊！」

就這樣，我在家門前碰到了一個抱著嬰孩的眉目清秀的女孩。

「伯母，我叫程月，文彬的女朋友，我們一起年多了。我懷孕了，問他怎麼辦，他就說要娶我。於是我們打算來見你們，一路上忐忑不安，擔心你們接受不了。然後……（哽咽）他瞥見對面路口有家木藝店，說要過去瞧瞧買點禮物。可是……可是……當他走回來時，一輛失控的私家車就撞了他……（女孩啜泣起來）當下，我暈了。他走了以後，我迷糊了很久，也不敢來見你們，怕你們怪我，也想過把胎兒打掉算了。但怎麼說，這也是我和他的孩子我不忍心。（女孩把嬰孩遞給我）這孩子還沒有名字……」

我怔了怔，然後看到嬰孩眉目間與小木雕的神情何其相似。

我接過嬰孩，感動得泣不成聲。不知嬰孩是怕生還是被這氣氛感染了，也哇哇地啼哭。女孩哭著一手摟住我的肩，一手扶著嬰孩的襁褓。

丈夫尾隨而至，看見我們抱作一團痛哭，真是丈二和尚摸不著頭腦，只好呆在那兒看著，良久，想看看是否誤了航班時，才驚覺淚眼已模糊不清了。

# 與貓談一場戀愛

白鳳

## 一、

　　從新界搭巴士去中環，步行至中環四號碼頭，轉乘索罟灣小輪，如果順利，到南丫島，整個行程，不消三小時。四月初的幾天，陽光明媚，染疫人數每天徘徊在三千左右，外出人數有增無減。疫情三年，喜歡旅遊的香港人，愛上「花小錢去旅行」。香港的郊野、離島、新界的田園、花圃，本地遊客絡繹不絕，就連疫情前，稀有人光顧的郊僻小店，也被改建成各國風情打卡勝地。COVID-19，斷了城市與城市的互動，國與國的往來，數以千計的旅行社倒閉，死不掉的，也都變著花樣，靠本地遊，苟延殘喘。

　　去離島來回旅費，每人不消百元，遠離都市的喧囂，哪怕是，途中遇到一株奇形怪狀的植物、奇醜無比的石頭、凋敗不堪的建築，均能引得遊客駐足，在嘖嘖聲中，短暫忘卻身處都市的壓力。疫情期間，也只能如此了。

　　我仔細端詳著鏡子裡的這張臉，眼睛周圍、前額和耳朵以外的顏色，都變白了。如果哲還在，不知他會不會嫌棄呢。

　　看看牆上的掛鐘，凌晨五點，天空淹澤在都市人的夢境中，透出淺淡的煙灰色。四野無風，樹葉安靜地掛在枝椏上，期待光合。今天，是陽光明媚，還是清明雨紛紛？從五點鐘天空的臉色，可以預測到一天的陰晴嗎？我們內心的陰晴，是否也可以預測？算命的、卜卦的，聲稱有預知能力、與神鬼通靈的大師們，你們會在凌晨五點，為自己的一天或周遭預測嗎？

　　如果我通曉占卜，三年前的那天，出門前，我一定會占一卦。

## 二、

　　「哇，好高啊！整個索罟灣一望無際。」

　　「這座山和旁邊兩座山遙遙相隔，山腳綿延，與海岸相接。有點像峇里島的旅遊勝地，烏魯瓦圖廟坐標的那個海岸。」

　　「我覺得像海南島的天涯海角。」

　　我們雙雙靠在崖邊的一塊大石上，哲擁我入懷。他撥開風吹到我臉上的頭髮，輕輕在我耳邊說，「以後，不用去峇里島，不用去海南島，這裡就是我們的天涯海角。」

　　站在有四十層樓高的崖邊，我們好像說了很多情話，又好像什麼也沒有說。山頂的風是猛烈的，我們的情話，

被風吹散。有些，落在山腳，海水激烈地洗刷崖壁與礁石，浪花歡騰；有些，則漂至天涯海角的每一個角落，在海面閃閃發光。

「你聽，石頭後面好像有動靜。」
哲微微鬆開臂膀，仰起頭來，向四周張望。
「什麼也沒有，該是風吹草動。」
見我不放心，哲牽著我的手，繞到大石後面看個究竟。

「有隻貓。」哲說。

我從哲的背後探出頭，順著他手指的地方看，果然是一隻貓。這隻貓，背部長了均等距離、均等大小的三塊黑色斑塊，除了尾巴以外，身體其他部分，都是白色。這是奶牛貓的品種。

這隻奶牛貓，本來趴在地上，看到兩個陌生人出現，前腿撐地，在原地坐立，雪白柔軟的胸脯，挺出傲慢的線條，黑色尾巴裹住兩隻白色前腳，甚優雅。

我和哲站在離牠大約四尺的地方。

「你看，牠長了一雙杏眼。」我在哲的耳邊輕輕說。
「牠什麼時候來的？」

我輕輕往前走了兩步，哲稍微用力拉了拉我的手，示意我，兩步夠了。

「這隻貓的體型不瘦弱，臉上沒有流浪貓的滄桑。可是，方圓數里無煙火，一隻貓出現在荒山野嶺，你不覺得奇怪嗎？」

「動物哪像我們，牠們無牽無掛，來自哪裡，去向何方，有什麼關係？妳看那些游牧族，明顯活得比我們灑脫。」

「像極了愛情。在雙方沒有確定之前，愛情在兩顆心中來回游弋。當初我們不也是這樣嗎？」

聽哲這麼說，我突然想到愛情。

那隻像毛公仔一樣聞風不動的奶牛貓，光照下，一雙杏眼泛出淺淡的黃綠色。奶牛貓看見我們站在原地不動，往前欠身，趴在地上。究竟是風開始起勁，吹得我站不穩，還是我想走上前去愛撫那隻優雅的奶牛貓，總之，我又往前移了幾步。貓機驚地站了起來，拱起背部，黑色白色的毛一根根豎了起來，橫著身子，踱著步，慢慢往後退。

三、

我從夢中醒來，被子緊緊包裹著我的身體，陣陣涼意從夢中滲出被褥，滲到牆角，滲向窗外……又一個冬天過去了，我期盼的清明來到。

我泡了一杯咖啡給自己。剛才的夢雖然有點恐怖，

可是，哲牽著我的手的片刻，是那麼地真實，對於我來說，夢境就是希望，沒有希望的日子，不知該怎樣度過分秒。

哲，你到底是留在了「天涯海角」，還是去了天涯海角？

今天去索罟灣，我必須親臨哲離開我的地方，弄清楚他的去向。

我鼓起勇氣踏上那條和哲一起踏過的石階，朝我和哲的天涯海角走去。不到百步的石階，幾乎耗盡我此生的力氣。

如三年前那樣，石階兩旁的樹木，雜草，野花，空氣，風，所有依舊。

我把臉貼在山頂那塊大石頭上，試圖去回味哲留下的味道。

突然，感覺腿部被什麼東西碰了一下，我低下頭，看見一隻奶牛貓，牠正用身體蹭我的腿，尾巴纏在我的腳踝。這隻貓顯然不怕我。我蹲下來，摸摸牠，牠長了一雙綠色的杏眼，這不就是三年前那隻奶牛貓！三年前，我去捉貓，失足。哲為了救我，代替我跌下四十層樓高的山崖。今天，我重臨「天涯海角」，又見到牠。

## 四、

「記下你的夢，我可以幫你解夢。」我最無助的時候，遇到一位義工解夢治療師，她說，夢其實是每個人的潛意識。

想念哲的時候，我就按照解夢治療師教我的方法，去「孵夢」。

我把自己困在夢境與幻覺中。究竟，現實是真實的，還是夢境是真實的；究竟，活著與死亡，哪樣更真實，沒有人可以清楚告訴我。生或死，現實或幻想，燃燒或灰燼，生命不正是虛虛實實的結構嗎？

哲帶我上了一個巨大的平臺，平臺用木和竹建成，在大海中央延展，平臺上立了很多桅杆，桅杆掛滿了白色的布匹和布條。哲拉著我的手，在白色布條中穿梭，一陣風吹來，他失了蹤影。我立於平臺中，焦急又驚慌，那些白色布條像無數手臂，纏裹住我，我閉上眼，等待死亡。就在我無法喘息的一刻，聽到貓叫聲。我睜開眼睛，一隻奶牛貓赫然撲進眼底，牠用綠色的杏眼，安靜地看著我。

「哦，哲，是你嗎？是你救了我嗎？我剛才差點被勒死。」我伸手撫摸奶牛貓。

索罟灣那隻奶牛貓現在和我住在一起，我為牠取名「哲」。很長一段時間裡，我分不清貓是哲，還是哲是貓，我深愛著哲與「哲」。可是，那又有什麼關係呢，

愛情，不就是一場轟轟烈烈的幻覺嗎。

　　哲在的時候，我常常問他，會不會永遠愛我。哲走了，因為救我而去了天涯海角。他，帶著對我的愛永遠地離開了我。我看著盤在雙腿間的「哲」，不自覺地摸摸臉上的白色斑塊。失眠和壞心情破壞了我的自身免疫系統，導致膚色變異。醫生說，這種白斑無法醫治。在我看來，白色斑塊，正象徵著我對哲的愛與思念，一樣的無可救藥。

　　現在，我和哲之間，隔著天涯海角，我還用擔心我們的愛情是否會永恆嗎？


　　　　　　二〇二二年十月一日初稿，十月三日修改

# 坑渠

雨其

　　某天醒來，班發現不是躺在自己房中的大牀上，竟是坐在一輛巴士上。他的右邊是一位短髮、小麥膚色、身材高大結實、穿著彩藍色貼身短袖 T 恤、深藍色長褲的男子。

　　班的視線從男子的深藍色長褲轉移到自己腿上，是一雙修長的美腿。咦？這雙美腿的主人竟然是自己？這時候他正穿上淡紅色白碎花吊帶連身短裙。怎麼自己變成了女人？

　　他閉上眼睛，再張開，把眼睛瞪得很大，四處張望，確定自己是在一輛巴士上。

　　莫名奇妙地，班竟感受到這個女性身體當下的情緒和記憶，知道這個身體叫做阿芷，旁邊這位藍衣人，是她的男友，叫業。

　　這個時候，業正在伸手撫摸班前面座位上白色襯衫女人的髮腳。

　　行駛中的巴士左右搖晃著，女人的頭，隨著巴士無意識地擺動，看來是睡著了。

　　班驚訝地看著業的手，在溫柔地插進女人的頭髮內，緩緩地撫摸上去。

　　正在不明所以，女人忽然醒過來，感覺到髮上的異樣，霍地轉頭，看著還來不及收回手的業，先是很驚訝，然後是驚懼，最後加上憤怒和厭惡，從座位上站了起來，

指著業大聲質問：「你在幹什麼？」

「對不起，他有一些怪癖，喜歡觸碰別人的髮腳……」一把溫柔的女聲響起，班發現自己竟然替旁邊這位陌生的業幫腔，這句說話出自他的口，確實點地說，是出自他現在這身體的嘴巴。

那種感覺很詭異，就像是自己附身在別人身上，不受控制地，感受著這個身體的情緒，像看電影般，看著周遭發生的一切，聽著這身體說話，看著這身體行動。

白襯衫女子，身上還穿著一條辦公室女郎那樣的黑色窄身絲質短裙，身型清秀，班在心中吹了一聲口哨，這也是他喜歡的其中一種類型。她顯然不接受這個解釋，尖尖的臉上充滿怒氣，杏眼圓睜地罵道：「如果只是不小心觸碰到髮腳根，我還可以接受，但他是一直這樣撫摸上去！嘔心！變態！」

罵完，她立刻轉身，從原本後排尾二行的座位，走到巴士中間左行坐下，還不時轉頭過來怒瞪著業。巴士上的人，也紛紛轉頭朝著業和白襯衫女子之間來回打量起來。

氣氛尷尬，業站起來，匆匆下車，班發覺自己兩條腿自動跟著他走，業沒有感激他剛才的幫腔，還一臉厭惡地說：「有時候，妳不要想太多，根本不是這麼一回事。還有，我們今天就到這裡，接下來不要跟著我，我有其他事情要辦。」班被罵得莫名其妙，他感到很生氣，同時他感到心臟傳來了刺痛的感覺，是芷很悲傷。

然後，業狠狠的，將原本拿著的白色大膠袋，一下

子塞到班的手上，自顧自地下車去。

　　班猝不及防地接過這個像洗衣店供應的大膠袋，跟著一起下車，但因為這個膠袋太沉重了，差點整袋掉在地上。

　　芷的身體真柔弱，班感到整個人都很辛苦地，抱著白色大袋追趕著業。

　　然後，一種非常濃烈的悲傷湧現上來，還有一種很生氣的情緒，他的手忽然不由自主地將白色大袋，丟在橙色垃圾桶旁。班想起了珊，珊曾經把他們倆共用的東西也丟到垃圾站去。

　　「你碰過的東西，我不要了。」是芷的意識。珊當時也說了差不多的話，班那個時候只覺得冇所謂，亦沒有任何感覺，反正他還有其他女人。但芷的意識當下衝擊著他，真有這麼傷心嗎？他感到心臟和胃，都抽痛起來，這一刻，他竟不禁也討厭起業來。

　　業頭也不回地，向著一棟建築物走過去。

　　班身不由己地，跟著追上去，看著業步上一層樓梯，再進入一座狹窄而古老的升降機內，這時候，業的臉上是若隱若現、像等待戀人一般的笑容，他還拿著一袋禮物，直覺上，班知道業要上去某層樓送給另一個她。電梯門正準備合上，業在人堆中側身而站，微微轉過頭來，微笑的嘴上，竟然是冰冷的眼神，看著班。身為旁觀者，班非常清楚明白，業的微笑是給樓上的人，他冰冷的眼神是給芷。

　　心上傳來了一陣刺痛，班感到自己不受控制地跑過

去，扡開了電梯門，雙手一把奪過業捧著的禮物，然後轉身跑下樓梯，一直在路上跑呀跑，回到剛才橙色垃圾桶旁，就將那袋禮物，丟在白色大袋旁邊。

他看著那袋白色孤伶伶的大袋子，忽然感到，大袋有了同伴。

班的身體倉皇地穿過了馬路，在行人道上，低著頭，一直向前疾走著。

這時候，班看到這個身體那雙修長的腿，原來是穿著白色的人字涼鞋，露出來的腳趾，沒有塗甲油，乾淨清爽，非常小巧可愛。

班忽然感到很冷，明明三十度的氣溫，全身卻不停地由頭到腳一直哆嗦，牙關嚙嚙嚙地打顫，自己正在張大了口，哭著，感到臉都扭曲成一團，卻沒有半點聲音，沒有一滴眼淚，氣管正在抽搐著。他不禁想起了其中一位女友阿恩曾經說過，她每天有早晚量體重的習慣，與他談分手的那天，半天之內，竟哭出了 1.7 磅的眼淚，而且，原本怕熱的她在夏日艷陽高照，三十二度氣溫之下，竟感到異常的冷，即使捲縮成一團，也止不了那種無邊無際的、由內而外的惡寒，和沒完沒了、全身連牙關的顫抖。原來是真的！

天空下起了毛毛細雨，四周的景物忽然之間都變成黑白灰，就像一瞬間色盲，再也看不見任何顏色，只有全身都感到濕漉漉的。班又想起了其中一位前女友說過，失戀後，色盲了三年，所有眼前景物，只能夠看到黑白灰。原來是真的！

這時候，他感到有一隻手，撫摸著自己頭頂的頭髮。班感到芷在想，是業追上來了嗎？也許業會笑笑說：「怎麼啦？傻妹，你以為我上去找其他女人嗎？我只是送禮物給一位前輩。好了，好了，不要生氣啦……」

四周靜悄悄的，沒有預期中的安慰聲音。他不肯定，也許根本沒有人，也許一切都是自己的幻覺，他從未試過這樣的感受，而且仔細感覺起來，不像是人的手，反而像是頭浸泡在水內的感覺。

這個身體已經快換不過氣來，不停的抽搐，使到空氣來不及進入，已經又要呼出，急速而短暫的呼吸動作，並沒有半點空氣出入，使他感到缺氧，一種濃烈的窒息感覺湧上來。

這一刻，他忽然想到了薇、安麗、欣恩、還有一些已經忘記了名字的女子，他想到了曾經對她們說過：「不要在我面前流淚，因為我不會為你悲傷。」「專一是人類的缺點，而人類的共性，千百年來都是花心。」「自古帝王都有數千後宮，幾乎大部分動物都是一頭雄性配多頭雌性。」「你要我專一？這完全是操控慾。」「世界上根本沒有愛情。」「愛情，只是妳幻想出來安慰自己、滿足自己的產物。」

對了，他記得最後一幕，在晚上的街道，自動忽略了身邊女友，向電話那邊說：「我們什麼也不是，你不要想太多了。」邊說邊拐了個彎，進入一條巷子內，當時沒有留意路面情況，好像在下一秒就掉進地上工人忘記蓋上蓋的坑渠內。

那一刻，一切變了慢鏡，看著自己雙腳踩了個空，雙腿進入坑渠內，然後是身，他最後一眼的景象，是當時身處的一條長而漆黑的巷子內，隱約幽微的光。

還來不及驚呼，他整個人已沒入污水內。

班感到愈來愈冷了，腦海中，不知道是夢境抑或幻覺，那個有芷和業存在的世界，漸漸地模糊起來，在一片黝黑中，如拼圖般分崩離析，隨著班口中最後一個氣泡在污水中冒出，所有影像都鋪天蓋地剝落下來。

# 微型小說兩篇

徐振邦

## 一、星期美點

老前輩退休多年，平日甚少外出，難得答應跟我去用餐，我馬上為他安排。

老前輩愛懷舊，又愛喝茶，所以，我挑選了一間位於屋邨的舊式酒樓，希望他可以吃得開懷。

我遞上點心紙說：「你看看這張『星期美點』有什麼想吃？」

老前輩望了一望：「這算什麼星期美點？根本沒有什麼意義。星期美點所羅列的小點、中點、大點、特點，其實每星期如一。」

「點心紙不就是這樣的嗎？」我聽得不明不白。

「既然所有印在點心紙上的點心，不是定期變更，每星期、每個月，甚至是每年都一樣，那麼，就不能稱為星期美點。這個是不是在欺騙食客呢？」

「星期美點只是一個稱呼，沒有什麼人會在意吧。」我不以為然地說。

老前輩勞氣地說：「星期美點的做法是源於十九世紀的廣州。酒樓為了吸引食客，每星期會更換點心款式，還有部分點心是按時令推出，讓食客知道酒樓推出了『季節限定』美食。換言之，酒樓熟客每星期都可以在酒樓嚐到不同款式的點心，不會感到吃膩。」

我感到很驚訝：「以前的酒樓真的能做到定期更換點心，每星期都要更新一次星期美點的餐單？」

「當然，」老前輩繼續說，「要不然，怎麼會叫星期美點？」

「這個很難做得到吧。」

「現在的酒樓沒有特色而已。」老前輩點著頭說。

「酒樓的點心都是千篇一律，星期美點是名不副實。」我好奇地問，「不過，時代不同了，現在怎可能還有酒樓做得到呢？」

「怎麼沒有！」老前輩瞪著雙眼說。

「現在，香港還有做到星期美點的酒樓？」我有點難以置信。

「我要帶你去見識嗎？」

「現在嗎？」

「是。」

「這裡怎麼辦？」

「我們坐了這麼久，還沒有伙記來招呼我們，服務質素很差勁吧。」

「我……」我還未來得及回應，老前輩就離開座位。

我緊跟隨其後，向著「星期美點」出發。

## 二、超人進駐茶餐廳

自小愛超人模型的他，沉迷了三十多年，收藏了大量超人模型，是典型的「超人模型迷」。

他有多少超人模型？應該有近一千個，總數連他自

己也不知道。

他的收藏品一直放在貨倉，只有在閒餘時，才到貨倉欣賞收藏品。

早前，他收到貨倉的通知，知道貨倉要搬遷，於是他計劃遷移收藏品到別處。然而，遷移收藏品的安排未能好好配合，他只好暫時把收藏品帶到茶餐廳。

「就算茶餐廳是自己的，也不可能放幾十箱模型在這裡。這樣會影響茶餐廳的生意。」他正感到有點不知所措。

水吧伙記看著幾十個紙箱時，嘆了一口氣，苦惱地說：「這堆超人模型差不多佔用了半間茶餐廳。」

廚房大廚走出來，卻漫不經心地說：「不如索性把超人模型放在茶餐廳做展覽品吧。」

「可以嗎？」他聽到這個方案，簡直是如夢初醒，心中不禁要興奮起來。

洗碗姨姨附和著說：「怎麼不可能？」

「你們有什麼建議？」

收銀員大姐指著一幅牆說：「在這裡放幾個玻璃櫃，就可以把所有模型展示出來了。」

「好，好，好……」他雙眼發光，不停點頭說，「請你們幫幫忙吧。」

「我們可以怎樣做？」

「裝修。」他斬釘截鐵地說，「這裡要成為香港首間超人模型茶餐廳。」

於是，茶餐廳上上下下幾個人，忙東忙西。結果，

茶餐廳停業了三天，一起為展示超人模型而努力。

忙了三天後，茶餐廳復業。

自此，茶餐廳的超人模型成為了焦點，吸引不少超人迷來「打咭」，頓時成為香港的特色茶餐廳之一。

而我未被超人模型吸引之前，已經是茶餐廳的熟客，所以，我很清楚這件事。在茶餐廳裝修期間，我還有幫忙呢。

不過，最重要的是：我也成為了超人模型迷，還經常跟老闆閒聊收藏超人模型的事。

# 亂碼

勞國安

在報上看到一行禪師圓寂的消息，我立時想起 M。M 很喜歡他的著作，買了很多他寫的書，他借了幾本給我看，我獲益良多。

已經很多年沒有聯絡 M。多年前他傳來一封電郵，全是亂碼，我沒有告訴他這件事。之後他又寄來幾封同是亂碼的電郵，我也沒空理會他。可能得不到回覆，他便沒再找我，從外地回港也沒有約我出來見面。隨著歲月流逝，我倆逐漸疏遠了。

我們相識於二十年前，那時 M 來當代課老師，因為教員室沒有空間容納他，他便經常在圖書館改簿和備課。每天見面，加上大家也愛閱讀，擁有共同話題，我和 M 不久便混熟了，有時候下班後也會一同去消遣。

那時 M 大約四十歲，仍是單身。他的膚色黝黑，個頭矮小，很多人以為他是菲律賓人，事實上他來自馬來西亞。他懂多種語言，能操流利廣東話、普通話和英語，也會說一點法語。他來港工作多年，已是地道香港人。他一直找不到全職教師工作，唯有不斷做代課和補習。他如同遊牧民族，喜歡租住不同地方，認識他時他住在上環。我曾經到訪他的家，那單位雖然老舊，但很寬敞，客廳一角更劃了一個區域，放了一組桌椅，佈置成他的私人補習教室。

在認識的人當中，M 比較「另類」。他原本吃葷，

為了健康，踏入中年後便成了是一名素食者，從此不再吃肉，也不殺生（見到蟑螂他不會大開殺戒，蚊子在他手臂上吸血他也不會阻止）。城裡大部分人的話題離不開樓市和股市，但他對賺大錢沒有興趣，他喜歡與人討論教育意義、靈修法門、動物權益、因果法則和宇宙起源。他的求知慾比一般人強，外出時背包裡放滿書，只要腦袋餓了，他便隨意掏出一本書，蹲在路邊翻閱。他是一名業餘拾荒者，家裡大部分家具都是從垃圾站取得，一截爛木頭也可以成為他家裡的茶几。生病時他不看西醫，不服西藥。他崇尚自然療法，以草藥和冥想治療身體和心靈……

這個怪人不追求物質上的享受，只追求精神上的滿足。他不會花錢購買任何奢侈品，賺來的錢都用來買書、買素食食材和去旅行。

他每年都去旅行。有別於其他香港人，他不去日本或韓國觀光和購物，他喜歡前往意大利、印度和英國這些地方觀賞古蹟和遊覽博物館。為了節省旅費，他只住青年旅館，或寄居在剛結識的當地人的家裡。

周遊列國後，每次他都為我帶來一些手信，他的手信同樣「另類」。他在新西蘭的海灘，給我收集了一盒貝殼。他在英國某個公園，給我拾來幾根天鵝羽毛。他從印度寄來一箱吉杜‧克里希那穆提（Jiddu Krishnamurti）的靈修書籍。有機洗潔精和洗頭水，他也可以當成手信，送給我和他的友人！

與同齡朋友一起時，我們會去看電影和逛商場。M

年紀比較大，對娛樂和消費這類活動不感興趣。與他外出，我倆多數去功德林素食餐館品嚐素食、逛書店、坐在海旁談天或去參加素食學會舉辦的活動。

受他薰陶，有一段時間我也嘗試吃素。但由於家人和其他朋友都吃肉，本地的素食店亦不多，吃素帶來很多不便，所以不久便放棄了茹素。看了他給我的靈修書籍，我也嘗試冥想和打坐。睡前修練，情緒平穩下來後，很容易便入睡，身心明顯健康了。

可能對於本地的教育制度感到心灰意冷，M 後來離開了香港，去了海外進修。他在新西蘭逗留了一年，在那裡學習魯道夫·史坦納（Rudolf Steiner）提倡的教學方法，之後去了英國一所寄宿學校教書。

這所寄宿學校的教職員來自世界各地，學校為他們提供膳宿，M 可以住在學校宿舍，飲食亦有人照顧。M 對此感到很欣慰，這些安排為他省去不少生活上的麻煩，亦為他省下租屋的錢。雖然這裡的教師的薪金比香港的教師的薪金低，但每班只有十多名學生，很容易照顧，工作壓力不大，堂數亦比香港的學校少，下課後仍有很多餘暇去做自己喜歡的事。校園位於一座小山上，環境優美，空氣清新。對於熱愛大自然的 M 來說，能在這種環境下工作和生活，絕對是一件稱心如意的事。

M 很喜歡這份工作，所以多年來都沒有離開英國，我倆斷交前他也一直在這寄宿學校教書。

離開香港後，我和 M 多以電郵通訊。每年他都會回港數次，每次回來我們都會見面，暢談近況。

　　M 常說五十歲左右便會退休，但他一直沒有為這件事作出任何準備。他沒有理財觀念，不投資，不儲蓄，更不理解社會現況，想法亦與現實脫節。他希望回港養老，他認為手上擁有幾十萬港幣便足以應付退休後的生活。如有需要，他認為六十歲後仍能輕易找到工作。他還有很多天真浪漫的想法，例如退休後在離島開一間二手書店，以買賣舊書維生。他亦曾經提及生活拮据時，不介意領取綜援過活。

　　年紀大了人變得實際，我逐漸對 M 那些話題失去興趣。他依舊狠評填鴨式教育制度，批判以金錢掛帥的資本主義，責斥各國對減碳排放作出的虛假承諾……他也像個傳道人，繼續把天人合一、涅槃境界和輪迴轉世這些概念掛在嘴邊，不停宣揚他的「新紀元」思想。舊日我與他一樣常對社會狀況感到不滿，喜歡冒充知識分子批評一番，也曾研究過「新紀元運動」。但現在為了餬口，每天忙個不停，已經沒有閒暇去與他討論這些事情（對於未來，我不像他抱持聽天由命的心態，我深信不積極賺錢和儲蓄，晚年必定不好過）。

　　或許大家走上不同的路，關心的事情也不一樣，加上 M 減少了回港次數，我倆愈來愈少見面，寥寥無幾的電郵的內容也只屬一般的問候。

　　最後寄來給我的那些亂碼究竟隱藏了甚麼訊息？是不是你已決定離開英國，前往另一國度，展開人生另一場冒險？抑或你已在修行上取得突破，靈性突然覺醒，了悟了人生意義？難道你已回港，重操舊業，再次當上

補習老師？又會不會是你時來運轉，中了彩票，終於可以退休？

# 遷徙的怨怒與尋根的反思

## ——論白先勇〈花橋榮記〉及其電影改編

區肇龍

## 1、引言

　　〈花橋榮記〉[1]（以下簡稱〈花〉）乃白先勇一九七〇年寫成的短篇小說，一九七一年收入《臺北人》短篇小說集中。〈花〉的故事背景跟《臺北人》其餘十三篇短篇小說一樣，主要圍繞從大陸遷入臺灣的外省人今非昔比的生活。故事主軸是描寫主人公「我」（老闆娘）與教書匠「盧先生」之間的言行，從他們的言行可體現主人公「我」的「懷舊」心理，以及「盧先生」從「善」轉入「惡」的性格面貌。故事開首穿插若干人物，如李老頭、秦癲子等，他們最後皆不得好死。凡此種種，都是由於國民黨遷移臺灣所造成的。白先勇正是透過這種手法，刻劃他們在大陸時代的輝煌與現今生活的墮落作對比，以抒發「國破家亡」的慨嘆。

　　本文將以文本與一九九八年拍成的同名改編電影作比較，[2] 從中窺探兩者在人物、情節等方面的相異之處，繼而說明電影在改編過程中的調動目的。

## 2、人物的描寫

　　白先勇是白描高手，尤其是描寫人物，可謂入木三

分。

　　以下將以表列方式說明文本與電影在主要人物描寫方面的比較：

| 人物 | 文本 | 電影 | 說明 |
|------|------|------|------|
| 黃天榮 | 「黃天榮的米粉，桂林城裡，誰人不知？哪個不曉？」（頁163） | 在開首以話外音介紹 | 黃天榮乃主人公「我」的爺爺，非主要人物，電影只以話外音介紹。同時解釋了「花橋榮記」的「榮」字來由 |
| 主人公「我」 | 「我自己開的這家花橋榮記可沒有那些風光了。我是做夢也沒想到，跑到臺北又開起飯館來……我一個女人家，流落在臺北，總得有點打算，七拼八湊，終究在長春路底開起了這家小食店來。」（頁164） | 主角，鄭裕玲飾演。在開首以話外音簡介自己，對白與文本近乎一樣。其後加插童年以及與丈夫生活的片段。 | 文本在開首簡單地交代主人公「我」的經歷，其後再沒有多加描寫。相反，電影裡除了在開首以話外音道出主人公「我」的身世外，在電影裡邊還加插了主人公「我」的童年片段，與丈夫生活的片段。目的是以主人公「我」在大陸的輝煌生活突顯現今臺北生活的苦況，讓觀眾對主人公「我」多加同情與憐憫。 |

| 「他」 | 「後來夜裡常常夢見我先生，總是一身血淋淋的，我就知道，他已經先走了。」（頁164） | 戲份頗多，白帆飾演。雖戲份不多，但可見是個重情義的男子漢。既對國家有情，又對妻子體貼。 | 這裡的「他」是指女主人公的丈夫。電影多加「他」的描寫，目的是讓觀眾更同情主人公「我」——要與那麼好的丈夫分離，生死未卜。 |
|---|---|---|---|
| 李老頭 | 「從前在柳州做大木材生意，人都叫他『李半城』，說是城裡的房子，他佔了一半。兒子在臺中開雜貨舖，把老頭一個人甩在臺北……<br>那晚他一個人點了一桌子菜，吃得精光，說是他七十大壽，哪曉得第二天便上了吊。<br>他欠的飯錢，我向他兒子討，還遭那個挨刀的狠狠搶白了一頓。我們開飯館，是做生意，又不是開救濟院，哪經得起這批食客七拖八欠的。」（頁165） | 張宗悌飾演，活生生的一個老頭，手腳笨拙，經常丟破飯碗而挨老闆娘的罵。年少時意氣風發，到處買地，可惜兒子沒出色，只懂吃喝玩樂。另外，有一幕是拿了大陸的地契跟派信員訴說過往，不勝唏噓。 | 電影多加了一幕：李半城跟兒子上山買地，兒子嚷著買東西吃，為將來兒子形象埋下伏筆。同時，電影中點算地契的一幕說明政局易轉，手上價值連城地契轉眼化成廢紙。 |

| 秦癲子 | 「他原在市政府做得好好的，跑去調戲人家女職員，給開除了，就這樣瘋了起來……<br>有一次他居然對我們店裡的女顧客也毛手毛腳起來，我才把他攆了出去……<br>從溝底把秦癲子鉤了起來，他裹得一身的污泥，硬邦邦的，像個四腳朝天的大烏龜。」（頁165-166) | 顧寶明飾演，所佔篇幅頗多，從當市政府工到到處非禮皆有仔細描寫。<br>死在溝裡，但死相沒有文本說的可憐，何況還有主人公「我」與顧太太趕去察看。 | 相對文本，電影中的人物明顯較值得同情。文本角色的描寫相對上比較醜化，如以「四腳朝天的大烏龜」來形容死相。 |
|---|---|---|---|
| 盧先生 | 「只有盧先生一個人是我們桂林小同鄉，你一看不必問，就知道了。<br>人家知禮識數，是個很規矩的讀書人，在長春國校已經當了多年的國文先生了<br>人家從前還不是好家好屋的，一樣也落了難。人家可是有涵養，安安分分， | 林建華飾演，大約三十到四十歲，戴黑粗邊眼鏡，身形瘦削，頭髮烏黑。外表斯文，五官端正，屬典型教書先生的樣貌。 | 電影中的盧先生比文本中的來得年輕兼好看。文本所描寫的盧先生樣子雖未至於難看，但是電影中的盧先生的確比較惹人憐愛。在文本中有較多篇幅描寫盧先生，相反電影中的盧先生則屬眾多主角之一，算是故事中的其中一支線。 |

| | | |
|---|---|---|
| | 一句閒話也沒得<br>我原以為他戴著頂黑帽子呢，哪曉得他竟把一頭花白的頭髮染得漆黑，染得又不好，硬邦邦地張著；臉上大概還涂了雪花膏，那麼粉白粉白的，他那一雙眼睛卻坑了下去，眼塘子發烏，一張慘白的臉上就剩下兩個大黑洞。」<br>……<br>「那是我最後一次看見盧先生，第二天，他便死了。顧太太進到他房間時，還以為他伏在書桌上睡覺，他的頭靠在書桌上，手裡捏著一管毛筆，頭邊堆著一疊學生的作文簿。顧太太說驗屍官驗了半天，也找不出毛病來，便在死因欄上填了『心臟麻痹』。」<br>（頁 167，178，181） | | |

| 秀華 | 「是我先生的侄女兒」<br>……<br>「秀華和盧先生都是桂林人，要是兩人配成了對，倒是一段極好的姻緣。」（頁169） | 黃小菊飾演，戲份甚少，作用不大。 | 文本與電影所描述的都佔少數，原因是角色本身作用不大，只屬聊備一格。 |
| --- | --- | --- | --- |
| 羅錦善家的小姐 | 「我和她從小一起長大的，她是我培道的同學。」（頁173） | 周迅飾演，出現場面比文本描寫的多。同時電影加入一節盧先生與羅小姐童年的敘述，二人自小已然相識。 | 電影敘述比文本的多，目的顯然是突顯盧先生淒慘的境況，現時的坎坷，相對以往的歡愉，更叫讀者同情。 |
| 表哥 | 「他告訴我，他在香港的表哥終於和他的未婚妻聯絡上，她本人已經到了廣州。<br>『他不是人！』突然他帶著哭聲地喊了出來，然後比手劃腳，愈講愈急，嘴裡含著一枚橄欖似的，講了一大堆不清不楚的話：他表哥把他的錢吞掉了，他託人去問，他表哥竟說不知道有這麼一回事。」（頁174-175） | 出現次數極少，用作交代侵吞盧先生積蓄的過程。 | 非重要角色，文本及電影的相關敘述都佔極少部分。 |

| 湖北婆娘 | 「那個湖北婆娘，一把刀嘴，世人落在她口裡，都別想超生。」（頁169-170） | 何群飾演，專說三道四，愛打聽盧先生的生活瑣事。 | 文本與電影角色在性格、外貌等都大致吻合，屬非重要角色，只偶爾用作交代盧先生近況。 |
| --- | --- | --- | --- |
| 阿春 | 「阿春！那個洗衣婆。」……「那個女人，人還沒見，一雙奶子先便擂到你臉上來了。」……「阿春走在前頭，揚起頭，聳起她那個大胸脯，穿得一身花紅柳綠的，臉上鮮紅的兩團胭脂。果然，連腳指甲都塗上了蔻丹，一雙木屐，劈劈啪啪踏得混響，很標勁，很囂張。」（頁176，178） | 郁芳飾演，角色性格潑辣，一副得勢不饒人的姿態。 | 文本與電影角色在性格、外貌等都大致吻合，屬重要角色，是促使盧先生墮落的因素之一。 |

| | | | |
|---|---|---|---|
| 小毛丫頭 | 「那個小毛丫頭甩動著一雙小辮子,搖搖擺擺笑得更厲害了。盧先生啪的一巴掌便打到了那個小毛丫頭的臉上,把她打得跌坐到地上去,『哇──』的一聲大哭了起來。」(頁180) | 於電影末段出現,跟文本描述分別不大。 | 文本與電影描述大致相同,目的在於說明盧先生的性格易轉,反映盧先生墜落的一面。 |
| 陳師傅 | 沒有提及 | 雷務甲飾演,出場次數頗多但時間短暫。 | 只有電影才有的角色,目的是襯托主人公「我」特別對盧先生照顧體貼。 |

　　電影比文本的描寫更深入而詳盡,原因是電影有聲有畫,人物活靈活現,加上一百分鐘的片長,可更平均敘述各人的心路歷程,非如文本般,只把重點放於主人公「我」和盧先生身上。可見電影人物層次較多,間或加插人物過去片段,為文本補白,例如李半城過往風光富有,跟兒子四處買地,跟現時潦倒生活相比,更覺今非昔比。電影改動的部分可算合情合理,也不影響文本原意,反而突顯一些人物的晚年坎坷生活與昔日輝煌歲月的對比,例如加入羅家小組如年青的盧先生相遇相知相戀的一段,除了讓觀眾更容易了解羅家小姐的背景,又可更具體勾勒出其外貌、性格等人物特徵,而最重要

的作用是，突顯盧先生今不如昔的境況。有論者認為盧先生是白先勇《臺北人》中的異數，[3] 筆者不敢苟同。盧先生雖未至於跟其他角色一樣，表面上呼天搶地喊著今不如昔，又從未買醉非禮自暴自棄。可是，盧先生骨子裡仍屬於「枯萎腐蝕而不自知」的，他心底裡只奢望再見其未婚妻羅家小姐，仍未願接受殘酷的分開事實，只顧回頭緬懷，不懂向前積極擁抱未來。這導致他最終走上被騙，被迫瘋的道路。他只顧回望回去，對於將來，他是被動而消極的。秀華這個角色的出現正好說明這一點。盧先生寧抱著過去的奢望，也不接受將來的希望。當主人公「我」打算作媒介紹秀華於盧先生認識時，盧先生很大反應的拋下：「請你不要胡鬧，我在大陸上，早訂過婚了的。」[4] 筆者認為，這更充份體現《臺北人》中每個角色所持的今不如昔，抱殘守缺的態度。盧先生所表現的是一種內化的腐化狀況，他骨子裡仍沉溺於過去，不肯面對現實，不願跟上時代巨輪，只奢求跟羅家小姐相遇的一刻，一直刻苦儲錢，為的是迎娶他的夢中情人。研究白先勇《臺北人》的評論家歐陽子曾指出，盧先生的角色轉化是從「靈」轉向「肉」的。[5] 這不單反映角色性格轉變，同時反映角色的墮落面。墮落是需要周邊環境長時間驅使而作出的思想行為，我們可以見到某個人物角色透過一個動作或一件事件而變得墮落，但是探其背後，當知造成墮落的原因並不是遽然而生的。當是人物角色受到長時的壓迫而生成的，例如著名小說《駱駝祥子》的「祥子」、[6]《金鎖記》的「曹七巧」。[7]

### 3、情節的篩選

電影與文本在情節上大致相同，以下四點是兩者較大相異之處：

### 1. 主人公「我」——加入連長追求片段以及結婚場面等，使人更添傷感

在電影中加插不少連長跟主人公「我」相依相戀的片段，這些都是文本所沒有的。這樣可使觀眾對主人公「我」增添同情，[8] 同時讓觀眾更了解昔日光輝景象，對比今時之頹唐。昔日是連長夫人，身份尊貴；如今雖算個米粉店老闆，但相對起來，仍是千差萬別。

### 2. 盧先生形象之不同，加插年輕時與羅小姐一起拍照的片段

以盧先生的形象來說，電影裡明顯是較為年青的。在電影的中段，加插文本所沒有描寫的情節——跟羅小姐一同拍照交往。目的是把羅小姐的角色形象化，因為在文本中，讀者只會從文字間隱約看到羅小姐的身影，[9] 而電影則把角色形象強化，變得有血有肉。從而令讀者對盧先生更感同情，也令電影中的角色分配比較平均，不像文本般，只把重點放在主人公「我」身上。

### 3. 李老頭——加插與兒子相處的片段

文本中李老頭屬二三線角色，描寫部分較少；電影

中則有較多的相關描述，例如加入年輕時的片段，特別
是與好逸惡勞的兒子相處的片段，有意為文本補白。[10]
特別留意的是，電影中李半城在家點算地契，跟郵差對
話的一段，點明今不如昔的主題實乃關乎中國政權易轉
的事實，茲引電影對白如下：

> 郵差：「老大哥，今天還是沒有你兒子的匯款。」
>
> 李老頭：「我早就料到了。」
>
> 郵差：「你還有錢嗎？」
>
> 李老頭：「到處騙吃騙喝。」
>
> 郵差：「你又在看地契呀？」
>
> 李老頭：「是啊。你看看。這可是四進的毛家大宅
> 院的地契呀，花了我一千兩銀子買下來的。說來也巧，
> 當時這毛家，兩兄弟要鬧分家，老二去了上海，老大好
> 賭，結果就落到我的手上了。」
>
> 郵差：「現在也不知是哪家在住了。」
>
> 李老頭：「我也不知道啊。臨死前，能不能再回去
> 看看。老弟呀，說心裡話，我真不願意住在這個鳥不生
> 蛋，狗不拉屎的鬼地方啊。」

從對白可見，李老頭始終沉醉於昔日之中，明知地
契已因政權易轉而變得沒用，也視為珍寶。如今不景氣，
反觀昔日的光輝，更討厭處身之地。

## 4. 秦癲子——多描寫以往多妻生活，好色非禮場面

　　電影加插秦癲子昔日風流生活以及為何被革職的片段，用以對比如今之苦及交代自暴自棄的原因。電影中，秦癲子過去生活富裕，家中妻妾成群，讓往後的好色行為有跡可尋。最後身敗名裂，發現死於溝底裡。文本只在開首部分輕輕帶過，「溝底把秦癲子鉤了起來，他裹得一身的污泥，硬邦邦的，像個四腳朝天的大烏龜。」[11]電影描寫則較有人情味，主人公「我」和顧太太趕往察看，狀甚婉惜。

### 4、總結

　　綜觀文本與電影比較，可見電影中的人物角色描寫相對平均，重點皆散落於各人身上，反觀文本，主人公「我」成為重點，其他角色意義不大。不過，最重要的是兩者都完完全全可以表現故事所呈現今不如昔的慨嘆，離鄉者一心對故鄉土地、身份等的渴求，都顯而易見的。本文嘗試從文本與電影在角色與情節的安排上作一比較，試圖說明兩者皆表達今不如昔的題旨，不難發現，電影在人物描寫，情節安排等都比較豐富與多元化，更能深刻地表達遷居臺灣者所抱住今不如昔的心態。

## 註釋

1 本文採用以下版本：白先勇：《花橋榮記》（臺北：爾雅出版社有限公司，2002）。

2 本文採用以下版本：三星娛樂集團出品，華令亞洲有限公司攝製，出品人：崔莞、鄭泰鎮，監製：詹德發、謝衍，導演：謝衍，編劇：楊心渝、謝衍，主要演員：鄭裕玲、張宗悌、林建華、何群：《花橋榮記》（香港：潤程娛樂發行有限公司，2002）。

3 王淑蕙在其論文〈關於「《臺北人》中後殖民架構」的商榷〉（《香江文壇》，總第 27 期（2004 年 3 月），頁 22-24）中提到：「看來這個盧先生是白先勇《臺北人》中的異數，因為所有隨國民政府的戰敗而逃抵臺灣的這深陷過去回憶，而今『枯萎腐蝕不自知』的……。因此，在《臺北人》『枯萎腐蝕而不自知』的世界中，盧先生竟能維持『很規矩的讀書人、一逕斯斯文文的、有涵養、安安分分』的形象。盧先生可說是《臺北人》中由昔走入今者，還能維持『靈』的境界而不墮入『肉』的慾望者，故而可謂為『臺北人』中的異數。」按：「因為所有隨國民政府的戰敗而逃抵臺灣的這深陷過去回憶，而今『枯萎腐蝕不自知』的……。」疑出現誤植，文理不通，筆者妄試改為「因為所有隨國民政府的戰敗而逃抵臺灣的人都深陷過去回憶，而『枯萎腐蝕不自知』的……。」

4 白先勇：《花橋榮記》（臺北：爾雅出版社有限公司，2002），頁 171。

5 歐陽子：《王謝堂前的燕子：「臺北人」的研析與索隱》（臺北：爾雅出版社，1976），頁 18-19。歐陽子分析《臺北人》時，以「靈肉之爭」作導向，分析角色與「今昔之比」之間的關係。他指「靈」是代表愛情；「肉」代表情慾，盧先生對羅家小姐的是「靈」方面的愛情，知道希望幻滅後，轉向對阿春的「肉」的追求。

6 「祥子」受到不公對待，最後作出偷駱駝的行為，要注意的是，此行為背後原因乃祥子實受著長時間的壓迫。

7 「曹七巧」受到家庭環境影響，把所受痛楚轉嫁予子女，都是受長間影響的結果。

8 據上注引歐陽子關於「靈肉之爭」的分析，主人公「我」跟連長的感情可謂屬於「靈」的一面，高貴而純潔。

9 文本中只簡單交代羅小姐，試看原文有關描述：「『從前在桂林，我常到羅家綴玉軒去買他們的織錦緞，那時他們家的生意做得很轟烈的。』……『我和她從小一起長大的，她是我培道的同學。』」

（頁 173）

10 電影加入李老頭兒子的描寫，用意在交代何解文本中李老頭不斷苦苦等待兒子寄錢給自己而最後不得要領的原因。他的兒子據電影的描述是好逸惡勞的，屬欠成熟、沒出息的人。電影中另有一幕是主人公「我」離開臺北南下找尋李老頭兒子討伙食錢，結果到雜貨店只見其妻兒而已。

11 白先勇：《花橋榮記》（臺北：爾雅出版社有限公司，2002），頁166。

# 長短句寫作門徑

陳煒舜

## 一、引論

我們常常把詩詞並稱，廣義而言，詞其實也是舊體詩的一種體裁。如果對舊體詩的格律了解得比較清楚，這些知識大抵也可以用在詞上。廖輔叔先生說：「詩與詞的不同，一在於詩是自吟自唱的，可以深入淺出，也不妨深入理性，詞的開始則是唱給別人聽的，訴諸直覺的。這個本質的差異使得詩即使在抒情的時候也多少帶有理性的成份，詞則即使在說說道理的時候，也常常通過形象來表現，也就是說偏重感性的。」（《談詞隨錄》）相對於律詩、絕句而言，詞的好處是善於承載、表達那種「無端而幽渺」、「軟綿綿而並不沒力量」的情意。（張中行《詩詞讀寫叢話》）不知道大家以前上音樂課時，有沒有唱過〈踏雪尋梅〉、〈花非花〉這些民初歌曲？〈花非花〉當然是古詞，白居易所寫。〈踏雪尋梅〉則是民初劉雪庵作詞，雖然是白話，古典韻味卻很濃郁。那個年代的藝術家，多數人都懂得詩詞寫作。但站在音樂的角度，他們會覺得詞的體裁、韻味比詩更適合填寫歌詞。由於歌曲是長長短短的，而律詩絕句句子非常整齊，要譜成曲子不太容易，可能要加上拖腔、補入襯字。但是詞——像〈浪淘沙〉、〈水調歌頭〉等，本身就是入樂的。後來曲譜雖然失傳了，但它的句式長短相間，譜成曲調

就會比較好聽。

　　大家應該知道，詞還有幾種名稱，比如曲子詞、長短句、詩餘、樂府等。叫做曲子詞，是因為它是跟歌曲配套的歌詞。叫做長短句，是因為它的句式並不整齊劃一。叫做詩餘，是古人認為它是由詩發展而來的一種「剩餘」的體裁——當然這說法不太正確，不太科學。至於樂府一詞，現在我們很少用來指涉詞，因為它會跟漢魏六朝的古樂府混淆在一起。詞濫觴於六朝，從唐代興起，至五代流行，在宋時達到高潮，宋詞是宋代最具代表的文學形式之一。此後的元明屬於比較衰落的時期，到了清代又有一復興期。王季思先生在〈詞的欣賞〉一文中論詞的興起道：「中唐以後，出現一些工商業比較集中的城市，市民階層壯大，妓樂繁興，需要有一種新的詩體，配合當時在城市流行的樂曲，比較細緻曲折地表現城市人民的生活，抒發他們的思想感情。從中唐以後，農村流行的歌謠仍不出五七言，而城市裡新興的長短句歌曲愈來愈多。」（《玉輪軒古典文學論集》）誠然是精到之言。每一首詞都有與之相配的樂調或曲譜，稱為詞牌。那些曲譜，現在絕大部分都失傳了，旋律如何，我們已無從知曉。通過考古發現，也才找到了幾首而已。但整體的面貌已不可知。打個比喻，大家都聽過〈兩隻老虎〉吧？這是一首來自法國的兒歌〈雅各兄弟〉（Frère Jacques），它的旋律配上了很多不同版本的歌詞，北伐時期成了國軍的〈北伐歌〉，香港則叫作〈打開蚊帳〉。但最早的版本是〈兩隻老虎〉，所以我們也許可以把這

個詞牌稱為〈兩隻老虎〉。同理類推,大家看〈蝶戀花〉、〈水調歌頭〉古往今來有許多不同的作者,那是因為〈蝶戀花〉、〈水調歌頭〉是詞牌名,各自有特定的曲譜,宋代作者會依據這些曲譜填詞。後來曲譜失傳,不知道怎麼唱了,但時代較早的作品至少保存了平仄格律。後人即使沒有曲譜在手,仍可就每個詞牌名下的成作來歸納其平仄格律。再後來的人,又可以依據格律來填詞。也就是說,這些古老的詞牌,至少存在著兩種創作方式,早期的是依據曲譜填詞,晚期的是依據格律填詞。清人萬樹《詞律·發凡》云:「平仄固有定律矣,平止一途,仄兼上去入三種,不可遇仄而以三聲概填。蓋一調之中,可概者十之六七,不可概者十之三四。須斟酌而後下字,方得無疵。」但無論如何,詞既已脫離了音樂,就成為近體詩的律詩、絕句以外的另一種格律詩了。

習慣上,我們會把創作近體詩稱為寫詩、作詩乃至賦詩,但對於創作詞,會稱為填詞,而非作詞。為什麼呢?因為近體詩只有四種基本句式,萬變不離其宗;即使唐代的近體詩可唱,當時的詩人在創作時也不必考慮音樂因素。但是詞的起源和音樂有密切的關係,是先有樂曲再填詞的。今人統計,現存詞牌有一千六百多種,每種都有自己的格律型態,也就是說句式、字數、平仄全部有規範,我們無論填哪個詞牌,都得「帶著鐐銬跳舞」。所以,我們一般會使用「填詞」這種說法。

## 二、詞的起源

詞的起源可以追溯至六朝，其中一個很顯著的例子就是梁武帝蕭衍創作的幾首〈江南弄〉，第一首是這樣的：

眾花雜色滿上林。舒芳耀彩垂輕陰。
聯手躞蹀舞春心。舞春心，臨歲腴。
中人望，獨踟躕。

這首作品寫得很好，可惜今天時間有限，就不詳細分析內容了，只談談形式。這一組詩──我們姑且不叫它做詞，的確有一個叫做〈江南弄〉的曲調，跟後來那些詞牌的形式很像。從句式方面來看，這首作品前三句是七言，逐句押韻──如果我用廣府話、閩南話來唸這三個韻腳用字，那就更押韻了，因為它們是收 -m 鼻音的。一般常見的七言絕句都是一、二、四句押韻或許是二、四句押韻，但這首作品是三句都押韻，三句一段，繼承了楚歌和早期七言古詩的傳統──劉邦〈大風歌〉就是全篇三句、逐句押韻的形式。不過，這只是〈江南弄〉的前半。到了後半，變成了四個三言句：「舞春心，臨歲腴。中人望，獨踟躕。」這四句是偶數句押韻，「腴」跟「躕」是押韻的。「舞春心」還把前半末句的最後三字頂真了一次，重複了一次。正如王運熙先生所說，〈江南弄〉在當時樂府中實是一種新穎的創製，它採擷了吳聲、西曲、雜舞曲以及外國音樂的優點，造成聲調曲折、

句法參差的新聲。（〈清樂考略〉）那麼〈江南弄〉是
一種固定格式嗎？是不是只有梁武帝寫的〈江南弄〉才
如此呢？梁武帝寫了七首〈江南弄〉，首首都是這樣的
格局。不只如此，連他的太子梁簡文帝蕭綱寫的三首也
是一樣，如〈江南弄・龍笛曲〉：

> 金門玉堂臨水居。一嚬一笑千萬餘。
> 遊子去還原莫疏。原莫疏，意何極。
> 雙鴛鴦，兩相憶。

　　大家看，同樣是前三句七言，逐句押韻；後四句三
言，偶數句押韻。「原莫疏」三字頂真。而當時大臣沈
約也寫了四首，請看〈江南弄・趙瑟曲〉：

> 邯鄲奇弄出文梓。繁弦急調切流徵。
> 玄鶴徘徊白雲起。白雲起，鬱披香。
> 離復合，曲未央。

　　形式也是一樣。故而一直有學者認為〈江南弄〉大
概是最早的詞。不過大家比對這三首作品，不難發現梁
武帝那首是全篇用的平聲，簡文帝是前半平聲、後半仄
聲，沈約剛好相反，前半仄聲、後半平聲。也就是說，
縱然〈江南弄〉的句式已基本定型了，但在平仄、押韻
方面的要求還比較寬鬆，這和後來的詞仍不可同日而語。
黃進德認為，《樂府詩集》中所收的幾首〈江南弄〉，

王勃、李賀作品的句式皆與梁武帝不同，可以推知是沿用樂府古題寫的詩，而不是依照當時流行的樂曲節拍填寫的唱辭。所以，梁武帝〈江南弄〉只能算是雜言體的六朝吳歌，而不能視為詞的雛形。（《唐五代詞》）不過，如果我們拿梁武帝君臣的〈江南弄〉和漢魏隋唐樂府詩來比較，前者還是有較多的規範，而後者就很不相同了：同樣是〈短歌行〉的題目，曹操的作品有三十二句，曹丕的作品有二十四句，曹叡的作品只有十四句——曹氏三祖還是同一時代的人物，不像王勃、李賀距離梁武帝年代很久了。曹氏三祖寫的〈短歌行〉還都是四言詩。再看〈將進酒〉的題目，李白有李白的寫法，李賀有李賀的寫法，元積有元積的寫法，連句式都不同，遑論篇幅長短。相比之下，梁武、簡文、沈約的〈江南弄〉在句式、篇幅上都比較劃一，跟詞更為相似，視之為詞的雛形還是有一定道理的。又如隋煬帝楊廣的〈紀遼東〉二首，講述征高麗之事，鄭水心教授稱其為「詞之雛形」。（《水心樓詞話》）大家請看其一：

> 遼東海北翦長鯨。風雲萬里清。
> 方當銷鋒散馬牛。旋師宴鎬京。
> 前歌后舞振軍威。飲至解戎衣。
> 判不徒行萬里去。空道五原歸。

這首詩奇數句全是七言，而偶數句全是五言。全篇用過兩個韻，首、二、四句為一韻，五、六、八句為另

一韻。首句、五句是新韻開端，自然要用韻；其餘韻腳
皆押在五言句末。把前後兩半分開來看，好像七絕和五
絕的混合體。煬帝大臣王冑的〈紀遼東〉二首也是如此，
請看其一：

> 遼東浿水事龔行。俯拾信神兵。
> 欲知振旅旋歸樂。為聽凱歌聲。
> 十乘元戎才渡遼。扶濊已冰消。
> 詎似百萬臨江水。按轡空回鑣。

隋煬帝遊江南的故事，大家都聽說過。後來仍有些
詞牌可以追溯到這個時代。如晚唐溫庭筠用過的詞牌〈河
傳〉，乃是隋煬帝幸江都時所製。至於大家熟悉的〈水
調歌頭〉則來源於〈水調〉曲。〈水調〉是隋煬帝開鑿
汴河所自製，到唐代演為大曲，包括散序、中序、入破
三部分，所謂「歌頭」應是中序的第一章。

根據蔡宗齊的論述，小令詞牌就句式而言包括了以
下幾種：（一）完全沿用近體詩體式的詞牌，（二）五、
七言近體詩增減字而成的詞牌，（三）五、七言句為主
的詞牌，（四）以三、四、六言句為主的詞牌，以及（五）
以三種以上字數句混合而成的詞牌。這五類詞牌的前三
類都是近體詩不同程度的衍生物。七言律、絕對小令的
影響比五言要大。而詞人對近體詩節奏的改造是一個循
序漸進，由易到難，乃至完全徹底的歷史過程。（〈小
令詞牌和節奏研究──從與近體詩關係的角度展開〉）

可以說，詞是脫胎於詩，而產生了更為多姿多采的變化。傳統只將它視為「詩餘」，是不公平的。

## 三、詞的發展

　　話說回頭，梁武帝也好，隋煬帝也好，在他們的時代，近體詩還在發展之中。直到唐代，格律詩才算發展成熟——平仄、格律、對仗都要非常講究。因此不難想像，〈河傳〉、〈水調歌頭〉這些來自隋代的詞牌，格律必然是經過唐人修飾整理過的。如果我們學填詞，就要先對近體詩的格律有一定的了解。

　　詞的格律有比詩寬的地方，也有比詩嚴的地方。在座同學寫過詩就知道，詩韻比較嚴，押韻時不能出韻，只能偶爾借用鄰韻。但詞韻就比較寬，幾個鄰韻可以混在一起自由使用。可是，像周邦彥、姜夔寫的詞，格律更嚴，為什麼呢？因為一般寫詩只須講究平仄，但周、姜等人填詞還要講求平上去入四聲。試想像，填一首〈水調歌頭〉，全篇九十五字，每個字都要講求四聲，那是相當辛苦的。蘇東坡的詞一般不講求這些，所以他的詞唱起來就未必那麼上口、那麼悅耳了。

　　康熙時編的《詞譜》，收有詞牌826調，有2306體。什麼叫調、什麼叫體呢？我們剛才說的〈水調歌頭〉、〈蝶戀花〉、〈河傳〉這些都是調，但是同一調還可能有幾體，各體的句式、用韻處略有不同，最早期或最常用的一體稱為正體，此外有加以變化的別體。所以，體比調為數更多，同一個調中可能有好幾體。而且各種詞牌的長短、

句式、聲情，變化繁多，適應於表達、描繪各種各樣的情感意象，或喜或悲，或剛或柔。在我們現在看來，蘇東坡的詞當然很好，但古人覺得他的詞唱起來不大好聽。因為旋律失傳，現在我們難以知道如何不好聽，但大家想一想：「大江東去，浪淘盡，千古風流人物」，這是非常豪放的詞，是吧？但它的詞牌是什麼？是〈念奴嬌〉。念奴是唐玄宗時的歌妓，長得十分嬌美，所以詠嘆她的曲子叫做〈念奴嬌〉。雖然現在〈念奴嬌〉的曲譜已經失傳了，但不難想像，這個詞牌的風格肯定是比較柔美的。如此柔美的詞牌卻用來唱「大江東去」，到底適不適合呢？大家可以想像一下。因此我們填詞的時候，一般還是會注意選擇詞牌，先了解一下那詞牌的起源，通常描寫的是怎樣的情調，然後再下筆。當然，我這樣說只是就大方向而論。實際還要看每個詞牌本身的特殊情況。例如〈滿江紅〉，一般押仄聲韻，以岳飛那首最為著名，每一個韻腳都押入聲，唸起來非常不和諧，這正好寄托了他的激昂壯志。但姜夔卻自度一首平韻〈滿江紅〉，用來歌詠巢湖仙姥。有學者說，這種更令詞牌「聲情頓變，讀之只覺從容和緩，婉約清空」。（《宋詞鑒賞大辭典》）可見〈滿江紅〉有仄韻體，也有平韻體。同一個詞牌名下，不同體也有不同曲調、不同風格。

詞有婉約詞，有豪放詞，而傳統認為婉約詞是正體，豪放詞是變體。什麼叫正，什麼叫變？我個人覺得這裡沒有所謂價值判斷，婉約、豪放只是指涉不同的風格。但是，因為詞在唐五代逐漸成熟時，往往是給秦樓楚館

裡的小歌女所演唱，以情情愛愛的內容為主，因此詞的婉約風格出現得較早，這一點是不難推想的。到了北宋中期，尤其是蘇軾之後，文人愈來愈多地參與詞的寫作，所以內容風格逐漸多樣化，不僅只圍於情情愛愛了。加上原來的詞往往民間性很強，格律因此也未必十分嚴謹；到了文人手上，形式主義開始發展，格律也愈來愈講究。到了周邦彥、姜夔，格律就非常謹嚴了。當然，形式和內容還是要互相補足的，就像穿衣服一樣，如果這個人非常有內涵，卻不拘小節，整天蓬頭垢面，當然不好；但如果打扮得非常漂亮，卻像個花瓶擺設，沒有什麼內涵，那也一樣不好。所以我們填詞，兩者都要兼顧，不以形式害內容，但也不能完全不講求形式。剛才說周邦彥、姜夔等人填詞時，連每個字的四聲都要計較，可以說是「服裝控」了。（眾笑）但因為元代以後曲譜逐漸失傳，所以到清代——詞學復興的時代，人們找不到宋元舊譜，就只能從格律上歸納了。比如〈水調歌頭〉，同樣這個詞牌，有哪些前人作過啊？最早的作者是誰啊？爬梳之後，再從而分析歸納平仄格律。然後再看看，哪些人的作品在格律上有差異啊？這樣便可歸納各種變體。因此從清代至今，填詞者就只能講求平仄格律，不可能像周、姜那般講究四聲了。另外如吳丈蜀先生指出，宋人有時會以入聲字或上聲字來代替平聲字，這是因為沒有適當的平聲字可用的緣故。（《詞學概說》）不過我們今天無從知道當年演唱的情況，所以不宜仿效。

關於詞的格律，我們可以參考萬樹《詞律》，以及

陳廷敬、王奕清《康熙詞譜》。此外舒夢蘭《白香詞譜》，篇幅不長而內容具足，價格廉宜而便於攜帶。還有戈載《詞林正韻》，我們可以根據此書了解詞的用韻情況，然後進行創作。詞的篇幅有長有短，按字數來計算，一般可以分成小令、慢詞，有人還把慢詞稱為中長調。清代毛先舒《填詞名解》說：「五十八字以內為小令，自五十九字始至九十字止為中調，九十一字以外者俱為長調。」看上去好像很精密，但還是要看每一個詞牌本身的特色，萬樹便就此進行了駁斥。整體來看，不難發現小令和慢詞的確有一個顯著的區別：小令像詩，而慢詞像賦。區別產生的原因之一，乃是因為二者的句式不太相同，小令的五、七言句比較多，而慢詞則四、六言句比較多，此外往往還有領字。曾經有朋友問我，詞牌〈破陣子〉有上下兩片，每片的句式為六六七七五，整首合計為六十二字，超過了五十八字，為什麼依然屬於小令？其實何止〈破陣子〉，例如〈臨江仙〉、〈一剪梅〉、〈蝶戀花〉、〈釵頭鳳〉皆六十字，〈漁家傲〉、〈蘇幕遮〉、〈定風波〉皆六十二字，〈青玉案〉六十七字，〈天仙子〉六十八字，〈江城子〉七十字，但從句式來看都是小令一類。唯有〈洞仙歌〉八十三字，卻是慢詞。因此，「中調」一語可能造成混亂，還是不用為佳。總之，很多人對詩比較熟悉，所以剛學填詞時先填小令，小令熟習之後再填慢詞。這個次第可謂經驗之談。

## 四、小令詞牌舉例

　　張中行說對於詞調的熟悉，「原則上是韓信將兵，多多益善；但也要照顧實際，有情意表達，夠用，即使少到只幾十個，甚至十幾個，也應該算是游刃有餘」。（《詩詞讀寫叢話》）限於時間，我們就只舉小令吧，先以〈鷓鴣天〉為例。〈鷓鴣天〉是一首小令，又名〈思佳客〉、〈思越人〉，雙調五十五字，上下片各三平韻，一韻到底。我們就來看看晏幾道一首〈鷓鴣天〉：

> 小令尊前見玉簫。銀燈一曲太妖嬈。
> 歌中醉倒誰能恨，唱罷歸來酒未消。
> ◎春悄悄，夜迢迢。碧雲天共楚宮遙。
> 夢魂慣得無拘檢，又踏楊花過謝橋。

　　這是一首著名的懷人之作，講自己在一次宴會中遇上心儀的歌女，「酒不醉人人自醉」。回到家裡後，想起當時的情景，回味不已、夢縈魂牽。上片的艷麗和下片的孤清，形成強烈的對比。尤其是最後兩句，說自己礙於禮法，哪怕沒法親自再去找她，夢魂卻是可以不受任何羈絆的，就讓夢魂踏著楊花，飄過她家的小橋，尋覓她的蹤影吧！據《邵氏聞見後錄》記載，連道學家程頤聽到人唱誦這兩句時，都頗為欣賞，笑道：「鬼語也！」——只有鬼物才方能道出的語句。可見小晏詞的藝術魅力。這首詞唸起來很順暢，大家會發現它跟七言律詩很像，八句，每句幾乎都是七言，惟一的例外是「春

悄悄，夜迢迢」，這是兩個三言句。但是大家想一下，兩個三言句中間是會停頓一拍的，加起來的節奏長度，其實是跟七言一樣。可知我們如果熟悉近體詩的話，填小令是比較容易的。此外，〈鷓鴣天〉詞牌中，一般第三、四句會對偶，五、六兩個三言句也會對偶，小晏這首作品顯然遵守了這個成例。不過這也並非必然，如歌女聶勝瓊的作品：「尊前一唱陽關曲，別個人人第五程」、「尋好夢，夢難成」，就沒有對偶。可見詞對於對偶的要求沒有近體詩那麼嚴格。大家知道張愛玲當年創作小說《色戒》，易先生的其中一個原型乃是汪偽時期的江蘇省主席任援道。實際上，任援道是奉重慶國民政府之命，打入汪政權當臥底的，所以勝利後並未遭到審判。任援道也是一位詞人，早年有《青萍詞》問世。一九四九年後，他應香港《天文臺雜誌》邀約，連載回憶錄，後來結集為《鷓鴣憶舊詞》。原來他每篇回憶錄都以一首〈鷓鴣天〉為開端，甚至可以說，散文體的回憶錄，只是〈鷓鴣天〉詞的註釋而已。為什麼選取〈鷓鴣天〉這個詞牌呢？任先生語焉不詳。我的猜測是，〈鷓鴣天〉的格式很像七律，但不必嚴格對偶，詞韻也比詩韻寬鬆。沒有了這些掣肘，敘事、說理不就更方便嗎？

再看另一詞牌〈生查子〉。這個詞牌又名〈相和柳〉、〈梅溪渡〉、〈陌上郎〉、〈遇仙楂〉、〈愁風月〉、〈綠羅裙〉、〈楚雲深〉、〈梅和柳〉、〈晴色入青山〉等，別名非常多，往往抒發怨抑之情。它的本名〈生查子〉是什麼含意呢？很多詞牌名稱都有「子」字，乃是曲子

的簡稱。至於「生查」有兩種說法，第一種比較質樸，認為「生查」是山楂的變音，所以此曲源於山楂叫賣的歌聲。另一種則比較典雅。大家看這個詞牌不是有〈遇仙楂〉的別名嗎？楂為槎的異體，仙槎就是神仙乘坐的小舟。據西晉張華《博物志》記載，當時海邊居民在每年八月都發現有仙槎停泊，一旦登上去，就可以直通銀河，到達牽牛織女的住所。〈生查子〉本是唐代教坊曲名，後來用為詞調，共有五體，正體雙調四十字，上下片各四句、兩仄韻，一韻到底。我們舉〈生查子·元夕〉為例：

> 去年元夜時，花市燈如晝。
> 月上柳梢頭，人約黃昏後。
> ◎今年元夜時，月與燈依舊。
> 不見去年人，淚溼春衫袖。

這首詞的作者，有人認為是歐陽修，有人認為是女詞人朱淑真。一九八三年，鄧麗君出版《淡淡幽情》唱片專輯，曲目由古月、翁清溪、劉家昌、黃霑、梁弘志等作曲家根據古典詩詞來譜曲，其中〈生查子·元夕〉一首的解說，就認為是朱淑真所作──糟糕，暴露年齡了。（眾笑）這首詞的確好像出自女子口吻，但不能僅依文本來判斷。首先，宋代禮教森嚴，這首詞的內容在今天看來沒什麼，但如果為朱淑真所作，在宋人看來恐怕是不守婦道了。再者，這首詞較早見於歐陽修的集子，南宋曾慥把歐詞中許多可疑之作全部刪芟，卻並未懷疑

此詞，可見是有根據的。第三，歐陽修的許多詞作，如〈蝶戀花‧庭院深深深幾許〉、〈玉樓春‧別後不知君遠近〉等，都是模擬女子口吻而作，曲盡其情，這也是填詞者的風尚。當然，把它視為朱淑真之作，畢竟還是能符合許多人的純真期待吧。這首詞上片描寫去年元宵節時與情人相會的快樂，下片則道出一年過後物是人非的淒涼，今昔相勘，悲欣交織，形成了藝術張力，因而傳誦千古。就形式而言，〈生查子〉這個詞牌與一首仄韻五律非常接近，只是有意失黏失對，以形成與律詩的差異。

那麼，小令是不是都是以五、七言句式為主呢？那也不一定，〈如夢令〉就是一例。大家熟悉〈如夢令〉，可能因為電視劇《知否？知否？應是綠肥紅瘦》吧！（眾笑）〈如夢令〉本名〈憶仙姿〉，又名〈宴桃源〉，單調三十三字，七句、五仄韻、一疊韻，上去通押。李清照的兩首〈如夢令〉雖然最著名，但最早的作品應該是五代時期的後唐莊宗李存勗——武俠小說中的十三太保之一。李存勗驍勇善戰，同時又愛好文藝，最後竟死於伶人之手。他的文筆很不錯，最著名的就是一首〈如夢令〉：

曾宴桃源深洞。一曲舞鸞歌鳳。
長記別伊時，和淚出門相送。
如夢。如夢。殘月落花煙重。

　　這是歷史上第一首〈如夢令〉，當時詞牌卻並不叫〈如夢令〉，而是〈憶仙姿〉。不難發現，另一別名〈宴桃源〉也出自這首作品。後來蘇東坡認為〈憶仙姿〉這個詞牌不雅，所以採用作品中「如夢」一句，把它改稱〈如夢令〉。近人俞陛雲說：「五代詞嗣響唐賢，悉可被之樂章，重在音節諧美，不在雕飾字句。而能手作之，聲文並茂。此詞『殘月落花』句，以閑淡之景，寓濃麗之情，遂啟後代詞家之秘鑰。」（《唐五代兩宋詞選釋》）可謂推崇備至。這首小詞開頭兩句，講穿過仙境桃花源的深洞，見到了情人，和她在那裡歡宴，就像劉希夷〈代悲白頭翁〉詩句所言：「公子王孫芳樹下，清歌妙舞落花前。」桃花源就是一片世外仙境、香格里拉，穿過深洞到達後，整個時間的維度都不同了。這裡只有青春、快樂和愛情，沒有衰老、悲傷與死亡。不僅時間的維度不同，詞人筆下還把整個停留在桃源仙境的時間都壓縮了：「長記別伊時，和淚出門相送」，我只記得我跟她分開的時候，她帶著眼淚出門把我送走。眼淚中無疑是帶著愛情的。這場歡宴中發生了什麼，令他們兩情相悅呢？「情不知所起，一往而深。」晏幾道的愛情，不也產生於「歌中醉倒」之際嗎？每一段愛情都像核桃殼，從外面看包裹得嚴嚴實實，但剖開來看卻大同小異。故而詞人索性留白，也留給讀者多少想像空間。「如夢，如夢」──尋思起那一場相聚，真像是一場夢啊！回頭一望，只看見殘月，只看見落花，但落花中不再有清歌妙舞，只剩下重重的雲煙。多美的意境啊！

　　那麼，蘇軾怎會覺得〈憶仙姿〉這個詞牌不雅呢？原來「仙」字透露了玄機。唐五代詞作，乃至文學作品中，如果看到「仙」字──就有可能是在指涉女道士。像溫庭筠的詞作，就有幾首和女道士幽會的作品。〈憶仙姿〉似乎給我們透露了一點信息：與作者相會的那個女子可能並非普通人，而是一個女道士。與注重死後世界的佛教、基督教相比，當時的道教更強調現世生活，男女交往的束縛也比較少。不少宮中婦女都願意到道觀去短期修行，同時拓展社交圈。至於社會地位沒那麼高的女性，成為女道士後，生活情況不難想像。敦煌發現一首〈御製林鐘商內家嬌〉的慢詞，就是吟詠女道士的美貌、才藝和為情所困的狀態，據說是唐玄宗的手筆。而李商隱的〈無題〉詩，也有學者認為是寫給女道士的。與女道士自由交往，在唐五代是很普遍的事；但是到了宋代，禮法開始嚴謹，所以蘇東坡會認為〈憶仙姿〉的題目不太雅正，索性改成了〈如夢令〉。在格律方面，〈如夢令〉除了「長記別伊時」一句為五言外，其他都是二言、六言。三個六言句，句式都是「仄仄平平平仄」。我們作近體詩，一般都是五、七言句式，對六言句可能不大熟悉。但是填詞時就不一樣了，小令裡有六言句，慢詞裡更多。再看二言句──「如夢，如夢」，必然是疊句。蘇東坡、秦少游、李清照的作品都是如此。清人查慎行評莊宗此詞道：「疊二字最難，唯此恰好。」果真如此。我少時最早讀到的〈如夢令〉是李清照的作品。但後來讀到莊宗這首後，竟感到「知否，知否」、「爭渡，爭渡」，

乃至周邦彥的「無緒，無緒」、納蘭性德的「還睡，還睡」……都顯得有些拙了。不過，如果掌握了一定數目的詞牌的格式、特點，再去填詞，就駕輕就熟了。

## 五、詞的用韻

用韻方面，我們回過頭來看看〈鷓鴣天〉：〈鷓鴣天〉押的全是平聲韻，用國語唸全都是一、二聲，用粵語唸全都是一、四聲，分別屬於陰平、陽平兩種平聲調類。〈生查子〉全部押去聲，也就是國語的四聲、粵語的三聲或六聲。〈如夢令〉都是押去聲韻。押平韻或仄韻，詞牌已有規定，所以都是有講究的。

但是，也有一些詞並非一韻到底，而會中途換韻。另外仄聲韻裡，大家有一點也要注意，仄聲韻不是有上、去、入三聲嗎？如果寫古體詩，這三聲和平聲一樣，也是各自押韻。但是如果是填詞的話，如非詞牌特殊規定，上聲、去聲一般是可以通押的，像剛才談到的〈生查子〉、〈如夢令〉都是如此。不過入聲是還是自己押韻——因為入聲的讀音比較特別。

此外，詞牌已經出現平仄通押的情況，大家可以看看辛棄疾這首〈西江月〉：

明月別枝驚鵲，清風半夜鳴蟬。
稻花香裡說豐年。聽取蛙聲一片。
◎七八個星天外，兩三點雨山前。
舊時茅店社林邊。路轉溪橋忽見。

　　大家唸一唸就可以分辨出來，「蟬」跟「年」是國語第二聲、粵語第四聲，是陽平；而「前」也是陽平，「邊」是第一聲陰平。所以，上下片這四個韻腳字押的都是平聲。但是，「片」跟「見」就不同了——都是去聲，亦即國語第四聲、粵語第三聲。寫當代歌詞無所謂，但如果創作古典詩詞，去聲、平聲那怕韻母一樣，卻已算成兩個韻了。因此，〈西江月〉屬於平仄通押的詞牌，在詞而言是比較罕見的種類。

　　平韻、仄韻不通押而出現於同一首詞，是更為常見的情況。這是因為換韻而造成的，但換韻也有它的規律。夏承燾、吳熊和以〈減字木蘭花〉詞牌為例，指出前人填此詞，平仄轉換處，大都意隨韻轉。（《讀詞常識》）這一方面是由於句式的自然節奏，另一方面則是因為所換新韻的不同音效會營造出不同情調。李後主的〈虞美人〉，大家都很熟悉。這也是一個需要換韻的詞牌，有點像〈菩薩蠻〉。上片「春花秋月何時了？往事知多少」，用的是仄聲韻。「小樓昨夜又東風，故國不堪回首月明中」，換了另一個平聲韻。下片「雕欄玉砌應猶在，只是朱顏改」，已換第三個韻，又是仄聲韻。「問君能有幾多愁？恰似一江春水向東流」，第四個韻又回到平聲。〈虞美人〉詞牌上下片的句式、押韻方式完全一樣。每片首兩句押仄聲，次兩句押平聲。每換一韻，文字就會翻出新的意思。當然，如此章法也不能一概而論。我們姑且再舉溫庭筠〈菩薩蠻·小山重疊金明滅〉為例：

小山重疊金明滅。鬢雲欲度香腮雪。
懶起畫蛾眉。弄妝梳洗遲。
◎照花前後鏡。花面交相映。
新貼繡羅襦。雙雙金鷓鴣。

　　這個詞牌分為上下兩片，上片首兩句是七言，次兩句是五言，下片四句都是五言。用粵語來唸，「滅」跟「雪」很清楚是入聲，韻尾收 -t，感覺十分急促。「眉」跟「遲」現在聽起來不完全押韻，但兩字在中古音的韻母是相同的。「鏡」、「映」都是去聲。「襦」、「鴣」又回到平聲韻。也就是說，〈菩薩蠻〉共八句，兩句換一個韻。上片頭兩句為仄韻，次兩句為平韻；下片也一樣，頭兩句為仄韻，次兩句為平韻。至於仄韻是押上、去還是入聲呢？沒有硬性規定。總之，這個詞牌顯然不是一韻到底的那種。而夏、吳二先生指出，這首詞雖然換韻，文意卻全首不轉，至末了才大轉。開首兩句寫未妝之前，三四句寫懶妝意緒，五六句寫妝成後顧影自憐。最後兩句表面還是寫裝扮，但試衣時忽然看到「雙雙金鷓鴣」，於是根觸自己孤獨的生活。全詞寓意，最後豁出，表面好像不轉，實是一個大轉折，手法比明轉更高。（《讀詞常識》）

　　還有換韻並不完全是平仄交替轉換的，像〈釵頭鳳〉便是如此。我們以著名的陸游之作為例：

紅酥手。黃縢酒。滿城春色宮牆柳。

東風惡。歡情薄。一懷愁緒，幾年離索。

錯。錯。錯。

◎春如舊。人空瘦。淚痕紅浥鮫綃透。

桃花落。閒池閣。山盟雖在，錦書難託。

莫。莫。莫。

　　這首詞膾炙人口，分為上下兩片，上片前三句一韻
（Ａ韻），後四句另一韻（Ｂ韻）。下片句式與上片完全
相同，但下片前三句要回到Ａ韻，後四句回到Ｂ韻。也
就是說，上片「手」、「酒」、「柳」和下片「舊」、「瘦」、
「透」是同一韻（Ａ韻），上去聲通押。而上片「惡」、
「薄」、「索」、「錯」和下片「落」、「閣」、「託」、
「莫」則另押入聲韻（Ｂ韻）。

　　還有一些詞牌會中途換韻，或者平仄韻交錯，往往
一韻的語意未完，就插入另一韻，然後又接用前韻，有
些時候還會轉用第三韻。如果是前後韻相同，中間又夾
有另一韻的話，這個叫「抱韻」，像抱在中間一樣。我
們可以看看蘇軾的〈定風波〉：

莫聽穿林打葉聲。何妨吟嘯且徐行。

竹杖芒鞋輕勝馬。誰怕？一簑煙雨任平生。

◎料峭春風吹酒醒。微冷。山頭斜照卻相迎。

回首向來蕭瑟處。歸去。也無風雨也無晴。

　　請先看上片，「聲」、「行」跟「生」是押韻的，

我們稱為 A 韻；但中間的「馬」、「怕」換了一個上去
通押的仄聲韻，我們稱為 B 韻。A 韻出現兩次後，B 韻
就出現兩次，然後又回到 A 韻，所以中間是有了交替。
下片更複雜一點。「醒」、「冷」又換了一個韻，我們
稱為 C 韻。但 C 韻結束後，「迎」字又繼續回到上片用
過的 A 韻。「醒」、「冷」跟「迎」一樣，不都是 -ing
韻尾嗎？是否屬於一韻？我們剛才說過，平聲字、仄聲
字那怕韻母一樣，但在詩詞中大抵都不會算成同一個韻。
「醒」、「冷」是上聲、仄聲，而「迎」是平聲，所以是
不同韻的。後面「處」、「去」又是換了一個韻，我們
稱為 D 韻。短短一首小詞，竟然有三處抱韻，前後換了
四次韻，很多熟悉這首作品的人卻未必想像得到。香港
每年都會舉辦學界詩詞創作比賽，一年比賽詩，一年比
賽詞。前年比賽詞時，選的詞牌就是〈定風波〉。其中
有好幾個參賽者，完全沒有意識到 B、C、D 三處需要抱
韻，只押 A 韻，因此第一輪就出局了。

　　另外，李後主的兩首〈相見歡〉，很明顯也屬於抱
韻的詞牌：

無言獨上西樓。月如鉤。
寂寞梧桐深院鎖清秋。
◎剪不斷。理還亂。是離愁。
別是一般滋味在心頭。

林花謝了春紅。太匆匆。

無奈朝來寒雨晚來風。

◎胭脂淚。相留醉。幾時重。

自是人生長恨水長東。

　　第一首「樓」、「鉤」、「秋」、「愁」、「頭」，押的是Ａ韻、平聲韻，這是很清楚的。但是「斷」、「亂」是Ｂ韻、仄聲韻，Ａ韻轉到Ｂ韻，又回到Ａ韻，是為抱韻。第二首的「胭脂淚，相留醉」，也是從Ａ韻轉到Ｂ韻。兩首的Ｂ韻都出現於很短小的三言句，結束後又換回Ａ韻。剛開始填詞的人可能覺得有點困難，因為寫詩一般只要偶數句押韻就可以了，但詞卻不一定，很多奇數句也要押。押韻的頻率高，要逐個擊破。當然，這也不能一概而論，還要看是什麼詞牌。

　　剛才我們選的都是小令，小令的韻的確比較密。可是，慢詞就不一樣了。例如說剛才談到的〈念奴嬌〉：「大江東去，浪淘盡，千古風流人物」，這是三句才一個韻；「故壘西邊，人道是，三國周郎赤壁」，「物」字跟「壁」字押韻，這裡也是三句才一韻；「亂石崩雲，驚濤拍岸，卷起千堆雪」，又是三句一韻。「江山如畫，一時多少豪傑」，這是兩句押一韻。再如岳飛〈滿江紅〉：「怒髮衝冠，憑欄處、瀟瀟雨歇」，三句一韻；「抬望眼、仰天長嘯，壯懷激烈」，也是三句一韻。此外大家比較熟悉的慢詞，如〈水調歌頭〉、〈摸魚兒〉、〈永遇樂〉等，大抵都是兩三句押一韻。因為慢詞篇幅比較長，所以韻腳比較稀疏。

此外，小令像〈菩薩蠻〉、〈虞美人〉都會換韻，但慢詞卻很少換韻，一般都是一韻到底。剛才談及的那幾個慢詞詞牌，都是一韻到底的。另外，填詞和寫詩一樣，一篇之中押韻的字最好不要重複，同一字不宜兩度出現。我們現在寫歌詞沒有這個限制，但是詩詞創作最好不要。不僅如此，甚至同音字也不要放在相鄰的位置，因為音調重複了也不好聽，應該盡量避開。如果實在避開不了，那就看能不能不要連在一起，用其他韻字在中間把它們隔開。

## 六、句式與襯字

詞的句式特點，是基本上全用律句（包括拗句）。劉坡公《學詞百法》云：「詞中句法，至七字而盡矣。其七字以上者，大約加一字豆於七字句上，或加三字豆於五字句上，即為八字句。加一字豆於兩四字句上，或加三字豆於六字句上，即為九字句。」所言十分清楚。所謂「豆」即襯字、領字，我們等一下再介紹。五、七律句的四種基本句式，跟近體詩完全一樣。三言的基本句式有「平仄仄」、「仄平平」、「平平仄」、「仄仄平」四種。四言、六言的基本句式更簡單，幾乎都是兩平兩仄間隔而成。四言是「仄仄平平」、「平平仄仄」，六言則是「仄仄平平仄仄」、「平平仄仄平平」。大家把三言句到七言句的基本句式都熟悉了以後，超過七言的句子，幾乎都可拆成短句。比如九言句，可以拆成上三下六、上六下三、上四下五甚至上二下七。如「浪淘盡

千古風流人物」就是九言句，卻可拆成上三下六兩個分句。了解三言、六言的基本句式，九言句的格律就思過半矣。

　　大家知道，近體詩可以接受拗救，那麼詞也可以拗救嗎？吳丈蜀先生說：在宋人的詞中，拗句是常見的。拗句的出現了作者不因詞害意的有意安排，還由於配合樂曲演唱的需要。如柳永、周邦彥、李清照、姜夔、吳文英等精通音律的詞人，作品中也時有拗句。（《詞學概說》）例如〈永遇樂〉上片第三句，蘇軾詞「清景無限」、李清照詞「人在何處」、辛棄疾詞「孫仲謀處」等，都是「平仄平仄」。〈念奴嬌〉上下片末句，如蘇軾「一時多少豪傑」、「一樽還酹江月」，姜夔「畫橈不點清鏡」、「舊家樂事誰省」，都是「仄平仄仄平仄」。「平仄平仄」、「仄平仄仄平仄」被稱為拗句，乃是因為不符合四六言律句的平仄排列。宛敏灝先生說：「就前人處理拗句態度如此謹慎推測，其拗澀不順者，應是音律最妙處。創調製詞，皆為歌唱，怎樣才協於歌喉，我們不能依吟誦是否順口去判斷它。」（《詞學概要》）

　　有人認為所謂「孤平拗救」是詞中比較常見的拗救方式，例如李白〈菩薩蠻〉「有人樓上愁」、歐陽修〈生查子〉「去年元夜時」、姜夔〈鷓鴣天〉「暗裡忽驚山鳥啼」等都是。關於孤平，何文匯老師的論點最為精準明瞭：五言「平平仄仄平」或七言「仄仄平平仄仄平」句式，倒數第三、四、五字如果出現兩仄夾一平的情況，是謂「孤平」。（〈說「孤平」〉）詞中的五、七言律句，也

和近體詩一樣要避孤平，然而避孤平是算不上狹義之拗救的。詞中的四、六言律句也有類似的情況。比如「平平仄仄」的基本句式，一、三字理論上可平可仄，可是一旦第一字作仄聲，第三字最好變成平聲，亦即「仄平平仄」。六言也是如此，「仄仄平平仄仄」的基本句式，可以變成「仄仄平平平仄」、「仄仄仄平平仄」，但最好不要變成「仄仄仄平仄仄」。不過，我們一般會把「仄平平仄」、「仄仄仄平平仄」稱為特種律句，而非避孤平，更非所謂「孤平拗救」。小令方面，四六言律句可以採用特種律句，五七言律句需要避孤平，卻沒有單拗、雙拗。至於中長調，會出現某些拗句，但後人填詞到此處，往往都會依循這樣的拗句。因此清人歸納的詞譜，〈永遇樂〉上片第三句必作「平仄平仄」，〈念奴嬌〉上下片末句必作「仄平仄仄平仄」，並不會標明此句不拗時的平仄如何。因此，我們只需要「不識不知，順帝之則」──依照詞譜填詞即可。這和寫作近體詩那般能夠具有機動性地選擇拗救與否，是不一樣的。

此外，慢詞中經常會出現襯字、虛字，又名領字或「豆」。閱讀、創作、分析慢詞時，要把這些豆辨認出來。豆就字數而言，包括一字豆、兩字豆、三字豆，作用一般是引起後文。比如像柳永〈八聲甘州〉：「漸霜風淒緊，關河冷落」，「漸」就是豆字。把豆字拿掉，「霜風淒緊，關河冷落」是很工整的對偶。而「漸」字的功能，就是把這一聯文字引發出來。因此，我們不要貿然認為「漸霜風淒緊」是五言句，因為「漸」字不算。大家再

把這五字唸唸，並非五言句那種上二下三的節拍，像「千山——鳥飛絕」一樣，而是「漸——霜風淒緊」。因此，應該把「霜風淒緊」看成一個四言句，而「漸」只是一個豆字。又如秦觀的〈八六子〉：「那堪片片飛花弄晚，濛濛殘月籠晴」，請看「片片飛花弄晚，濛濛殘月籠晴」不也是對偶嗎？這一聯對偶前有「那堪」二字，這二字也是要把後面的對偶提起來的。「那堪」作為豆字，是不能把它算進去，說那句是八言句的。再看周邦彥〈拜星月慢〉：「似覺瓊枝玉樹相倚，暖日明霞光燦」，「似覺」二字也是豆字。要辨認豆字，一方面要對古代的語言比較熟悉，知道豆字往往都是一些語氣詞，另一方面，由於一般小令很多五七言句式，豆字較為少見，熟悉五七言句式的語感了，再看慢詞裡這些豆字，就比較容易找到了。有學者做過豆字的統計，豆字幾乎都是以助詞、副詞、虛詞、語氣詞為主的。

## 七、創作略說

　　近人任二北謂研究作詞之法，不外二途：「一、揣摩前人之作，知作者確有此法，而由我立其說；二、歸納前人之說，知作者確有此法，而由我定其說。」（《詞學研究》）雖是談研究，同時卻也在談創作。詞的創作要靠平日的累積。周濟《介存齋論詞雜著》說：「夫詞，非寄託不入，專寄託不出。」意指詞作應該寄寓作者的深意，而不是即興隨意而成。但是，如果一味表達自己的寄託，沒有落實到生活的情境中，也是不行的。契入

生活的同時，也要契入心靈。其實學什麼都一樣，要有觀察力，還要有一顆願意打開的心，遇一事見一物，沈思獨往，冥然終日，還要做到能入能出。兩宋豪放詞人不少，但以蘇軾、辛棄疾的作品為最好，因為他們詞裡寄托深遠。無論舊詩、新詩，都講求弦外之音。不少豪放詞寫到最後，往往就把話講死了，詞寫完了意思也完了，沒有可堪咀嚼的餘味，這就是前人批評的「粗豪」。但蘇辛詞不一樣，餘韻繚繞，這餘韻當然就是心中寄托的呈現。所謂「賦情獨深，逐境必寤」，自己心中有一股情，看到什麼都可以心中之情與之相應，形諸文字。我記得二〇〇五年時，隨趙寧校長到宜蘭南方澳，給泰雅族的小朋友開寫作班。我跟小朋友玩聯想遊戲，讓每個小朋友在兩張紙條上分別寫下兩個名詞，對摺後放在袋子裡；然後每人再從袋子裡各抽兩張紙條，把抽到的兩個名詞寫成一句句子。有個六七歲、眼睛大大的小男生，抽到了「小刀」、「球鞋」兩張紙條，他說：「小刀是進攻的，球鞋是逃跑的。」（眾笑）大家看他心存有童真，所以想法就能出其不意、天馬行空，卻又合情合理。所以我們說，詩人永遠要有童真之心。如果老氣橫秋，認為太陽底下無新鮮事，是寫不出好作品的。就算勉強寫出來，也多半是陳腔濫調的假古董。這世上已經有太多虛假，如果連心都假，人生還有什麼快樂和希望呢？但身為創作者，平時的醞釀很重要。《文心雕龍》說「登山則情滿於山，觀海則意溢於海」。雖如錢鍾書指出為文造情並非不可能，但我認為，當造情之時，這

種紙面上的情也會觸動寫作者的心靈，轉化為真情的。

　　煉字方面，我們可以看兩個例子。北宋詞人張先，人稱「張三影」，就是他有三首詞的「影」字都用得很漂亮。最著名的是〈天仙子〉中的「雲破月來花弄影」：浮雲散開、月亮照下來的時候，花的影子就呈現了。這個「影」字好，關鍵還在於前面那個「弄」字。怎樣「弄」呢？幅度有多大呢？是因為風動、月動、花動還是心動呢？這個我們都可以好好地玩味了。又如宋祁〈玉樓春〉有「紅杏枝頭春意鬧」一句，這個「鬧」字也用得很好。杏花的紅色本來是比較靜態的，但是一個「鬧」字就把那像火一樣燃燒的生機感帶出來了。胡蘭成《今生今世》首章開篇寫道：「桃花難畫，因要畫得它靜。」可與宋祁的詞句參看。這都是煉字的功夫。

　　章法方面，吳梅就小令而論道：「謀篇之法，短令宜蘊藉含蓄，令人得言外之意。」（《詞學通論》）不能因為擔心篇幅短，就將什麼都塞進文字，包山包海、把意思都講盡，總要留有一些言外之意。如李後主詞「別是一般滋味在心頭」，什麼滋味呢？每個人的解釋都不同，是當下還是以前？是感情方面還是政治方面？他不講透，留給讀者自己去想，這樣讀者自己也會有一番滋味。又如溫庭筠詞：「楊柳又如絲，驛橋春雨時。」不把「離別」二字說出來，但營造的就是離別情景，楊柳的枝條就像手一樣牽著即將離去的人，希望他不要走，而「驛橋」就是離別的地方，濛濛春雨使離別者更為悵惘。古人寫詠物詩，往往不會在詩中點破所詠之物，以

求含蓄，也正是此意。

很多詞牌都分為上下兩片，又稱為上下闋。但所謂一闋又可以指整首詞作，涵義容易產生混淆，所以我們還是傾向使用「片」字。兩片的寫作也多會有不同的處理方式。上下片的旨意當然是一以貫之的，但內容上則要分工合作，當然這是由作者自己來設計的。以蘇軾〈念奴嬌〉為例，上片一開頭云「大江東去」，那是眼前的景色。一直到上片收結處的「江山如畫，一時多少豪傑」，便從景色轉入歷史人物，開啟下片的詞意。而下片一開始就是「遙想公瑾當年」，轉入懷古之意，景象也從當下穿越到古代，時空就轉換了。再看〈水調歌頭〉，唐圭璋先生說此詞：「上片，因月而生天地之奇想；下片，因月而感人間之事實。」（《唐宋詞簡釋》）開頭「明月幾時有，把酒問青天」寫的是當下望見的月亮。到上片收結處「起舞弄清影，何似在人間」，則有人月一體之感了。這種人月一體之感一直貫串到下片：「轉朱閣，低綺戶，照無眠。不應有恨，何事長向別時圓。」連續五句，主語在哪裡？主語都是月亮。尤其是前三句中「照無眠」——「照著無眠之人」，絕對不可能是人的行為。而《水滸傳》引用這首詞，把「轉朱閣」寫成了「高捲珠簾」，則只可能是人的行為，而非月的情態。為什麼《水滸傳》的作者會記錯呢？我看除了「轉」、「捲」音近之外，還是因為上片營造的人月一體之感，在這三句中有所發展，看似既言月、又言人，作者的魂影就憑依於月色而遨遊了。但是，這種一體之感何時被打破呢？

就在於「照無眠」這句。作者透過月亮的視角，看到普天之下有那麼多因親人分離而在中秋之夜無眠的人，心神於是重回到現實世界，更提出「不應有恨，何事長向別時圓」的質疑。隨後，詞人又發出「人有悲歡離合，月有陰晴圓缺」的感嘆，並在下片結束時作出「但願人長久」的祝禱。從上片開首的人問月，到上片後段橫貫至下片初段的人月一體感，再到下片後段的人禱月，令情景與議論連成一氣，真是「江天一色無纖塵」，讓人迷醉又頓悟於一片不可湊泊的銀光之下了。

## 問答環節

問：老師可以簡單介紹一下曲的特色嗎？

答：這是很大的課題。我們課程中不會涉及曲，但同學既然問及，就簡單談談，以資參照吧。曲可分為南曲、北曲。南曲和詞差別較小，不必細論。北曲則有幾個重要的特徵：第一是入派三聲，填曲可依照《中原音韻》，與現代北方話很相近。第二平仄通押，一韻到底，而且還能重韻——也就是不同句子採用同一字為韻腳。第三是襯字多少而比較自由，襯字多的時候甚至會超過曲文好幾倍。曲可分為散曲、雜劇兩類，散曲又分為小令、套數。小令是單獨存在的一支曲調，詞中小令往往是雙調——有上下片，而曲中小令一般都是單調。套數則是同一宮調的若干支小令依一定規則組合的一套曲調。套數因為篇幅較長，因此可以抒情、議論、敘事，但卻和小令一樣都只是用來吟詠、清唱，不會作戲劇式的表

演。

　　至於雜劇是一種包括曲詞和科、白三要素的歌劇，每本四折，每幕一折，每折都由一個較長的套數所構成，套中諸曲採用同一宮調，組織也有嚴格規範。故事較長的可分為數本，每本大體也分四折。四折以外往往還另加「楔子」。雜劇有完整故事情節，早期當然是用來表演的，明代以後也出現了案頭劇。一般來說，曲詞文字比較典雅，只限主角一人獨唱，其餘所有角色都只能說白而不能唱。獨語為白，對話為賓。賓白的文字比較淺俗，一般是散體，不必押韻。而科又叫做介，是關於動作、表情等方面的舞臺指示。由於雜劇內容豐富，因此明清以來許多學者認為散曲只是雜劇的支流。但近代曲學家盧前在〈論曲絕句〉中開宗明義地指出「令套當然是正宗」，強調散曲的重要性。今人梁揚、楊東甫也沿襲盧前之說，認為雜劇霑了散曲的光，既拉了散曲加盟，又順便竊取了曲的外衣。（《中國散曲史》）這個觀點是比較有說服力的。唐圭璋先生有一本《元人小令格律》，收錄曲牌一百餘種，各位若有興趣創作散曲，這本小書可謂叩門磚，與《白香詞譜》相埒。

　　問：老師，可以問一個不大相干的問題嗎？我從小很喜歡看港劇，也會唱一些粵語流行曲。請問老師，可以介紹一下粵語歌曲的特色嗎？

　　答：同學這個問題攸關填詞，怎會不相干呢？你自學粵語流行曲，很難得。你有沒有發現，那些粵語歌詞基本上用的是書面語？（同學答：沒錯，不過偶爾會有

我們不太習慣的用語，以及一些粵語方言詞。）對的。
你所謂「不太習慣的用語」，大概是香港和內地長期隔
絕之下獨立發展出來的一些書面用語。至於方言方面，
如果你聽過許冠傑的歌曲，就知道裡面會大量使用粵語
方言詞彙，稍後的流行曲──比如黃霑作詞的那些，才
慢慢開始以書面語為基調。正因如此，不懂粵語的聽眾
才會容易理解這些歌詞。同樣道理，北京話中也有很多
方言詞彙，但以國語創作歌詞時，也同樣不太會使用這
些詞語，對吧？

問：那麼，為什麼閩南話歌曲都是用方言來寫歌詞
呢？

答：這個問題牽涉的層面很廣。閩語、吳語等方言，
都有連續變調的特徵。舉個例子，上海話中的「三」字
聲調很高，但如果讀「十三」，「三」字的聲調就會低
下去。進而言之，無論是十幾，十後面那個字的聲調都
會低下去，是不是？也就是說，當一個漢字與其他漢字
組合成詞語或句子，它的聲調會改變，不再讀本調。這
就是連續變調。我們可以想像，清代漳州讀書人，一定
會用漳州話來誦讀四書五經、唐詩宋詞，誦讀時當然也
會出現連續變調的情形。但民國以後，莘莘學子逐漸都
轉用國語來唸書，方言只限於日常生活使用，因此一旦
面對書面語──無論語體文還是文言文時，如果沒有接
受過專門的誦讀訓練，他就唸不出來了。很多人講上海
話、閩南話時，遇上某些詞語就突然會轉用國語，大家
有沒有注意，這些詞語多半是書面語的詞語？這正是因

為他們已不懂得如何用上海話、閩南話唸這些詞語，所以只好臨時轉用國語。今天閩南話歌曲多半使用口語來填詞，而粵語歌曲則不一定，就是這個原因。

問：那麼講粵語時夾雜英語詞彙呢？

答：那是因為港英時代以英語為官方語言，所以很多詞語就直接進入粵語了。加上很多香港人當年上的是英文中學，那些理科術語就習慣直接用英語版本了。比方說，二氧化碳這個詞語，也許有香港人會講 carbon dioxide，但並不意味著「二氧化碳」這個詞語用粵語唸不出來。換言之，粵語往往是不為也，吳語、閩語是不能也。

話說回來，國語只有很少數的連續變調情況，如「你好」——兩個第三聲在一起，第一字要臨時轉用第二聲。因此，不管那個詞語或那篇文章是口語，還是語體文、文言文，反正一字字依照本音讀下去就可以了。粵語也一樣。用粵語講話時遇上書面詞語，依然可以照用各字的粵語本音來唸，無須臨時轉成國語。至於文白異讀，粵語雖然也有，但遠不及閩南話的多。這就是為什麼粵語不僅可以填寫書面語歌詞，甚至可以用作授課語言了。其實這也很好懂，比如從前我見過老一輩山東籍、四川籍、湖北籍的老師，上課、唸書都用自己的方言，因為這幾種方言和國語、粵語一樣，基本上罕有連續變調的特徵。至於山東話、四川話、湖北話中有多少獨特的方言詞彙都好，根本沒有影響。

不過，粵語共有九聲，調性比較強，因此填詞不及

國語容易。填詞有個術語叫作「倒字」：文字的聲調與旋律的走向相違背，就是「倒字」。如臺灣姚蘇蓉〈今天不回家〉，一開頭「今天」就唱成「緊天」了。又如大陸歌曲〈在那桃花盛開的地方〉中有一句「我願駐守」，但「駐」字為高音 sol，「手」為低八度的 sol，聽起來好像「我願株守」或「我願豬手」，就似乎有點不妙。（眾笑）還有「我愛中華」四字，如果旋律分配上「中」字低、「華」字高，聽起來便像「我愛種花」。我多年前請教過一位師長輩的音樂學院教授，他卻說國語歌詞倒字的問題不大：如果「今」字不得不配上較低的旋律，就在前面加個下滑音來裝飾，讓人聽起來是「今」不是「緊」。如果「華」字不得不配上較高的旋律，就在前面加個上滑音來裝飾，讓人聽起來是「華」不是「花」。當然，裝飾音也並非萬試萬靈。有一位教授朋友回憶少時唱〈蘇武牧羊〉一曲，裡面歌詞有句「蘇武牧羊北海邊」，因為「北海邊」三字的旋律緣故，聽起來卻像「被海扁」……他說：「想想蘇武也真可憐！」（眾笑）

相比之下，粵語歌詞的處理就更麻煩了。我以前最怕到粵語教會去聽中文聖歌，因為這些歌曲大多倒字嚴重，「主耶穌」的「主」聽起來像「朱」，「十架」聽起來像「十家」……比比皆是。（眾笑）因為這些歌詞大抵都是民國時期在上海翻譯，原本要用國語來唱的。香港直接沿用這些歌詞，卻轉用粵語來唱，聽起來真是全身起雞皮疙瘩。雖然粵語在歌詞上的應用可以和國語一樣廣泛，既能使用口語（如許冠傑的歌曲）、語體文

（如黃霑的歌曲），也能使用文言文（如羅文所唱〈滿江紅〉），但對倒字的要求極嚴。因此，用粵語填詞是很欺負人的，水平不高很容易露餡，不在此處露也會在彼處露。（眾笑）但本身如果語言駕馭能力強，稍事訓練後去創作長短句也不是沒可能的。

　　按：本文為同名講座之文字稿，講座於二〇一八年十一月二十二日上午八至十時在臺灣宜蘭佛光大學中國文學與應用學系舉行，由林以衡教授、田運良教授主持。錄音檔經陳嘉琳女士初步轉錄整理後，再由筆者修訂確認。

# 作者簡介 01/2023

1. **小書**：文創活動策劃組織 Market Fairish 創辦人，曾於《全民媒體》、《輔仁媒體》及《閱刊》發表作品及評論文章。著有《小情書》、《小情書2》。

2. **白貝**：文字愛好者，喜好閱讀，常憂歲月太短而書海無涯。重拾筆桿，希望與同好共賞，為平凡生活留下一點痕跡。

3. **吳邦謀**：香港收藏家協會高級副會長，專門收藏有關張愛玲的著作、文獻、舊照、報刊、雜誌及戲橋等。著作有《回到啓德》、《香港航空125年》、《說航空·論飛機》等。

4. **沈舒**：現職香港中文大學圖書館主任，並參與香港文學資料庫、香港文學地景資源庫、中國現代文學研究網站等多項電子化計劃。

5. **秀實**：「香港詩歌協會」會長，「香港散文詩創造社」社長，香港《圓桌詩刊》主編。

6. **冼冰燕**：居香港，寫作數載，偶有發表。曾參加詩潮全國新青年第二屆詩會，作品見於《詩潮》、《台港文學選刊》、《香港工人文藝》、《聲韻詩刊》等。

7. **周鍵汶**：無牌文字小販。詩作散見《聲韻詩刊》，《別字》，網絡等。

8. **雨其**：曾任文學報紙編輯、公共圖書館小說創作坊講者、主持。新詩、散文詩、短篇小說、微型小說散見中港澳台及海外版之文學報、文學雜誌、報刊、散文詩集、新詩集、小說集等等。

9. **唐大江**：寫作多年，曾出版詩集《生命線》。

10. **徐振邦**：中學教師，香港閃小說學會創辦人。研究香港歷史文化，以及撰寫微型小說，已出版十多種相關著作。

11. **區肇龍**：北京師範大學文學院文學博士，二〇一九年獲邀出任國立臺灣大學中國文學系訪問學者。著有《金庸：香港小說的誕生》。

12. **張彧**：曾任大學講師、教科書及新媒體編輯，經營中國歷史及國際新聞網站。現任職香港地方志中心，負責《香港志》英文版翻譯及編輯工作。

13. **張惠**：現任香港紅樓夢學會會長。研究領域包括中美紅學、國學與漢學，中國古典小說與戲曲等。

14. **郭長耀**：元朗人，出生於南生圍，成長於下白泥。從鄉村到城市，本地到外地，脫不開鄉情鄉味。與茶結緣，下半生周旋。歲月的茶，靜享風華。

15. **陳丙**：流浮山人。世以養蠔為業，與海為伴。曾就讀於流浮山公立小學。讀書不求甚解，賦詩言志，篆刻雕蟲，不知老之將至。

16. **陳躬芳**：香港科技大學人文學部碩士畢業。主要研究興趣：民國時期廣東女子教育史、香港史、歷史建築保育等。

17. **陳煒舜**：現任教於香港中文大學。學術興趣主要在於中國古典文學、文獻學、神話學等。編著有《屈騷纂緒》、《從荷馬到但丁》、《神話傳說筆記》、《先民有作——古逸詩析註》等。

18. **麥華嵩**：著有散文集《觀海存照》、《聽濤見浪》，藝術欣賞隨筆集《極端之間的徘徊》，短篇小說集《浮世蜃影》，長篇小說《海角·孤舟》等。

19. **勞國安**：現職圖書館館員。作品曾刊於《城市文藝》、《字花》、《香港中學生文藝月刊》、《新少年雙月刊》、《香江藝林》及《小說與詩》。

20. **路雅**：原名龐繼民，香港知名詩人作家，自二〇〇三年起致力推廣文化，策劃多個大型的詩畫籌款活動。

21. **塵間**：生於塵埃的一切，本是極為寧靜和美好的。我喜歡透過回憶的視角審視世界，在質的基礎上賦予事物全新的意義，並將它們塑造為宇宙中最獨特的靈魂。

22. **潘步釗**：現職中學校長，出版作品包括《方寸之間》、《邯鄲記》、《不老的叮嚀》、《脂粉與顏色——散文寫作技巧談》及《讀書種子》等十多種。

23. **潘金英**：香港兒童文學作家，近作有《城市天匙的迷思》、《為夢想找顆心》、《兩個噴泉》；詩集《大自然禮讚》、《當我們在一起》等；與潘明珠合著書九十種。

24. **鄭偉謙**：《工人文學》執行編輯。香港青年寫作協會幹事，從事文學推廣及中英文創作十二年，小說、散文、詩歌散見於本地各大文刊。

25. **賴慶芳**：香港大學文學士，香港大學哲學碩士，英國倫敦大學亞非學院博士。著有學術論著《南宋詠梅詞研究》、愛情小說《錯失的緣份》及教育讀物《通識中國文學》等。

26. **蘇曼靈**：支持我寫作的動力是對人類的愛與失望。忘了自己寫過些什麼，持續以文字與世界交惡或交流，期待柔軟的眸光與善良的微笑。

# 週末飲茶
# 第三冊

編輯出版：島上文學社
封面設計：Kaceyellow
內文排版：多　馬
法律顧問：陳煦堂 律師

出　　版：初文出版社有限公司
　　　　　電郵：manuscriptpublish@gmail.com

印　　刷：陽光印刷製本廠

發　　行：香港聯合書刊物流有限公司
　　　　　香港新界荃灣德士古道 220-248 號
　　　　　荃灣工業中心 16 樓
　　　　　電話 (852) 2150-2100　傳真 (852) 2407-3062

臺灣總經銷：貿騰發賣股份有限公司
　　　　　　電話：886-2-82275988　傳真：886-2-82275989
　　　　　　網址：www.namode.com

新加坡總經銷：新文潮出版社私人有限公司
　　　　　　　地址：71 Geylang Lorong 23, WPS618 (Level 6),
　　　　　　　　　　Singapore 388386
　　　　　　　電話：(+65) 8896 1946　電郵：contact@trendlitstore.com

版　　次：2023 年 1 月初版
國際書號：978-988-76545-4-4
定　　價：港幣 108 元　新臺幣 400 元

Published and printed in Hong Kong

香港印刷及出版